GUDRUN GRÄGEL

Proseccolügen

Krimi aus dem Veneto

GMEINER SPANNUNG

Immer informiert

Spannung pur – mit unserem Newsletter informieren wir Sie
regelmäßig über Wissenswertes aus unserer Bücherwelt.

Gefällt mir!

Facebook: @Gmeiner.Verlag
Instagram: @gmeinerverlag
Twitter: @GmeinerVerlag

Besuchen Sie uns im Internet:
www.gmeiner-verlag.de

© 2019 – Gmeiner-Verlag GmbH
Im Ehnried 5, 88605 Meßkirch
Telefon 0 75 75 / 20 95 - 0
info@gmeiner-verlag.de
Alle Rechte vorbehalten
2. Auflage 2019

Lektorat: Claudia Senghaas, Kirchardt
Herstellung/Kartengestaltung: Julia Franze
Umschlaggestaltung: U.O.R.G. Lutz Eberle, Stuttgart
unter Verwendung eines Fotos von: © Maurizio Targhetta / fotolia.com
Druck: CPI books GmbH, Leck
Printed in Germany
ISBN 978-3-8392-2378-9

*Die Vergangenheit lieben, den Augenblick genießen, sich
auf die Zukunft freuen.*
*Für Brigitte – mit Dank für Inspiration und stundenlange
Autorengespräche*
Für Martin und Florian – meinen beiden wichtigsten Ankern
Für meine Eltern, Geschwister, Familie – meinen Wurzeln
*Für meine Freunde – danke fürs Zuhören, Korrekturlesen,
konstruktive Kritik, technische Hilfe und sonstige Tipps*

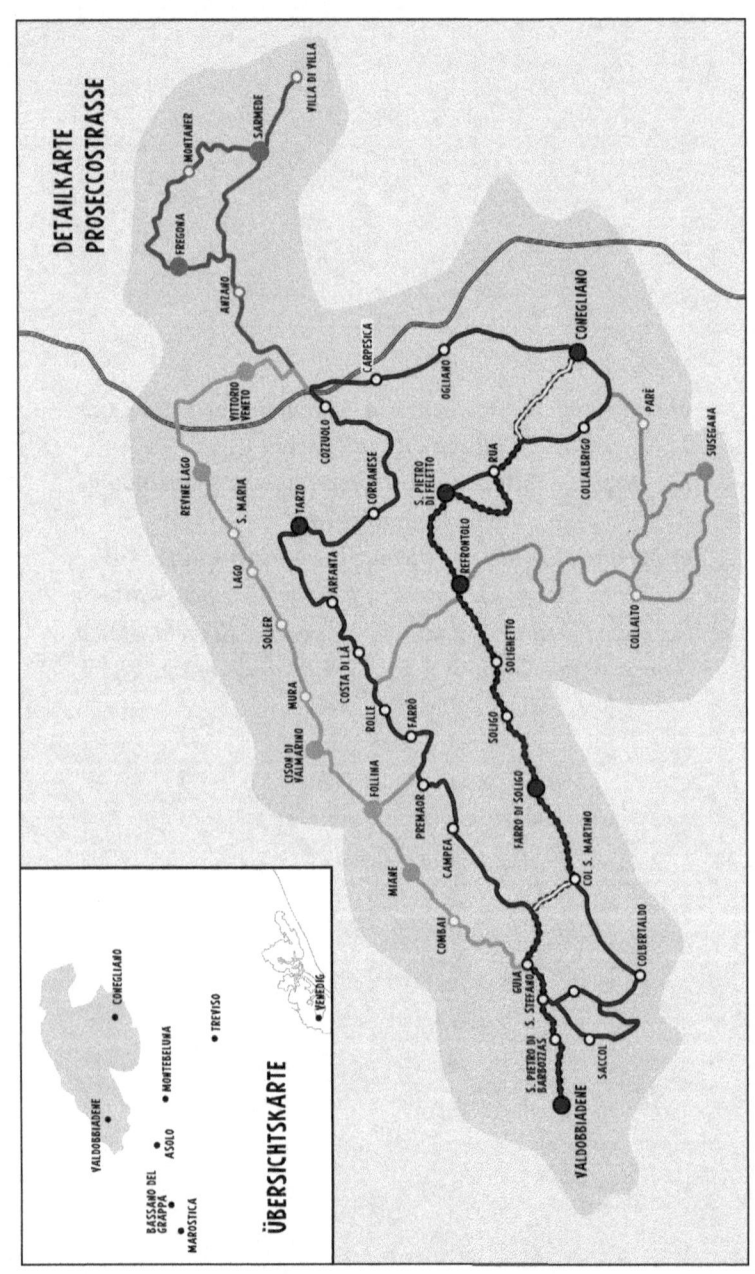

DETAILKARTE
PROSECCOSTRASSE

ÜBERSICHTSKARTE

PROLOG

Fanfaren, Aufbruchsstimmung, Freude und Abschiedstränen. 44 Tage an Bord stehen an.

Touristen, Einheimische, Freunde und Verwandte winken am Hafen. Beeindruckend, diese Kreuzfahrtriesen. Die MS Princess. Der Gigant läuft aus und tutet es lautstark in die Welt hinaus.

Ich kneife die Augen zusammen.

KAPITEL 1

LA BELLA ITALIA

Giovedi (Donnerstag) – 31. Juli

Ich, Doro Ritter, 25 Jahre, gelernte Köchin, Tochter des bekannten Fernsehkochs Sascha Ritter, fahre mit Vincent Wolkenberg, meinem aktuellen Freund, vom Gardasee ins italienische Inland.

Tut mir in der Seele weh, dass ich weg muss vom Wasser. Weg vom Lago di Garda. Am Westufer die schmale Uferstraße entlang, Limone, Gargano, Toscolano ... durch alte und neue Tunnels, Schattenspiele durch Tunnelfenster. Spiele das Spiel ›*Wie lang ist der Tunnel*‹ – darin bin ich ziemlich gut, liege selten mehr als ein paar Meter daneben. Aber ich kann's nicht lassen, immer wieder Gejammer und Gemotze, weil ich weg muss vom See. Auf der Karte schreit es mir förmlich entgegen! Von Montebelluna, unserem Ziel, wäre es nicht mehr weit ans Mare.

»Du wolltest ins Venetogebiet.« Knapp, aber völlig entspannt erträgt Vincent meine Launen.

Klar wollte ich dahin. Ist einfach eine geniale Region für kulinarische Studien. Mit dem Zug ist es von dort nach Venedig eh nur eine halbe Stunde. Also stell dich nicht an, verordne ich mir. Denn wenn es nach meinem Vater und seines Zeichens meinem Arbeitgeber gegangen wäre, würde ich jetzt nicht hier, sondern in seiner Küche schwitzen.

Papa war von meiner Auszeit nicht begeistert. Fernsehauftritte, Urlaubszeit, Personalmangel. Da hätte er mich gern im Restaurant gesehen. Tja, passen tut's nie. Ich nütze gnadenlos meinen Tochterbonus, sein kleines Mädchen forever – auch wenn ich bald 26 bin! Valdobbiadene – Prosecco und italienische Küche studieren. Ein Argument, dem er schlecht widersprechen konnte. Aber warum eine Woche Gardasee? Diesen Einwand hab ich konsequent ignoriert. Greta, eine ehemalige Schulfreundin von mir, hat sich dort einen Italiener geangelt und ist in sein Familienhotel mit eingestiegen. Mit allem, was dazugehört. Riesenhochzeit, Flitterwochen auf Hawaii – und: zwei Kinder aus erster Ehe und Schwiegereltern, die alles fest im Griff haben. Na, ich danke! Greta löchert mich schon lange, dass ich sie besuchen soll. Jetzt hat's gepasst. War echt super. Das Prozedere im Hotel nicht viel anders als bei uns im Restaurant. Nette Gäste, blöde Gäste, manche unangenehm bis zum Erbrechen, nur mit dem Unterschied, dass sie hier nicht nach ein paar Stunden verschwinden.

»Sie ist noch wie früher. Einfach ziemlich relaxed.« Sag ich zu Vinc und wundere mich ein bisschen. Ehealltag, Hotel, Kinder … hat sich in mir irgendwie ein anderes Bild festgesetzt.

Vinc sagt nichts dazu. Hat er Angst, einen Heiratsantrag von mir zu bekommen? Ich grinse und schweige.

»Was?«, lässt Vinc sich herbei zu fragen.

»Niente.« Ich fläz mich in den Sitz. Heiß hier. Ich lass das Fenster herunter. Wie ein heißer Föhn bläst mir die Luft ins Gesicht. Tut trotzdem gut. Ich genieße den Ausblick.

Die Gegend wird immer südlicher. Es riecht nach Sommer und Sonne. Schön.

Aber wir hatten schon viel früher auf die Autobahn gewollt. Haben irgendwie die Ausfahrt verpasst.

Das Navi spinnt. Wahrscheinlich die Hitze. Eine Stunde Kühlschrank wird es wiederbeleben. Fairerweise muss man sagen, das Teil ist schon vier Jahre alt und durfte noch kein

Datenupdate genießen. Und ein neuer Kreisverkehr nach dem anderen – da muss der arme Kerl ja schlappmachen! Ich schnüffle. Langsam versagt mein Deo. Aber wer fährt heute auch noch ohne Klimaanlage? Ich. Mit der alten Karre von Vincent, mintmetallic.

»Eine Frage der Ehre«, besteht er und meint das erstaunlicherweise ernst. Muss ich nicht verstehen, muss nur schwitzen.

»Kannst du mal halten? Ich muss mal«, fällt mir ein. Vincent sagt nichts dazu.

KAPITEL 2

PROSECCO INTERNATIONALE

Am gleichen Tag

Ankunft in Montebelluna. Ortsteil Biadene. Hotel La Quercia. Maria, die Hotelchefin, empfängt uns.

Vincent ist müde. Schnappt sich eine Liege am Pool und will 'ne Runde schlafen. Ich bin mittlerweile versöhnt mit nix Mare. Setze mich auf die Terrasse und bestelle einen Espresso. Weiße Tischdecken, bestickt, passende Sitzkissen. Geschmackvoll.

Am übernächsten Tisch lebhaftes Gelächter. Zwei ältere Damen, vielleicht 60, elegant, eine junge Frau in meinem Alter, kurze, dunkle Locken, kein Modepüppchen. Ein älterer Mann, nicht sehr groß, genießt sichtlich seine Rolle als Hahn im Korb. Vom rechten Ohr führt ein Kabel zur Innentasche seines Sommerjacketts. Hat der alte Herr einen MP3-Player?

Ich kann nicht genau hören, welche Sprache er spricht. Die Frauen sprechen jedenfalls Englisch. Aus dem Gesprächsverhalten kann ich erkennen, dass eine der Damen zu dem Mann gehört, die andere Dame mit dem Paar befreundet ist, die junge Frau kann ich nicht zuordnen.

Sie trinken Prosecco und sind gut aufgelegt. Die junge Frau geht rücksichtsvoll ein Stück beiseite, als sie eine Zigarette rauchen will.

Blickkontakt. Ich nicke rüber. Lächle.

»Do you speak English?«

»A little bit, but much better German.« Ich lache. »I *am* german.«

Die ältere Dame freut sich. Endlich jemand, mit dem sie ihre Deutschkenntnisse vertiefen kann.

»Ich war Sprachlehrerin für Deutsch«, erzählt sie.

»Deutsch und Schottisch sind sehr schwer. Kirk auf Schottisch ist Kirche in Deutsch, versteht ihr?«

Die anderen nicken. Ich auch, beeindruckt.

»Sie kommen aus Schottland?«, frage ich höflich.

Sie zwinkert den anderen zu, bevor sie mir erklärt: »Ja, aber das ist lange her. Wir leben jetzt alle in Australien, in Adelaide.«

Ich hebe die Augenbrauen. Das interessiert mich jetzt wirklich.

Maria bringt mir ein Glas Prosecco.

»Zum Kennenlernen.« Sie ist ein Schatz.

Ich proste dem Nebentisch zu.

»My name is Hannah Rodari«, stellt sich die Dame vor. »Und das ist meine Tochter Margaret.« Englisch und Deutsch werden vermischt. Kein Problem.

»Und das sind Eve und Emilio Zarbo.«

Meine Stirnfalte wird spürbar tiefer. Rodari? Zarbo? Das sind keine schottischen Namen und auch nicht typisch australisch, soweit man da von typisch sprechen kann. Ich weiß das. Habe schließlich ein halbes Jahr mit Daddy im Aussiland gelebt. Als ich 16 war. Sydney. Horizonterweiterung, nannte es Dad. Was für mich Sprache lernen und Schule bedeutete, für ihn hieß es, Mariella zu folgen, seiner damaligen Flamme, die dort modelte – und, ich muss fair bleiben, er schnüffelte in jede nur mögliche Küche, die sich ihm auftat. Landestypische Imbissbude genauso wie Luxushotelküche …

Hannah lächelt. »Ich sehe die Frage in Ihren Augen. Eve und ich sind in Schottland geboren. Wir waren jung und wollten Abenteuer erleben. In Australien waren Frauen, die einwandern wollten, gefragt. Da haben wir uns entschieden. Und bald haben wir Luigi und Emilio kennengelernt. Zwei Freunde aus Italien. Die wollten sich hier ein neues Leben aufbauen. Aus vier mal eins wurde zwei mal zwei. Mein Luigi hat es leider nicht mehr geschafft, in seine alte Heimat mitzukommen.«

Ein Schatten huscht über die heiteren Züge von Hannah.

Emilio radebrecht etwas dazwischen. Englisch? Na ja, Aussi-Englisch ist recht eigen, aber gemischt mit Italienisch? Ich verstehe nur Bruchstücke. Emilio springt auf und schmettert ein kräftiges »O sole mio« – respektabler Tenor. Ich applaudiere. Er verbeugt sich, lächelt verschmitzt. Eine nette Gruppe. Die Leichtigkeit des Wohlstands umweht sie.

Maria kommt zurück.

»Kann ich dich kurz sprechen, Doro?«

Maria spricht Italienisch, Deutsch, Englisch, Französisch, ihr nächstes Ziel ist Chinesisch, sagt sie. Immer mehr Gäste von dort. Japanisch, Chinesisch hat mich ehrlich gesagt noch nie interessiert – obwohl ich Sprachen durchaus liebe. Italienisch zum Beispiel. Kann ich so leidlich.

»Du willst eine Weile hierbleiben? Ein bisschen mit mir kochen? Sascha hat bei mir angerufen.«

Jaja, mein Paps. Hat seine berühmten Finger immer gerne im Spiel. Passt in der Regel und ist oft ganz bequem. Wie jetzt. Er kennt Maria aus ihrer Zeit in München. Die beiden haben einige Kochkurse bei diversen Küchengrößen absolviert und eine freundschaftliche, leicht erotisch angehauchte Konkurrenzzeit erlebt – Originalton Paps. Erotisch angehaucht? – Geht dich nichts an, Spatz! Ebenfalls O-Ton Paps.

Die beiden zusammen? Maria entspricht nicht seinem Beuteschema, das sich – bös gesagt – im Bereich »Weibchen« bewegt. Andererseits flirtet er einfach gerne, zugegebenermaßen gut, wie ich oft beobachten darf, und Maria ist eine schöne Frau – nur eben kein Weibchen mit Modelmaßen …

Schluss jetzt, Doro! Geht dich wirklich nichts an, setze ich einen Punkt hinter meine voyeuristischen Gedanken und bin wieder ganz bei Maria.

»Ja, die regionale Küche, da bist du Meisterin, hat Papa geschwärmt.«

Maria lacht geschmeichelt. »Schön, dass du die Leidenschaft für unseren Beruf hast. Nur so kannst du gut werden. Besser als gut.«

Wir sind uns einig.

Vincent will ein paar Tage bleiben, kein Problem, das Zimmer ist groß genug.

Liegt im Tiefparterre. Ein bisschen düster. Aber ich bin

ja nicht nur Gast, sondern auch Angestellte. Kost und Logis frei. Helfen, wenn Hilfe nötig ist.

»Da habe ich schon ein Problem ...« Maria sieht mich treuherzig aus ihren dunkelbraunen Madonnenaugen an.

Das Problem ist ein Galadiner am nächsten Tag. Hier im Hotel. Maria bräuchte dringend Unterstützung in der Küche. Und ihr Aushilfskellner hat abgesagt.

Ich zucke mit den Schultern. »Das schaukeln wir schon. Solche Situationen kenne ich von Paps.«

Maria umarmt mich erleichtert.

Geht ja flugs in medias res. Vincent wird sich freuen. Ich grinse, eine Prise Schadenfreude schwingt durchaus mit. Er wird sich damit abfinden müssen, zu kellnern, statt sich selber mit Prosecco, Pasta und anderen Köstlichkeiten verwöhnen zu lassen. Sollte es mit uns was Ernsteres werden, muss er sich an solche Spontanitäten sowieso gewöhnen! Außerdem kann er mal wieder die Luft der Gastronomie schnuppern, immerhin hat er nach dem Abi eine Lehre im Servicebereich angefangen. Hat nach einem halben Jahr beschlossen, doch lieber zu studieren, BWL, geht das Ganze locker an. Gefällt mir. Sich den Luxus leisten zu können, den »Ernst des Lebens« noch ein wenig hinauszuschieben, schätze ich sehr. Und ein Mann, der mich für andere Lebenspläne begeistert hätte, ist mir noch nicht untergekommen. Wenn ich ehrlich bin, hat mich bis jetzt noch kein Mann zu gemeinsamen Lebensplänen inspiriert. Ich mag Männer, ich mag Beziehungen, aber ich liebe meine Unabhängigkeit.

KAPITEL 3

UOMINI E DONNE (MÄNNER UND FRAUEN)

Am gleichen Tag

»Hicks … I've got lost.« Mit bedenklichem »Seegang«
kommt mir Emilio Zarbo entgegen. Erst check ich nicht,
was er meint. Aber klar. Er sucht sein Zimmer. Ein Grinsen
rutscht mir unwillkürlich raus.

Ich hake ihn unter.

»What's your roomnumber?«, frage ich. Immerhin bin
ich ja ein bisschen hier angestellt. Zimmer 21. Ich liefere
ihn bei seiner Frau ab.

Erster Stock. Ich nehme die Treppe in den Keller.

Der dunkle Teppich auf den ausgetretenen Holzstufen
müffelt, schluckt Schritte und Licht und schlägt Falten wie die
Haut eines Greises. Das Licht funktioniert nicht, aber zum
Glück gibt es auf halber Höhe einen Absatz mit einer Glastür,
die irgendwohin nach draußen führt. Trotzdem ist es düster
hier. Noch nicht ganz unten, sinkt die Temperatur urplötz-
lich ab. Es ist richtig kalt. Erinnert mich an die Eislöcher in
Südtirol bei St. Eppan. Von einem Schritt zum anderen zehn
Grad weniger. Kommt dort von den besonderen Gesteinsfor-
mationen, hier ist es schlicht und einfach der Keller.

Da ist noch eine Tür. Aus schwerem Eisen. Sie steht halb
offen. So was hasse ich. Schnell will ich daran vorbeihu-
schen, dann hör ich was. Mir bleibt fast das Herz stehen vor
Schreck. Da drinnen ist jemand. Shit, ich hasse das! Ein tie-
fes Knurren. Verdammt, was ist das? Ich setze zum ultima-
tiven Blitzstart an. Bloß weg hier!

»Basta, Cesare!«

Okay, das Ungeheuer ist anscheinend in menschlicher Gesellschaft. Die Neugier siegt. Ich schleiche mich zu der Tür und wage einen Blick ins Dunkel. Der Strahl einer Taschenlampe zuckt hin und her. Plötzlich geht das Licht an. Den Alten, der da am Sicherungskasten hantiert, habe ich schon durchs Haus schlurfen sehen. Mein Puls fährt wieder runter in Normalbereiche. Nur Carlos, das Hausfaktotum. Sein Hund, der scheinbar wie ein Schatten an ihm klebt, starrt mich mit undefinierbarem Blick an. Mit einem hastigen »Buon giorno« schlag ich die Tür von außen zu und flüchte zu meinem Zimmer.

Vincent grinst nur, als ich ihm von dem Schreck erzähle, er grinst allerdings nicht mehr ganz so, als ich ihm von seinem Einsatz als Kellner am morgigen Abend berichte.

»Spinnst du? Du kannst doch nicht einfach so über mich verfügen.«

Vincent ist anscheinend echt sauer. Ganz untypisch für ihn. Dass ihm das so viel ausmacht, hätte ich nicht vermutet.

Ich bin enttäuscht.

»Du wirst dir schon keinen Zacken aus der Krone brechen«, kritisiere ich wütend seine Ablehnung.

»Mann, Doro! Darum geht es doch gar nicht!« Seine Stimme klingt schon wesentlich weicher. Puhh! Ich bin erleichtert.

»Ich will einfach nur vorher gefragt werden, klar?«

»Klar.« Ich nicke reumütig und hebe die Finger zum Schwur. Alles wieder gut. Vincent und ich knutschen inniglich … fühlt sich gut an …

Ich habe mich gerade wieder angezogen – Vincent lümmelt noch faul auf dem Bett –, da klopft es.

»Hey, zieh wenigstens das Laken hoch«, verlange ich von meinem trägen Liebhaber, bevor ich die Türe öffne.

Maria.

»Scusi, Doro, aber ich fahre jetzt zum Einkaufen, für morgen. Magst du mit?«

Ich mag. Und es lohnt sich. Nix Supermarkt und Massenware. Heute zumindest.

»Weißt du, Nudeln, Toilettenpapier und Duschbad kaufe ich schon im Supermercato, natürlich nur bestimmte Sorten«, fügt sie einschränkend hinzu.

»Aber lieber unterstütze ich die regionalen Anbieter. Die Qualität überzeugt, du wirst sehen.«

Nudeln und Toilettenpapier? Leckere Mischung. Ich nicke. »Ist bei uns genauso.«

Maria gibt ein wissendes Grunzen von sich.

Gefühlte hundert verschlungene Gässchen weiter biegt Maria in einen Hof ein. Mindestens acht Minikätzchen, Babys oder einfach nur mager, wuseln ohne Scheu herum. Neugierig pirschen sie sich an, als wir aussteigen. Ich gehe in die Hocke.

»Das sind ja Minimiezen. Gerade mal ein Schenkel von unserem Kater. Miez, miez, miez …«, locke ich entzückt mit Babykatzenlocksprache ein paar der kleinen Racker an.

Maria sieht mich ungläubig an.

Eine Handvoll weißgraues maunzendes Etwas leckt an meinem Daumen, während ich das Köpfchen zwischen den Ohren kraule.

»Ungelogen, unser Rambo wiegt 7,1 Kilo. Gewogen auf der digitalen Körperwaage, die mein lieber Daddy zur Gewichtskontrolle täglich besteigt.«

Maria lacht.

»Eitel war er ja schon immer, der liebe Sascha. Aber auch ganz schön knackig.«

Knackig? Mein Vater?

Maria lacht weiter, sie hat offenbar meine Skepsis bemerkt, aber beschlossen, das Thema zu wechseln.

»Sieben Kilo? Bist du sicher, dass du von einer Katze sprichst? Die muss ja riesig fett sein.«

Fett! Ich bin fast ein bisschen beleidigt.

»Nein, Rambo ist nicht fett, er ist halt groß und kräftig …«

Die mageren Kätzchen umschmeicheln meine Beine, ich fühle die Knochen von meinem weißgrauen Schmuser, dann setze ich ihn wieder zu den anderen und stehe auf.

»Na ja, vielleicht ein bisschen fett.«

Maria und ich prusten gleichzeitig los, dann machen wir uns an die Einkäufe. Das unrentable Geschäft mit den Milchkühen haben die Besitzer zu einem mittlerweile florierenden Hofladen umgerüstet.

Lucia, die Chefin, bedient uns selbst. Käse, Ricotta, Salami, Milch, Mozzarella, Butter und ein paar andere Köstlichkeiten mehr landen in Marias Einkaufskorb. In meinem Magen landet jede Menge Käse. Entzückt von meiner Begeisterung für ihren Laden, besteht Lucia darauf, dass ich jede Sorte Käse probiere, bevor sie in Marias besagtem Korb landet. Langsam wird mir schlecht. Lecker, aber mengenmäßig zu viel. Leichte Lactoseunverträglichkeit. Egal. Hat sich gelohnt. Der beste Käse, den ich jemals gegessen habe.

Im Auto meint Maria: »Nur noch ein bisschen Obst und frisches Gemüse, alles andere haben wir.«

Wieder zurück im Hotel, übergibt Maria die Einkäufe einem jungen Mädchen, das an der Bar steht und gerade nichts zu tun hat.

»Giulia, das ist Doro aus Deutschland. Sie hilft hier in nächster Zeit ein wenig aus, hauptsächlich in der Küche.« Maria wendet sich zu mir.

»Doro, Giulia übernimmt meistens nachmittags die Rezeption und die Bar. Wenn du etwas brauchst, hilft sie dir sicher gerne. Alora, ich fahre jetzt nach Hause. Heute

Abend bin ich wieder hier, dann trinken wir ein Gläschen von unserem Rotwein und machen den Speiseplan, okay?«

»Okay.« Habe ich eine Wahl?

Aus dem Gläschen werden zwei Fläschchen, und wir sind noch nicht am Ende. Vincent bemüht sich ebenfalls sehr darum, und Maria wird hier im Hotel schlafen. Na bitte!

Aperitivo: Hauseigener Vino bianco frizzante mit gefrorenen Erdbeeren und Minzblättern. Ein Häppchen Salat mit Krabben, dazu Olivenbruschetta. Danach ein Löffelchen Risotto mit Steinpilzen. Hauptgericht: Bandnudeln mit Entenfleisch oder Crostatini, Rindfleischstreifen auf Rucola und Parmigiano reggiano, dazu selbstgebackenes Weißbrot. Espresso und Nachspeisenteller mit Tiramisu, Feigenzimtparfait à la Maria, Apfeltarte an »salsa canella« à la Maria.

»Und der Koch muss alles probieren«, stöhne ich, »das wird mich glatt ein oder zwei Kilo kosten«, reibe mir dabei aber wollüstig mein Bäuchlein und feixe in Richtung Vincent.

KAPITEL 4

LA FESTA (DAS FEST)

Venerdì (Freitag) – 1. August

Die illustren Gäste trudeln nach und nach ein. Emilio Zarbos Familie. Bin gespannt, Emilio offensichtlich auch. Er tigert im Foyer auf und ab, ohne Knopf im Ohr und ohne die gute Laune vom Vortag. Was ist los? Freut er sich nicht? Ist er nicht deshalb aus Australien angereist? Wegen der Familie? Wahrscheinlich ist er nur nervös. Klappt schon alles. Zumindest in der Küche … aber auch nur, wenn ich mich wieder auf meine Aufgaben konzentriere und nicht ständig meine neugierige Nase aus der Küche stecke.

»Ich habe alles im Griff, du kannst Pause machen«, gibt mir Maria ein paar Minuten frei.

Gut. Ich knülle die Schürze zusammen, schnappe mir Vincent, der in der schwarzen Hose und dem blütenweißen Hemd fast italienisch aussieht – auf jeden Fall sehr sexy –, um mit ihm draußen eine Zigarette zu rauchen. Kein schlechter Platz. Jeder der Gäste muss an uns vorbei, und anhand der Tischordnung, die Emilio akribisch aufgestellt hat, wird uns das Who's who nicht schwerfallen.

Zwölf Personen. Es sitzen im Uhrzeigersinn an der Längsseite Eve und Emilio Zarbo, daneben Salvatore Zarbo, Emilios Bruder, mit Ehefrau Antonietta. An der Stirnseite Rebecca Colucci, Enkeltochter von Salvatore und Antonietta, mit ihrem Verlobten, Tommaso Biasini. Gegenüber von Emilio sitzen Paolo Colucci, Rebeccas Vater, Maria Favelli, 90 Jahre alt, gehört quasi zur Familie Zarbo. Andrea Favelli, Marias Sohn, arbeitet schon seit seiner Jugend ebenfalls auf dem Zarboschen Weingut und denkt mit 65 noch nicht an Ruhestand. Neben ihm soll sich Mario Biasini, Tommasos Bruder, platzieren, Margaret und Hannah Rodari um die Ecke schließen den Kreis.

Durch die Glastür beobachten wir, wie Emilio jeden neuen Gast begrüßt und ihm ein Glas Prosecco in die Hand drückt. Alle stehen ein wenig verloren in der Halle herum, als der letzte Gast eintrifft. Emilios Ebenbild.

Salvatore, sein Bruder.

Ein Handschlag, taxierende Blicke, keine Umarmung, wie ich es von zwei Brüdern erwartet hätte, die sich so lange Zeit und durch die gesamte Erdkugel getrennt nicht gesehen haben.

Ich drücke die Zigarette aus.

»Komm, gehen wir wieder rein. Ich denke, das Fest beginnt.« Einen sanften Klaps auf Vincents knackigen Hintern kann ich mir nicht verkneifen.

»Hey! Nur weil ich Kellner bin, bin ich kein Freiwild für lüsterne Frauen«, protestiert er empört – und grinst nicht unlüstern.

»Genau. Du bist Kellner, und du kriegst heute bestimmt einiges aus der Familiengeschichte mit. Da liegen Spannungen in der Luft. Ich spüre das.«

»Meine neugierige Doro mit ihren Verschwörungsantennen. Keine Sorge, ich serviere dir alles Wesentliche sozusagen als Betthupferl.«

»Brav.« Ich nicke zufrieden. Vincent kennt mich schon ganz gut.

Jetzt aber ab in die Küche. Maria schwenkt gerade die Krabben für den Salat in ein wenig Butter, ich gebe einen Hauch von Dressing über die Salatvariation. Die Krabben darauf verteilt, jetzt ist Vincent dran. Das Risotto dünstet verführerisch duftend vor sich hin. Ich gebe immer im rechten Augenblick Brühe dazu und rühre regelmäßig um. Einen Schuss Weißwein für den Geschmack darf ich nicht vergessen. Und eine Prise Muskat.

Sektempfang und Aperitif haben die Stimmung gelockert. Es ist eine rege Unterhaltung im Gange. Vincent bestätigt, was ich bei gelegentlichen Blicken aus der Küche erhasche. Alle reden und gestikulieren und freuen sich sichtlich über diesen Familienabend. Nur Emilio und Salvatore sitzen nebeneinander, wechseln aber kaum ein Wort miteinander. Salvatores Frau, an dessen linker Seite, sitzt da, stumm und steif wie ein Spargel, Güteklasse 1A. Was ist da los? Geht's wie so oft im Leben um Geld? Ist Emilio gar nicht wegen der lieben Familie zurückgekommen, sondern geht's um den Familienbesitz?

Vincent hat alle Hände voll damit zu tun, gebrauchte Gläser, Teller und Besteck einzusammeln. Das Risotto will auf den Tisch. Ich nutze die Chance und helfe ihm, den Gang zu servieren. Kurze Verschnaufpause. Vincent und ich verdrücken uns auf eine Zigarettenlänge. Ein Schlückchen Rotwein wäre jetzt nicht schlecht, aber damit warte ich besser, bis das Gröbste in der Küche vorbei ist. Will lieber nicht Salz mit Zucker verwechseln!

Antonietta rauscht an uns vorbei. Sie hat uns nicht gesehen. Sie geht zu der Piniengruppe, vielleicht 50 Meter vom Hotel entfernt.

»Kommst du?« Vincent hält die automatische Schiebeglastür einladend für mich offen.

»Geh ruhig schon vor, ich brauche noch ein bisschen frische Luft. Bei uns in der Küche ist es so heiß …«

Die Tür gleitet zu. Ich schlendere auf den dunklen Parkplatz hinaus. Das Schrappen der Tür dringt in meine Gedanken. Ich drehe mich um. Emilio Zarbo, mein singender Australier. Er schaut sich kurz um, sieht mich nicht, geht dann zu den Pinien. Weiß er, dass seine Schwägerin dort ist? Ich bleibe im Schatten der Nacht, höre Stimmen, verstehe aber nicht, was sie sagen. Zu weit weg. Dazu meine lückenhaften Italienischkenntnisse. Leider. Die Silhouetten der beiden heben sich im schwachen Mondlicht ab. Ich will zu gerne wissen, was sie zu bereden haben! Hinter den parkenden Autos kann ich mich näher schleichen.

»Warum hast du nicht mit mir geredet?«

Der traurige Unterton in Emilios Stimme überrascht mich.

»Warum bist du einfach gegangen?«

Die verbitterte Gegenfrage Antoniettas.

»Ich war so allein, so verzweifelt … und du bist gegangen …«

»Du warst schwanger.«

Ich kann seine Verwirrung spüren. Wie er die Hände hebt. Die Unsicherheit in seiner Stimme.

Eine Grille zirpt ihre endlose Melodie.

Antoniettas Lachen mutiert zu einem schrillen Crescendo.

»Ja, ich war schwanger. Umso mehr hätte ich dich gebraucht. Du hättest zu mir stehen müssen. Stattdessen bist du abgehauen.«

»Aber es war Salvatores Kind! Warum, glaubst du, bin ich gegangen? Weil ich dich nicht geliebt habe? Nein! Ich habe dich zu sehr geliebt. Und ich habe den Gedanken nicht ertragen, dass du mich mit meinem eigenen Bruder hintergangen hast, während ich versucht habe, aus seinen Klauen zu entkommen und eine Existenz für uns aufzubauen.«

Jetzt ist Emilio auch laut geworden.

Hoffentlich kann Maria mich noch in der Küche entbehren. Ich kann meinen Lauschposten hier unmöglich verlassen.

»*Du* hast dich aus seinen Klauen befreit, ja …«, der Hass ist aus ihrer Stimme verschwunden, ist der Resignation gewichen, »… und mich hat er gefressen. Mit Haut und Haaren. Mit Gewalt.«

»Heißt das …?«

Emilio ist anscheinend genauso unsicher wie ich, ob er die Aussage Antoniettas richtig verstanden hat.

»Ja, das heißt es. Dein Bruder hat mich vergewaltigt. Und mich mit meiner Scham erpresst. Er hat dir immer alles missgönnt. Sogar mich.«

Stille. Sogar die Grille schweigt für einen Moment.

Emilios Tränen machen seine Worte für mich fast unverständlich.

»Antonietta! Das habe ich nicht gewusst. Ich habe gedacht, nachdem Salvatore mich beim Vater angeschwärzt hatte und ich enterbt worden bin, hättest du dich dem wohlhabenderen Bruder zugewandt. So hat Salvatore es mir nahegebracht.«

Emilio verstummt.

»Das war leicht zu glauben, was? Du hättest mir vertrauen müssen!«

Whamm! Hat sich wie eine Ohrfeige angehört.

»Rühr mich nicht an. Kein Zarbo wird mich je wieder anrühren. Ich weiß, wie es für dich ausgesehen haben muss, aber ich hatte so auf dich gehofft.« Ihr Tonfall ist hart.

»Warum hast du es nicht richtiggestellt?«

»Ich habe mich geschämt. Und du warst so gemein.«

»Antonietta, was habe ich dir nur angetan! Aber ich war verletzt. Gedemütigt. Zu jung, zu verstehen.« Sein Flüstern klingt so gequält, dass es mir in der Seele wehtut.

Vorsichtig trete ich den Rückzug an. Ich will nicht als Spionin einer so delikaten Situation entlarvt werden. Und Maria wird sich schon wundern, wo ich bleibe. Vincent schickt mir einen fragenden Blick zu, Salvatore rutscht auf seinem Stuhl hin und her. Jetzt steht er auf und geht Richtung Ausgang. Muss ich die beiden da draußen warnen? Aber wie? Was soll's! In Familiengeschichten mischt man sich am besten nicht ein – würde jedenfalls mein Vater empfehlen. Schnell schlüpfe ich in die Küche, wo mich sofort Marias allumfassend beschützende Aura umgibt. Auch sie schaut mich fragend an. Sie braucht dringend Hilfe beim Anrichten des Fleisches. Das muss schnell gehen. Raus aus der Pfanne, rauf auf die vorgewärmten Teller und dann auf den Tisch. Heiß und saftig. Ich zucke entschuldigend die Schultern. »Mir war nicht gut«, schwindle ich mit schlechtem Gewissen, »aber jetzt ist alles okay.«

Maria nickt sichtlich erleichtert. Klar könnte sie den Rest auch alleine stemmen, aber sie fühlt sich für mich verantwortlich. Dieser mütterliche Blick spricht Bände.

Hallo, ich bin 25! Ich grinse – und lasse mich eigentlich ganz gerne umsorgen. Schnell umarme ich Maria und stibitze dann einen Streifen des gegrillten Rindfleisches aus der Pfanne.

»Doro!«

Marias Augen blitzen gefährlich. Dann schüttelt sie den Kopf und lacht.

»Wie dein Papa.«

Stimmt. Ich lache auch. Was mir aber schnell vergeht. Ein schriller Schrei hallt durchs Haus. Wir rennen hinaus. Maria voraus, ich hinterher. Schade um das Fleisch, denke ich noch unpassenderweise. Die Tür zur Küche führt direkt in den Speisesaal. Wir sind nicht die Einzigen, die den Schrei gehört haben. Lobby, Speisesaal und Bar sind geschickt in einer großen Halle untergebracht, ein schmaler Flur führt zu den Aufzügen und ins Treppenhaus. Wir in der Küche haben nicht hören können, von wo der Schrei gekommen ist, einige der Gäste, allen voran Vincent, mein Kellner, eilen aber in diese Richtung.

Am Zwischenabsatz der Treppe, die zu meinem Zimmer führt, liegt jemand. Eine Frau. Am schwarzen Kleid, dem glitzernden Schal und den dunklen Haaren erkenne ich Rebecca Colucci. Salvatores Enkelin. Vincent reagiert als Erster. Er rennt zu der reglosen Frau, dicht gefolgt von Tommaso Biasini, Rebeccas Verlobtem.

Der streicht ihr vorsichtig die Haare aus dem Gesicht und flüstert beschwörend ihren Namen. Rebecca rührt sich noch immer nicht. Paolo Colucci, Rebeccas Vater, hat die Hände vors Gesicht geschlagen und starrt durch die Finger auf die Szene. Ich tippe auf Schockzustand. Maria und ich drehen die junge Frau vorsichtig aus ihrer verrenkten Lage in eine annähernd stabile Seitenlage. Wir fühlen Puls und Atmung. Sind vorhanden. Woher kommt das Blut?

Ziemlich viel Blut. Der dunkle Teppich saugt es auf, aber unsere Hände sprechen eine andere Sprache. Keine Kopfverletzung. Zumindest nicht äußerlich. Aber an ihren Beinen tropft in einem dünnen Rinnsal Blut auf den Boden.

»Wir brauchen einen Krankenwagen.« Entscheidet Maria.

Bald zerschneidet die durchdringende Sirene der Ambulanz die Nacht, zwei Sanitäter laden die bewusstlose Frau auf eine Trage und eilen zum Wagen. Tommaso und Antonietta hinterher. Sie fahren mit ins Krankenhaus.

Einigermaßen verwirrt bleiben wir anderen zurück.

Margaret kümmert sich um Paolo. Der wirkt paralysiert.

Was ist hier passiert? Ich frage mich, was Rebecca hier unten wollte. Die Toiletten liegen im Flur oben, und ansonsten gibt es nur unser Zimmer, einige Vorratsräume, einen Werkraum und die Abstellkammer, in der ich gestern den alten Carlos habe hantieren sehen.

Mittlerweile sind die anderen wieder im Speisesaal. Zwei

Grüppchen haben sich gebildet. Die Australier, Paolo Colucci, den ich im Verdacht habe, ein Auge auf Margaret Rodari geworfen zu haben, und Salvatore mit dem Rest. Aufgeregt wird geflüstert, genauso wie bei uns in der Küche. Die Aufregung hat meine Magensäfte aktiviert. In Windeseile verschwinden ungefähr zwei Portionen dieser gigantisch leckeren Bandnudeln mit Entenfleisch, Tomaten, diversen Gewürzen und vor allem ein wenig Zimt in meinem Magen. Maria sieht es genauso. Der Unfall hat auch den anderen mit Sicherheit nur vorübergehend den Appetit verschlagen. Das Fleisch ist zwar nicht mehr ganz so kross, wie es sein sollte, aber kurz in der Pfanne geschwenkt, das wirkt Wunder.

Wir haben richtig vermutet. Die Teller kommen relativ leer gegessen in die Küche zurück. Laut Kurzbericht von Vincent ist die Stimmung jetzt anders. Emilio und Salvatore haben offensichtlich einen Riesenstreit, den sie versuchen vor den anderen zu verbergen. Aber die sind abgelenkt. Thema Rebecca natürlich und ihr Unfall. Paolo Colucci hat den Platz getauscht mit Mario Biasini und unterhält sich mit Margaret. Angeregt – wie mir seine lebhaften Handbewegungen verraten. Warum ist er eigentlich nicht mit ins Krankenhaus gefahren? Er ist immerhin Rebeccas Vater? Ich schieb's mal auf den Schreck.

Hannah und Eve vertreten sich ein wenig die Beine, und Andrea Favelli, der Gutsverwalter der Zarbos, redet heftig auf den missmutig dreinblickenden Mario Biasini ein, der sich bald darauf verdrückt.

Hmmh, ich würde zu gerne hören, was Salvatore zu Emilios Vorwürfen zu sagen hat. Denn dass Emilio seinen Bruder Salvatore mit seinem neuen Wissen über alte Zeiten konfrontiert, steht für mich außer Frage. Deshalb ist er hier.

KAPITEL 5

MORTE (TOD)

Sabato (Samstag) – 2. August

Nein! Meine Augenlider verweigern den kaum wahrnehmbaren Befehl meines müden Gehirns, sich zu öffnen. Es war spät gestern – und aufregend. Okay, nützt ja nix. Ich quäle mich aus dem Bett. Duschen werde ich später. Erst mal Maria helfen, die Spuren des Abends zu beseitigen.

Vincent dreht sich auf die andere Seite, er fühlt sich eindeutig nicht zuständig. Faultier!

Ich kann meinen Mund kaum geschlossen halten vor lauter Gähnen, als ich die Treppe nach oben schlurfe.

Aufgeregte Stimmung in der Lobby. Die Müdigkeit ist weg. Ich eile zu dem Grüppchen im Foyer.

»Schlechte Nachricht von Rebecca?«, frage ich Maria, die in einem dunkelblauen Kostüm so frisch aussieht, als hätte sie drei Stunden mehr Schlaf gehabt als ich.

»Nein, nein. Über Rebecca weiß ich noch nichts Aktuelles. Aber es ist etwas Schreckliches passiert.«

Maria schaudert, den Arm hat sie um Carlos' Schultern gelegt.

»Carlos' Hund ist tot. Vermutlich vergiftet. Cesare ist in der Früh wie immer draußen gewesen. Heute kam er mit Schaum an der Schnauze zurück und hat sich zum Sterben hingelegt. Aus. Einfach so.«

Leises Schniefen von Carlos. Er hat Tränen in den Augen. Kann ich verstehen, man hängt an einem Tier. Noch mehr, wenn man alleine ist. Ich verschränke die Arme vor der

Brust. Plötzlich ist mir kalt. Ich muss raus in die Sonne, die schon heiß vom Himmel brennt. *Das* ist der Süden. Blauer Himmel und Wärme. Keine Unfälle und keine vergifteten Hunde. Meine Stimmung trübt sich beträchtlich.

- Egoistin, ruft mir meine helle Seite zu.

- Na und? Ich mache hier Ferien, lässt die dunkle Seite mein Gewissen abblitzen.

Natürlich tut er mir leid, der Carlos. Aber helfen kann ich ihm auch nicht. Ich geh wieder rein, fülle den Siebeinsatz der Espressomaschine mit frisch gemahlenen Bohnen und lasse einen Espresso in die Tasse laufen. Das ist der Vorteil, wenn man zum »Inventar« gehört. Die anderen finden die Idee anscheinend gut. Sogar Carlos kommt, sanft geschoben von Maria. Alle wollen Kaffee, wie sie hier sagen. Und einen Grappa. Und dann noch einen Kaffee.

Carlos löst sich als Erster aus der erschütterten Gesellschaft.

»Ich begrabe ihn jetzt.«

»Carlos!« Maria läuft ihm nach.

»Warte, Carlos. Wo willst du ihn denn begraben? Der Boden ist steinhart. Und Cesare ist ein großer Hund!«

Maria hat recht, denke ich. Die Erde springt überall auf, so hart und ausgetrocknet ist die Natur.

»Das geht schon.«

Carlos verschwindet in Richtung Geräteschuppen im Garten und taucht kurz darauf mit Spaten und Harke wieder auf.

»Ich schau mal, ob ich ihm helfen kann.«

»Lieb von dir, Doro«, Maria tätschelt mir den Rücken.

Auf der Nordseite des Hotels, zwischen Weinberg und Hotel, gibt es ein kleines Rasenstück. Carlos hantiert dort mit dem Schlauch. Voll aufgedreht, steht bald das Wasser auf dem ausgedörrten Stück Wiese und läuft über den Weg,

Richtung Weinberg, färbt den hellen Staub dunkel. Carlos hackt kraftlos auf den Boden ein.

»Lass mich das machen.«

Ich nehme ihm die Harke aus der Hand. Dann kommt mir ein Gedanke. Sollten wir den Hund nicht zum Tierarzt bringen? Immerhin ist er vergiftet worden.

»Hör mal, Carlos …«, vorsichtig unterbreite ich dem Alten meine Erwägungen.

»Wenn es sein muss.« Ruhig stellt er das Wasser ab und nimmt Spaten und Harke, um sie wegzuräumen. Mit schlechtem Gewissen schaue ich ihm hinterher. Seine Schultern hängen tiefer als sonst. War es notwendig, ihn in der Trauerphase zu stören?

Ich gehe Vincent wecken.

Der liegt noch genauso im Bett wie vorher. Vor einer guten Stunde. Als ich das Zimmer verlassen habe. Müde, aber glücklich. Jetzt schlüpfe ich zu ihm unter die Decke. Traurig. Traurig für Carlos. Ich drücke mein Gesicht an Vincents warmen Rücken. Er riecht beruhigend.

»Es ist so traurig.« Vinc dreht sich zu mir. Ich erzähl ihm von Carlos' Hund.

»Du kannst nicht die Welt retten, Doro«, er schiebt einen Arm unter meinen Nacken und drückt mich an sich.

»Komm, schwimmen wir 'ne Runde und dann frühstücken«, murmelt er in mein Ohr.

Essen ist immer ein belebender Gedanke für mich. Vincent schleicht sich bedenklich subtil in mein Herz! Zur richtigen Zeit das Richtige sagen.

Das Wasser im Pool kräuselt sich in der Morgenbrise, meine große Zehe fungiert als Thermometer.

Gefühlte 20 Grad. Maximal. Aber ich bin auch übermüdet, emotional angeschlagen.

»Hey! Bist du wahnsinnig!« Ich schnappe nach Luft.

Vincent plätschert im Pool, als könne er kein Wässerchen trüben und die Arschbombe somit unmöglich von ihm gewesen sein. Na gut, wenn er es so will. Ich stürze mich mit einem uneleganten Bauchplatscher ins Wasser und nehme die Verfolgung auf.

Hannah und Margaret treten raus auf die Terrasse. Sie lehnen sich übers Geländer oberhalb des Pools und winken uns freundlich zu.

»Good morning«, rufe ich nach oben.

»Very sporting«, lobt Hannah Rodari uns, dann schlendern sie und ihre Tochter zu ihrem Frühstückstisch auf der sonnigen Terrasse. Eve und Emilio sitzen bereits vor einer Tasse Kaffee.

»Ich bin gespannt, wie es Rebecca geht. War ja kein besonders tolles Familientreffen«, sag ich zu Vinc, der mit gekreuzten Armen neben mir am Beckenrand hängt.

»Stimmt.« Er nickt.

Gemeinsam genießen wir den gigantischen Panoramablick über die Terraferma.

»Möchte bloß wissen, wie es passiert ist.«

Der Unfall gestern lässt mich nicht los.

»Sie wird halt gestolpert sein …«

»Gut möglich. Aber was wollte sie überhaupt da unten?«

»Keine Ahnung! Mensch, Doro, zügle deine Fantasie. Zum Schluss bekommt noch Maria Ärger, wenn jemand auf die Idee kommt, der Teppich sei vielleicht Schuld an dem Sturz.«

Vincent hat recht. Ich nage an meiner Lippe, bis ich den metallenen Geschmack von Blut auf meiner Zunge spüre. Ich muss aufpassen, dass ich mit meinem Geschwätz keine Gerüchte in die Welt setze.

»Komm, gehen wir frühstücken.«

Ich schwimme voraus und steige aus dem Becken. Unsere Handtücher hängen in der Sonne, schön kuschelig warm.

Ich wickle mich ein, schlüpfe in meine türkisblauen Flip-flops.

Eine Viertelstunde später sitzen wir bei einer heißen Tasse Filterkaffee und einem Maria-Spezial-Apfelkuchen auf der Frühstücksterrasse. Zwischen Australien und Deutschland liegt Frankreich. Nicht geografisch gesehen, logo. Obwohl, das vielleicht auch, aber das mein ich nicht. Aber am Nebentisch sitzt ein französisches Paar, Marke edel und fein.

»Prada«, flüstere ich Vincent zu.

»Hä?«

»Na, die Handtasche von Madame.«

»Aha.«

Vincent hat wieder mal keine Ahnung. Ich schau ihm tief in die Augen.

»Wär ein schönes Geburtstagsgeschenk«, gebe ich ihm einen Tipp.

»Wahrscheinlich so ein sauteures Markenzeug«, winkt er lässig ab. Schade. Hat mich schnell durchschaut, mein Süßer.

»Einen Versuch war's wert!« Ich grinse.

Er grinst auch. Aber nicht wegen Prada. Eher wegen der Geräusche, eindeutig französischer Art, die heute Nacht für kurze Erheiterung bei uns gesorgt haben. Das Zimmer der beiden muss direkt über unserem liegen, die akustische Rohrpost von Bad zu Bad funktioniert ausgezeichnet. Darauf werde ich in Zukunft achten, wenn wir wegen Hitze die Türen auf Durchzug stellen, uns andererseits ganz zwischenmenschlich vergnügen!

Margaret Rodari lehnt am Geländer und raucht. Höflicher Abstand zu den anderen Gästen. Ist in Australien Usus, wie ich weiß. Und auch Vorschrift. Unsere Blicke treffen sich. Einladend hält sie die Zigarettenschachtel hoch. Nette Geste. Ist ihr nicht entgangen, dass ich mich ebenfalls in regelmäßigen Abständen an der frischen Luft aufhalte. Vincent hat keine Lust auf Nikotin und Frauengespräche. Auch recht.

Ich krame im englischen Wortschatzrepertoire. Sie im deutschen. Wir verstehen uns auf Anhieb. Nicht nur sprachlich.

»Nicht so toll, das mit dem Unfall gestern.«

Was so viel heißt wie »Mist, wenn so was im Urlaub passiert« – und das ist, was ich empfinde.

Margaret lacht kurz auf.

»Das ist wahr. Obwohl ich Rebecca im Grunde nicht kenne. Wir sind ja auch nicht verwandt. Aber Onkel Emilio tut mir leid. Das Familientreffen ist so wichtig für ihn. Sie ist immerhin die Enkelin seines Bruders.«

Ich nicke. Und von Antonietta, Emilios Jugendliebe, aber davon weiß Margaret nichts …

»Sie liegt im Koma, die Ärzte sind zuversichtlich, nur das Baby konnten sie nicht retten.«

Das Baby? Das habe ich nicht gewusst.

»Tut mir leid.«

»Ja, es könnte aber auch vieles erleichtern …«

»Erleichtern? War es kein Wunschkind?«

»Doch. Aber nicht für alle.«

Margaret spricht in Rätseln. Ich verstehe relativ gar nix.

»Wie meinst du das?«, bohre ich nach.

Aber Margarets Mitteilungsbedürfnis scheint befriedigt. Sie zuckt mit den Schultern.

»Keine Ahnung. Nur ein Gefühl.«

Wer's glaubt! Ich jedenfalls nicht. Macht nichts. Ich erfahr's schon noch. Ich drücke die Zigarette aus und bereichere Vincent wieder mit meiner Gesellschaft.

Maria bringt uns zwei Frühstückseier.

»Maria, das ist lieb, danke. Aber du sollst uns doch nicht bedienen!«

»Das sind Eier von meinen eigenen Hühnern. Ihr werdet den Unterschied schmecken«, verspricht sie mir flüsternd. Muss ja nicht jeder hören, dass das Küchenpersonal Extrawürste gebraten kriegt. Vincent und ich köpfen unser Ei und kosten.

»Hmmh, echt gut. Anders. Schon die Farbe vom Dotter.«
Ich löffle den Rest auf meine Buttersemmelhälfte, Salz drauf. Alte Angewohnheit. Das halbe Löffelei gehört aufs Brot.

Vincent bevorzugt die traditionelle Art, ein weiches Ei zu konsumieren.

Ich lasse mich in den Stuhl zurückfallen und lege die Hände auf den Bauch.

»Mann, bin ich jetzt satt. Bis zum Abend brauche ich nichts mehr.«

Vincent lümmelt seinerseits zufrieden im Stuhl. Mittlerweile kenne ich ihn gut genug, um zu ahnen, dass er gerne ein Nickerchen halten würde. Nur zehn Minuten zur Regeneration – sagt er. Klappt selten. Nicht das Nickerchen, sondern die zehn Minuten.

Heute irritiert mich allerdings sein Grinsen. Lüstern, möchte ich fast wetten – nee, mein Lieber, dafür habe ich im Moment keine Zeit. Sorry.

Vincent hat verstanden. Er gähnt.

Der letzte Schluck Kaffee, dann suche ich Maria. Sie ist in der Küche. Ich lobe das Ei und frage nach dem Tagesplan.

»Heute Abend kommt eine größere Gruppe. Radler aus Deutschland. Alles Männer. Sie werden hier übernachten und essen.«

»Okay. Ääh, Maria, eine Frage …«

»Was hast du ausgefressen?« Maria findet die Idee sichtlich lustig.

»Nichts. Aber ich wollte dich was fragen …«

»Na, dann raus mit der Sprache.«

»Es geht um mein Zimmer.«

Sie runzelt die Stirn. »Stimmt etwas nicht damit?«

Ich sehe förmlich kaputte Wasserhähne, defekte Kühlschränke und dergleichen durch Marias Hirn rattern.

»Nein, nein. So weit ist alles okay. Nur – könnte ich nicht vielleicht ein Zimmer weiter oben bekommen? Ich hasse Keller, und seit gestern Abend sehe ich auch noch ständig Rebecca Colucci da unten liegen, ich bin halt ein Schisser. Und wenn Vincent dann noch nach Hause fährt …«

Maria streicht sich die Haare hinters Ohr und zupft am Ohrläppchen.

»Hmm«, meint sie, »das habe ich nicht gewusst. Das Problem ist, dass wir in der Hauptsaison langfristig auf kein Gästezimmer verzichten können. Danach vielleicht, aber versprechen kann ich nichts. Ist es so schlimm?«

»Nein, nein, ich schaff das schon. Und Vincent ist ja noch da. Aber wenn du es im Auge behalten könntest, das wär toll.«

»Mach ich, versprochen.«

Wieso schaut sie mich jetzt so an?

»Was ist?«, frage ich.

»Ach, nichts … äh … hast du einen Vorschlag für das Essen heute Abend?«

Was ist das? Sie wird tatsächlich ein bisschen rot.

Mitleidslos ignoriere ich ihren Ablenkungsversuch.

»Maria! Du wolltest doch was ganz anderes sagen. Na los!«

»Das war nur so ein spontaner Gedanke, und Gedanken sind immer noch frei«, wehrt sie lachend ab.

»Aber nicht, wenn man so ein Gesicht dazu macht! Komm schon, jetzt hast du mich neugierig gemacht«, dränge ich.

»Also gut, wenn du es unbedingt wissen willst, aber es geht mich wirklich nichts an …«

»Maria!«

»Ich habe mich gefragt, warum du so lebst …«

»Aha. Und wie lebe ich?«

»Na ja, du bist 25. Und ziehst durch die Welt wie ein Teenager nach erfolgreichem Schulabschluss.« Sie hebt entschuldigend die Hände.

»Ähm …« Kurz fehlen mir die Worte.

»Du arbeitest hier wie in einem Praktikum. Ich würde es ja verstehen, wenn wir eine Sterneküche hätten, aber so …«, schiebt Maria den Versuch einer Erklärung nach.

Sie ist echt süß! Ich glaube, ich muss sie mal grundsätzlich an meiner Lebensphilosophie teilhaben lassen.

»Meine liebe Maria, erstens liegt es in den Genen. Schau Papa an. Der war früher genauso. Ist durch die Welt gezogen und hat auch nicht nur in Sterneküchen gearbeitet. Und heute hat er Erfolg, Sterne, Kohle, Stress – und eine liebende Tochter, die die Annehmlichkeiten eines wohlhabenden Vaters genießt. Und außerdem: Ich habe eine Berufsausbildung und arbeite bei Paps oft genug 14 Stunden am Tag und mehr. Aber festlegen muss ich mich doch jetzt noch nicht. Und hier bei dir krieg ich ziemlich viel mit.«

Maria tätschelt mir die Hand.

»Du musst mir nichts erklären, Doro. Weißt du, ich bin einfach sehr … sagen wir mal – bodenständig. Und ein bisschen älter als du.«

»Nur ein bisschen.« Wir lachen beide.

»Weißt du«, sagt Maria dann, »manchmal beneide ich Frauen, die sich Zeit lassen mit Verpflichtungen, die dich dann festlegen.«

»Eben«, sag ich nur.

»Du bist wahrlich deines Vaters Tochter.« Maria schüttelt lachend den Kopf.

»Wie wär's mit einem Gläschen Prosecco?«, schlägt sie dann vor, schon auf dem Weg, ein Fläschchen desselbigen aus dem Kühlschrank zu holen.

»Da musst du Vaters Tochter nicht zweimal fragen«, sag ich trocken, schnappe zwei Gläser und folge Maria.

»Ich glaube, wir haben die Terrasse für uns«, sagt Maria, »das ist angenehm.«

KAPITEL 6

COCHENILLE (SCHILDLAUS)

Lunedì (Montag) – 4. August

Gute Nachricht. Rebecca Colucci ist aus dem Koma erwacht. Außer einer momentanen Amnesie und einer Gehirnerschütterung geht es ihr wieder gut.

Und das mit dem Baby natürlich …

Emilio nimmt es besonders tragisch. Vielleicht weil er und seine Frau nie Kinder hatten? Und weil es das Urenkelkind von Antonietta gewesen wäre? Also fast schon sein eigenes? Nur so ein Gedanke – aber stimmen Zeugung und Geburtsdatum überein? Muss ich unbedingt nachrecherchieren. Unauffällig, versteht sich. Ich darf Margaret nicht überstrapazieren. Nicht, dass sie mich für zu neugierig hält!

Maria will nach Treviso fahren. Ob ich mitkommen will. Sie muss unterwegs eine Lieferung Kaffee abholen und will dann ins Krankenhaus. Rebecca besuchen. Bingo!

In der Klinik geben wir uns mit Andrea Favelli die Klinke in die Hand. Er grüßt kurz, sieht aber sehr unglücklich aus. Hoffentlich kein Zeichen für Rebeccas Gesundheitszustand. Angespannt folge ich Maria ins Krankenzimmer. Rebecca blickt leicht irritiert auf Maria, die mit ausgestreckten Armen auf sie zustürmt.

»Buon giorno, Rebecca. Wie geht es Ihnen?«

»Schon besser, danke.«

»Das freut mich. Es ist mir ganz arg, dass so was in meinem Haus passiert ist.«

Rebecca lächelt schwach. »Sie können nichts dafür. Ich bin dumm gefallen, das ist alles. Machen Sie sich bitte keine Vorwürfe.«

Scheint sie ehrlich zu meinen. Ich trete ans Bett und überreiche ihr ein Blumensträußchen. Haben wir unterwegs erstanden.

»Hallo, ich bin Doro«, stelle ich mich vor.

»Ich helfe Maria in der Küche. Wir sind alle total erschrocken, als wir dich da unten liegen sahen.«

Ich nutze den Vorteil meines Alters und duze sie. Mache ich immer so, wenn jemand in meinem Alter ist. Hoffentlich stört es sie nicht.

»Nett, dass du mich besuchst.«

Sie lächelt wieder. Gut. Dann schlägt sie die Hände vors Gesicht und fängt zu weinen an.

Ich setze mich aufs Bett und umarme sie.

»Weine ruhig. Ich weiß, dass du dein Baby verloren hast. Das ist schlimm.« Tröstend streiche ich ihr über den Rücken. Sie lässt es geschehen. Obwohl ich eine Fremde für sie bin. Obwohl ich in ihre intimsten Bereiche eindringe.

»Brauchst du etwas? Können wir dir helfen?«

Sie schüttelt den Kopf. Langsam wird das Beben unter meinen Händen weniger. Ich lasse sie los, bleibe aber schweigend am Bettrand sitzen. Rebecca seufzt.

»Ich erinnere mich gar nicht an den Unfall. Momentane Amnesie, meint der Arzt. Es ist so merkwürdig. Ich fühle gar nichts. Ich meine, ich fühle mich schwanger. So wie vorher. Aber ich war ja erst in der achten Woche.«

Sie verstummt. Ihre dunklen Haare umrahmen ihr schmales, blasses Gesicht, das weiße Nachthemd unterstreicht die Blässe, ihre Zerbrechlichkeit. Mein Beschützerinstinkt ist längst erwacht.

»Wenn du willst, können wir mal was zusammen unternehmen, spazieren gehen oder einen Kaffee trinken …«, verlegen breche ich ab. Vielleicht will sie ja einfach nur ihre Ruhe. Und nicht von einer deutschen Aushilfsköchin bedrängt werden.

»Das wäre sicher nett.«

Okay, das kann alles heißen.

Maria mischt sich ein.

»Ich denke, wir sollten jetzt gehen, Doro.«

Ich nicke und stehe auf.

Maria beugt sich zu ihr und küsst sie auf beide Wangen.

»Alles Gute, Rebecca. Sie sind jederzeit herzlich willkommen bei uns. Nehmen Sie sich eine Auszeit, in meinem Hotel ist immer ein Bett für Sie frei.«

Auch von mir Küsschen, Küsschen, dann gehen wir schweigend durch die hellen Krankenhausflure. In mir ein warmes Gefühl für Rebecca.

Zurück im Hotel, überrascht mich Vincent mit einer guten Nachricht. Er kann noch eine Weile bleiben. Find ich klasse. Maria hat nichts dagegen, zumal er ihr gelegentliches Aushilfskellnern in Aussicht stellt. Damit hat sich dann das Thema Zimmerwechsel auch erledigt. Mit Vinc ist es okay da unten. Er hat sich mit Carlos angefreundet. Tut dem Alten bestimmt gut. Die beiden hantieren seit gestern in dem Kellerraum. Geheime Mission. Sie wollen erst etwas testen, bevor sie an die Öffentlichkeit gehen. Vinc drückt mir ein Küsschen auf die Wange. Soll wohl so viel heißen wie »du erfährst noch früh genug, was wir da machen, Baby«.

Ich nehm's gelassen. Männer sind nämlich genau die gleichen Geheimniskrämer wie Frauen. Werd ich ihm bei passender Gelegenheit unter die Nase reiben. Ich grinse. Die trüben Gefühle von Krankheit und Trauer sind in den Hintergrund verbannt. Vincent mit seinen verrückten Ideen! Schafft es immer irgendwie, dass ich mich wieder gut fühle. Lebendig. Und Carlos tut er auch sichtlich gut.

Ein Blick auf die Uhr sagt mir, dass es Zeit für den Kücheneinsatz wird. Ich tausche den jeansblauen Minirock samt weißem Trägertop gegen meine obligatorischen Schlabberjeans plus Schlabber-T-Shirt. Meine Lieblingsmontur in der Küche. Die Haare mit dem Gummi zum Pferdeschwanz zusammengefasst. Fertig. Kann natürlich nicht mit Marias üppiger Mähne konkurrieren. Schwarz, dick und glatt. Bei mir kräuselt sich alles bei der kleinsten Spur von Luftfeuchtigkeit. Und das in langweiligem Hellbraun. Okay, dafür muss ich nicht jede Kalorie zählen. Ausgleichende Gerechtigkeit. Upps! Die Tür ist mir etwas zu schwungvoll aus der Hand geglitten. Zwei Treppen auf einmal nehmend, stürme ich die Treppen hoch. Maria ist in der Küche schon voll in Fahrt.

Minestre di verdura.

Cozze in Weißweinsoße. Cozze – ich liebe dieses Wort, das und das Tier, das es bezeichnet und anfangs bei mir Würgereize ausgelöst hat!

Pollo con verdura e olive à la toscana. Oder Fisch in Gemüsesudpäckchen gebacken. Dazu Polenta. Oder vegetarisch – tris di pasta. Vegan muss ich passen, ist nicht meine Welt. »Da musst du umdenken, Spatz. Vegan ist in der modernen Küche nicht mehr wegzudenken.« O-Ton Papa. Weiß ich ja auch, aber jedenfalls nicht heute.

Nachspeise klassisch Tiramisu.

Das lieben die Touristen immer besonders, spottet Maria ein bisschen. Ist aber auch lecker, finde ich. »Na, du bist halt auch ein Touri«, zieht Maria mich auf. »Aua!« Sie reibt sich die Schulter.

»Absolut verdient«, erkläre ich mitleidslos.

Zurück an die Arbeit. Ein paar Stunden Gemüse schnippeln, Soßen rühren, Salat putzen und diverse Küchentätigkeiten mehr. Geht mir wie von selbst von der Hand, nebenbei kreisen meine Gedanken um Emilios Familie.

»Kennst du die Familie Zarbo eigentlich?«

Ist mir gerade in den Sinn gekommen.

Maria schaut kurz hoch. Einen Moment ruhen ihre Hände ruhig auf der maisgelben Polentamasse.

»Natürlich. Ich beziehe einige Weine von ihrem Weingut. Die Gäste erwarten nicht nur hauseigene Produkte, sie wollen verschiedene Sorten aus der Region kosten. Dafür schickt uns die Familie ab und zu Gäste. So wie jetzt. Salvatore hat seinen Bruder mit seinen Leuten hier einquartiert.« Sie zuckt mit den Schultern.

»Wir in der Region halten zusammen.«

»Emilio!«

Vor Schreck fällt mir die Karotte, die ich gerade schäle, auf den Boden. Eine wütende, tiefe Männerstimme dringt von der Terrasse bis zu uns in die Küche. Maria und ich schauen uns an. Sie schüttelt den Kopf. Sie weiß auch nicht mehr als ich.

Gleichzeitig lösen wir uns aus unserer Starre und stürmen hinaus. Durch die offene Schiebetür zur Terrasse zeigt sich uns der Verursacher des Krawalls. Salvatore Zarbo. Man sollte meinen, sie hätten sich genug gestritten vor drei Tagen. Emilio steht jetzt auf. Wie zwei Stiere im Kampf um die Vorherrschaft stehen sie sich gegenüber.

»Warum bist du gekommen? Jetzt, nach all den Jahren. Willst du Unruhe stiften? Ist das deine feige Art, dich an mir zu rächen? Indem du meine Enkelin umbringen willst?«

Emilio steht mehrere Sekunden sprachlos da, starrt Salvatore an und schüttelt unentwegt den Kopf. Alle anderen auf der Terrasse, aber auch Maria und ich, wagen es gerade mal zu atmen.

»Du Kretin. Traditore. Du kleiner mieser Verräter.«

Emilio presst die Worte leise zwischen den Lippen hervor. Er holt tief Luft.

»Du solltest wissen, dass ich nicht so bin wie du. Mit deinem völlig absurden Verdacht zeigst du deinen Charakter. So hättest *du* gehandelt. So *hast* du gehandelt! Hast vor nichts zurückgeschreckt. Nicht vor Vergewaltigung, nicht vor Verleumdung deines Bruders bei unserem Vater.«

Salvatores Gesicht färbt sich dunkelrot.

»Was weißt du denn schon!«, brüllt er. »Du warst ja immer Papas Liebling. Und ich musste mich immer an dir messen lassen. Meinst du, das war einfach? Ich bin der Ältere, aber du solltest das Weingut bekommen. Das konnte ich nicht zulassen! Es ist mein Lebenswerk, und nach dem Recht des Älteren stand es mir auch zu!«

»Es stand dir zu? Und es stand dir zu, zu vergewaltigen und zu erpressen? Und es stand dir zu, Vater mit falschen Beweisen davon zu überzeugen, dass ich aus Gewinnsucht die Qualität unserer Weine aufs Spiel setzen würde, dass ich unsere Weinberge mit verbotenen Chemikalien tränken würde, um den Ertrag zu steigern? Dass ich Weinberge von Konkurrenten mit schädlichem Ungeziefer infizieren würde und damit den Bestand der ganzen Gegend gefährden würde? Das alles stand dir zu?«

Emilios Stimme jagt mir einen Schauer über den Rücken. Dieses gequetschte Flüstern ist schlimmer als lautes Gebrüll. Hunde, die bellen, beißen nicht. Emilio bellt nicht. Er knurrt.

Lähmende Stille auf der Terrasse.

Salvatore tritt noch einen Schritt auf seinen Bruder zu.

Ich breche vor Anspannung fast Marias Hand. Die werden doch nicht handgreiflich werden! Vinc und Carlos sind im Keller ...

Die beiden Männer starren sich stumm in die Augen. Dann tippt Salvatore langsam mit seinem Zeigefinger gegen Emilios Brust.

»Geh zurück nach Australien. Lass mich und meine Familie in Ruhe. Du gehörst nicht mehr hierher.«

Er dreht sich um und geht mit festen Schritten. Emilio bleibt noch eine Weile stehen.

»Was war das jetzt?«, flüstere ich Maria zu. Die zuckt ratlos mit den Schultern und zieht mich in die Küche.

»Mann, das ist ja schlimmer als im Film! Ich hab schon gedacht, die schlagen sich gleich den Schädel ein.« Mit einem tiefen Atemzug lasse ich die Anspannung aus mir raus. Maria reibt sich die Arme und schüttelt ein paar Mal den Kopf. Keine alltägliche Situation.

»Weißt du was, Doro?«, sie massiert nachdenklich ihr Ohrläppchen.

»Nee, was denn?«

»Ich mag die Australier, aber soll ich dir was sagen? Ich bin auch froh, wenn sie wieder abreisen!«

»Klar, versteh ich. Und wie lange haben die gebucht?«

»In drei Wochen legt ihr Schiff in Venedig ab.«

Drei Wochen. Ich schlucke. Eine lange Zeit.

KAPITEL 7

LUMACI (WEINBERGSCHNECKEN)

Martedì (Dienstag) – 5. August, 11.30 Uhr

Maria und ich müssen antreten. Vincent und Carlos proudly present: Die geheime Arbeit der vergangenen Tage. Bin mal gespannt. Ich grinse zu Maria rüber. Weibliche Nachsicht gegenüber männlichen Kindereien spiegelt sich in ihren Augen – wie mir die feinen Lachfältchen in ihren Augenwinkeln verraten.

Wir beginnen mit einem Rundgang ums Haus.

»Alora …«

Oho! Mein Vinc, der sonst Fremdsprachen weniger schätzt, spricht Italienisch! Bin beeindruckt.

Vinc räuspert sich noch mal, bevor er weiterspricht, jetzt allerdings in waschechtem bayerisch-schwäbischem Mischmasch.

»Also«, er zeigt schwungvoll auf eine eher unauffällige Konstruktion links oberhalb der Eingangstüre des Hotels.

Carlos steht daneben. Sagt nichts, aber seine Mundwinkel reichen von einem Ohr zum anderen.

»Wir haben eine Überwachungskamera installiert, was für das Hotel an sich nützlich ist, aber Sinn und Zweck unserer Anlage ist in erster Linie, dass wir den miesen Hundemörder überführen werden.«

Vinc macht eine bedeutungsschwere Pause, wohl um uns technisch Unbegabten die Chance zu geben, eine halbwegs intelligente Frage zu formulieren.

Die Freude mache ich ihm gerne.

»Und das willst du mit einer kleinen Kamera über dem Hoteleingang erreichen? Wo der fiese Übeltäter mit Sicherheit den Köder für sein nächstes Opfer auslegen wird?«, frage ich mit sanftmütiger Ironie.

»Ja, ja, meine kleine, skeptische Doro. Ts, ts, ts.«

Vincent schaut mir eine Spur zu unschuldig. Da kommt noch was, ich ahne es.

Am Ende der Vorstellung bin ich echt beeindruckt. Und Maria auch. Die beiden haben rund ums Haus kleine Minikameras angebracht, so eingestellt, dass auch die Umgebung relativ weitläufig erfasst wird, gekoppelt mit ein paar Bewegungssensoren und Zeitschaltuhren, an Stellen, wo sich zu bestimmten Zeiten nun wirklich keiner aufhalten sollte.

Ich drücke Vinc ein stolzes Küsschen auf die Wange.

»Klasse. Das entschuldigt eindeutig gewisse Unaufmerksamkeiten der letzten Tage!«

»Wird nachgeholt. Versprochen«, flüstert mir Vincent ins Ohr.

»Und was kostet der Spaß?«

Marias Frage scheint mir nicht ganz unberechtigt, immerhin steht sie als potenzieller Sponsor ganz oben auf der Liste.

»Das meiste Material hatte Carlos in seinem Fundus, die Kameras hat uns einer seiner Cousins besorgt, echt günstig, nur die Zeitschaltuhr haben wir im Laden gekauft, war aber nicht teuer.«

Vinc bedenkt Maria mit einem Kleinjungen-Hundeblick, der jede Frau zu mütterlicher Resignation zwingen würde. Funktioniert natürlich auch bei Maria. Muss ich mir merken. Der Trick ist gefährlich.

Drinnen klingelt die Rezeptionsglocke.

»Bene. Ein Gast.« Maria eilt ins Hotel.

Carlos schnallt einen Korb auf seinen uralten Roller und röhrt ins Dorf runter. Etwas besorgen, sagt er. Vincent möchte gern seine Schulden bei mir begleichen, jetzt sofort bitte, und ich muss meine ganze Disziplin aufbringen, um der Idee zu widerstehen. Aber die Küche ruft. Heute Abend erwarten wir eine größere Gruppe Engländer auf Kulturtrip. Übernachtung und ausnahmsweise mit Halbpension. Und der Bürgermeister vom Ort mit ein paar wichtigen Geschäftsleuten speist heute hier. Die Australier sowieso, die anderen Gäste werden auswärts essen.

»Der Bürgermeister will immer gerne Chiocciola. Lumaci. Weinbergschnecken. Mit Knoblauchbutter.«

Mich schüttelt es. Ich habe als Kind zu oft mit den schleimigen Kerlchen gespielt. Häuschen gebaut. Liebevoll, mit Gras, Erde und Steinen ausgestattet. Gefüttert habe ich sie auch gewissenhaft, nur dass sie anscheinend von meinen Leckerli nicht sehr begeistert waren und auch gerne ein Schlückchen Wasser gehabt hätten. Dann hätten sie vielleicht nicht als vertrocknete Würstchen in ihren Häusern enden müssen. Ich hab's dann noch mit Nacktschnecken versucht. Die haben's auch nicht überlebt, waren nur extrem glitschig. Der Schleim ließ sich selbst mit Seife schwer entfernen … Muss ich so was essen? Nein, habe ich schon vor langer Zeit entschieden!

Zwei Polizeibeamte stehen bei Maria an der Rezeption.

Maria vollführt einige temperamentvoll abwehrende Handbewegungen. Redet mit Händen und Füßen. Der eine schüttelt den Kopf. Entschuldigende Geste dazu. Was ist hier los? Frech stelle ich mich dazu, tue nicht mal so, als wäre ich nicht neugierig. Den Mutigen belohnt das Leben, sage ich mir. Keiner schickt mich weg. Bin zu unwichtig.

»Wir müssen dem Hinweis nachgehen, Signora Liccardi. Lassen Sie uns den Tatort begutachten und sagen uns, wo wir Signore Emilio Zarbo finden.«

Maria hebt resigniert die Hände.

»Folgen Sie mir, meine Herrn.«

Ich folge ebenfalls. Schattengleich sozusagen. Würde mich interessieren, weshalb die alles sehen wollen. Rebeccas Sturz war ein Unfall. Das ist routinemäßig gleich am Abend ins Protokoll aufgenommen worden. Hat Rebecca inzwischen auch bestätigt. Wollen die Maria am Zeug flicken? Wegen der alten, faltigen Teppiche? Scheißversicherungen! Wenn's ums Zahlen geht, werden alle Register gezogen.

»Doro!«

Aha, sie hat mich doch bemerkt.

»Kannst du mal schauen, ob Signore Zarbo auf seinem Zimmer oder sonst irgendwo im Hotel ist?«

»Kein Problem, mach ich.« Und bin schon weg. Zimmer 21. Keiner da. Auch sonst keine Spur von den Australiern. Wenn ich mich nicht sehr täusche, haben sie gestern von einem Ausflug nach Asolo geredet. Allerdings dachte ich, sie wollten erst am Abend dort hin, eine Theatervorstellung im Schloss.

Mit diesen Auskünften melde ich mich zurück.

»Darf man fragen, was Sie von Signore Zarbo wollen?«

»Nein, Signorina, dürfen Sie nicht.«

Höflich und flirtresistent verlassen die beiden das Hotel, ohne unsere Neugier auch nur ansatzweise zu befriedigen. Emilio Zarbo soll morgen früh aufs Polizeirevier kommen. Basta. Finito.

Wir verziehen uns in die Küche. Salat putzen, Gemüse schneiden, Maria backt ihren unvergleichlichen Apfelkuchen mit Mürbeteig. Eine Waage braucht sie nicht. Nebenbei erörtern wir die neue Lage. Maria ist nervös. Logisch. Wenn die sich auf Unzulänglichkeiten im Hotel einschießen, kann es teuer für sie werden. Das würde der Betrieb nicht überstehen.

»Jetzt wart erst mal ab. Die wollen was von Emilio. Das muss nichts mit dir zu tun haben.«

»Und warum dann die Unfallstelle untersuchen?«

Berechtigte Frage. Dazu fällt mir auch nichts ein.

»Die Schnecken sind im Kühlraum?«, versichert Maria sich dann noch.

Ich nicke. Zum Glück muss ich nicht in den Weinberg, die lieben Kleinen einsammeln! Zuchtware vom Großhandel. Die Kartoffeln für die Gnocchi sind fertig. Schälen, pürieren, Teig herstellen, formen.

»Was brauchen wir noch?«

Maria überlegt.

»Das war's, denke ich. Alles andere machen wir heute Abend. Wenn du um sechs da bist, das reicht.«

Super. Ich düse ab. Mal schauen, wo Vincent ist. Unser Zimmer ist leer. Ich schlüpfe in meinen roten Bikini, rotes Longshirt drüber, Handtuch. Okay. Erst mal eine Runde schwimmen. Am Hoteleingang bewundere ich die Konstruktion der beiden Tüftler. Haben sich echt was einfallen lassen. Carlos' alte Vespa steht schief drüben auf dem Parkplatz. Alles klar. Vincent steckt bestimmt mit Carlos zusammen. Vielleicht finde ich sie ja ums Haus herum. Tue ich auch. Allerdings anders, als ich gedacht habe. Sie checken nicht die Anlage, sondern hocken im Garten, an einer schattigen Stelle im Gras – und spielen mit einem winzigen Etwas, das Geräusche von sich gibt wie ein Baby. Ein Hundebaby!

»Oh, wie süß! Was bist denn du für ein Hübscher?«

»Eine Hübsche, bitte schön!«

Die beiden grinsen mich an wie zwei Honigkuchenpferde.

»Tini. Carlos hat sie gerade von einem Cousin abgeholt.«

Das kleine Etwas zappelt auf meinem Arm, will wieder runter. Ganz schön munter, die Kleine.

»Aha. Deshalb die Überwachungsanlage«, kombiniere ich messerscharf.

»Genau.« Sie nicken.

»Wird mal ein prima Wachhund«, prophezeit Vinc stolz.

Schwimmen ist vergessen, wir spielen mit Tini, bis sie müde ist und wir auch.

Einmal abfrischen im Pool, dann haben wir noch Zeit für Siesta, bevor wir unsere Pflicht als Köchin und Kellner antreten.

Die Australier waren in Marostica, das legendäre Schachbrett auf dem Hauptplatz anschauen. Alle zwei Jahre wird hier mit lebenden Personen in historischen Kostümen das legendäre Schachspiel nachgespielt, das der Burgherr Taddeo Parisio zur Vermeidung eines Blutbades um die Hand seiner Tochter austragen ließ. Kulturhunger. Das gute alte Europa hat auf kulturellem Gebiet natürlich mehr zu bieten als Australien. Falsch, das gilt nur für die weiße Kultur. Die Aborigines haben ihre Kultur. Anders halt.

Am Abend wollen sie nach Asolo. Ins Theater, wie ich vermutet habe. Fürs Abendessen haben sie sich bei Maria abgemeldet, im Schlossristorante kann man auf Vorbestellung ein Theatermenü buchen. Das Taxi holt die Gruppe um 19 Uhr ab. Emilio fehlt, ihm ist nicht gut. Eve hat mich vorhin gebeten, ihm einen Teller Suppe aufs Zimmer zu bringen. Werde später mal nach ihm schauen.

Als ich um zehn Uhr endlich etwas Luft habe, richte ich ein Tablett mit einem Teller Minestrone und einem Körbchen Weißbrot für Emilio. Aber er macht nicht auf. Ich hole von Maria die Zentralzimmerkarte. Nicht dass er einen Herzinfarkt oder so was hat. Ich fühle mich ein bisschen verantwortlich ... aber meine Sorge ist unbegründet. Er ist gar nicht da. Tja, da kann ich dann auch nichts machen.

Der Abend zieht sich in die Länge.

Um ein Uhr nachts liegen wir endlich im Bett. Vincent schnarcht leise. Ich kuschle mich an seinen Rücken. Er riecht so gut.

Morgen habe ich ein Date. Mit Rebecca. Sie hat mich auf das Familienweingut eingeladen. Bin gespannt …

KAPITEL 8

VIGNA (WEINBERG)

Mercoledì (Mittwoch) – 6. August, 10 Uhr

Punkt zehn in der Früh stehe ich vor dem Hotel. Maria holt mich ab und fährt mich zu Rebecca. Vinc' alter Wagen will gerade nicht so, wie er soll, er und Carlos wollen ihn sich heute mal vornehmen. Total lieb von Maria, dass sie mich mitnimmt, ist immerhin ein ganz schöner Umweg. Sie ist echt ein Schatz.

Wir biegen von der Hauptstraße ab. Die holprige Straße ist für Gegenverkehr eindeutig nicht geeignet! So eine enge Zufahrt zu einem großen Weingut? Überrascht mich. Passt aber zur Landschaft. Zu den kleinen Hügeln, die wie grüne Ameisenhaufen die Skyline im Norden prägen. Und mitten drin die Zarbos mit ihren Weinbergen. Das Gut liegt unten im Tal. Und dann bin ich erst mal überrascht. Statt einer filmkulissenreifen, schlossartigen Gutsanlage, wie ich sie – ich gestehe – erwartet habe, ist das Gebäude relativ klein. Und hier wohnen drei Generationen? Kann ich mir nicht vorstellen. Aber okay, ich lass mich überraschen.

»Wann soll ich dich abholen?«

»Nee, Maria. Kommt nicht infrage. Ich komm schon zurück.« *Notfalls mit dem Taxi.* Aber das denke ich mir nur, sonst ist Maria nicht mehr zu halten.

Maria nickt. Gut. Ich will ihre Hilfsbereitschaft nicht ausnutzen. Sie wendet den Wagen, ich winke. Langsam legt sich die Staubwolke, und ich schau mich um. Schön. Ursprünglich. Statt gepflegter Geranientöpfe und Palmenhainen Olivenbäume und Pinien ums Haus herum, Efeu an der gesamten Hausfront und eine riesige Vogelvoliere, aus der es zwitschert und kreischt. Bevor ich erkunden kann, was sich dort alles tummelt, kommt Rebecca um die Ecke. Ein bisschen außer Atem, scheint mir.

»Buon Giorno, Doro! Scusi, aber ich war bei Gina. Das ist unser Hund. Sie hat Junge bekommen und sich im Schuppen hinterm Haus einquartiert. Da hat sie mehr Ruhe. Die Kleinen musst du dir unbedingt anschauen! Komm.«

Scheint eine fruchtbare Gegend zu sein. Oder ist das um die Zeit normal? Keine Ahnung, bin schließlich Köchin, kein Zoologe!

Mann, die Babys sind echt süß! Undefinierbare Rasse, wie die Mama. Wenn das so weitergeht, habe ich noch so ein quäkendes Etwas im Gepäck! Nee, echt, würde mich total reizen, aber die Vernunft siegt. Meine kleine Wohnung und vor allem chronischer Zeitmangel – ohne Worte. Wir knuddeln die Kleinen ausgiebig, bis uns Ginas gereiztes Knurren zu verstehen gibt, dass sie sich nicht umsonst ein ruhiges Plätzchen ausgesucht hat. Okay, wir haben verstanden.

»Willst du einen Spaziergang machen? Durch die Weinberge? Danach zeig ich dir das Haus und den Weinkeller, si?«

»Si!«, ich nicke. Rebeccas Deutsch und mein Italienisch ergänzen sich hervorragend, wir liegen auf einer Wellenlänge. Der Gesprächsstoff geht uns nicht aus, während wir auf schmalen Wegen durch die Weinberge schlendern. Rebecca erklärt mir zwischendrin die verschiedenen Rebsorten, die sie hier anbauen, hauptsächlich die Gleratraube, für den Prosecco. Logisch, was sonst. Proseccostraße ... Pilgerweg für Gourmets.

Wir sind jetzt oberhalb der Wohngebäude, und von hier erkenne ich die Ausmaße der Anlage. Den zweiten Flügel des Hauses habe ich vorhin gar nicht gesehen. Die Kellerei ist zwar immer noch kleiner, als sie meiner Meinung nach sein müsste, aber sie ist unterkellert. Und der Grundriss des Kellers geht weit über den des Hauses hinaus, wie Rebecca mir erklärt. Dort werden die Fässer gelagert und der Prosecco in Flaschen abgefüllt. Inzwischen mit maschineller Unterstützung und nach modernen Methoden, trotzdem nicht in fabrikmäßigen Dimensionen. Hinter der Halle sehe ich fünf metallene Tanks, die mich an kleine, auf modern gestylte Gastürme erinnern.

»Die waren dringend nötig, aber Tommaso meint, das wäre erst der Anfang. Egal.« Rebecca schüttelt unwillig den Kopf.

»Ich hab eine Idee«, rufe ich euphorisch, wie immer, wenn mich die Begeisterung packt.

»Wir machen eine Weinprobe. Marias Rotwein und euer Weißwein, das wird der Renner auf unserer Weinkarte im Restaurant. Frisch vom Erzeuger. So was lieben die Gäste. Individualität. Etwas, was nicht jeder hat. Dazu ein paar Fotos, von mir, direkt vor Ort.«

Wir lachen beide gleichzeitig los. Da sind ja zwei mächtig stolz auf ihre Familien.

»Mann, ist das dampfig hier zwischen den Reben!« Ich bleib stehen, der Schweiß steht mir nicht nur auf der Stirn. »Sollen wir zurückgehen?« Besorgt sieht mich Rebecca an. »Ja, bitte. Ich hab einen Riesendurst. Jetzt hab ich so viel über euern Superwein gehört, wie wär's mit 'nem Gläschen?«

Mittags schon Alkohol, daheim hätte ich Skrupel. Hier nicht. Ich fächle mir mit der Hand Luft zu. Kein Windhauch zu spüren. Wir sind ziemlich weit gelaufen, mir reicht es jetzt. *Weichei*, schimpfe ich mich innerlich und schwöre, meine Joggingrunden zu intensivieren – sobald ich wieder zu Hause bin. Wie macht Rebecca das nur? So kurz nach dem Unfall. Der Sturz, das Baby verloren, und jetzt rennt sie schon wieder durch die Weinberge, und ich keuche hinterher!

Sie ist wahrscheinlich nur die Hitze besser gewöhnt.

»Wir kürzen ab.«

Resolut schiebt Rebecca mich zwischen die Rebstöcke.

Ohne Navi tät ich mich glatt verlaufen. Romantisch. Muss unbedingt mal mit Vincent in die Weinberge …

Rebecca packt mich am Arm.

»Hörst du das?«

»Was?« Aber dann hör ich es deutlich.

»Telefon?«, frag ich ein bisschen verkrampft. Mir wär's lieber, wenn wir den Besitzer dazu sehen könnten.

Rebecca lauscht, dann verschwindet sie zwischen den Rebstöcken. Na toll! Ich sehe sie nicht mehr. Die Spaliere der Weinstöcke sind zu hoch, hoffentlich findet sie mich wieder! Romantisch finde ich das nicht mehr, so alleine hier oben. *Piano, alle Wege führen nach unten*, beruhige ich mich meiner Gänsehaut zum Trotz selber. *Schisser*, schimpf ich mich ärgerlich.

»Doro!«

Nix toll. Das hör ich sofort, als Rebecca mich ruft. Sie klingt … panisch. Wo ist sie hin? Ich zwänge mich durch die Lücke, durch die sie verschwunden ist. Ungefähr 20 Meter abwärts steht Rebecca mit dem Rücken zu mir. Und vor ihr auf dem Boden, halb von Unkraut und Grashalmen verdeckt, liegt etwas. Jemand. Ein Mann. Ein Verletzter. Hektisch krame ich nach dem Handy in meiner Handtasche, während ich zu Rebecca haste. Rebecca steht da, wie erstarrt, beide Hände auf den Mund gepresst.

Verdammt! Ich kenne den Mann. Das ist Salvatore, Rebeccas Großvater. Mit einer Schnur um den Hals, oder nein, schaut eher wie die Rute einer Weinrebe aus. Shit. Was ist hier passiert?

»Rebecca, komm weg hier.«

Ich will sie zur Seite ziehen, aber sie rührt sich nicht vom Fleck.

In mir zieht sich alles zusammen. Soll ich Erste Hilfe leisten? Muss ich wohl. Ich krieg keine Luft mehr. Am liebsten würde ich abhauen, aber da Rebecca eindeutig in der bescheideneren Situation ist als ich, reiße ich mich zusammen und überwinde mich. PAPA. Puls, Atmung, Pupille, Allgemeinzustand. Das zumindest ist hängen geblieben vom Erste-Hilfe-Kurs. Ich fasse sein Handgelenk und taste nach dem Puls. Nichts. Am Hals geht's vielleicht besser … meine Finger tasten widerwillig auf kalter Haut nach Lebenszeichen – aber da ist nichts mehr. Ich habe noch nie einen Toten berührt, trotzdem bin ich mir ziemlich sicher, dass in diesem Körper kein Blut mehr fließt.

»Wir müssen den Notarzt rufen – und die Polizei.«

Rebecca reagiert nicht.

Ich rüttle sanft an ihrem Arm.

»Hey, Rebecca. Tut mir leid, aber es geht nicht anders.« Ich halte ihr mein Handy hin.

Ja, und dann nimmt alles seinen Lauf. Rebecca steht herum wie in Trance. Wir werden befragt, dann können wir gehen. Rebecca lässt sich von mir wie ein kleines Mädchen an der Hand nehmen und zum Gut zurückführen.

Zwei Männer mit einer Trage kommen uns entgegen. Klar, Salvatore kann schlecht selber zurücklaufen.

Mann, Doro! Wie kann ich in der Situation einen Witz auch nur denken! Ich schau schnell zu Rebecca. Ihr Gesichtsausdruck ist leer. Wär besser, wenn sie weinen würde, wär irgendwie normaler.

Auf dem Hof begegnen wir niemandem.

»Sie sind alle bei der Arbeit. Vom Wein allein können die meisten nicht leben.«

Ohne hörbare Emotion erklärt mir Rebecca die Ruhe hier. Sie geht ins Haus. Ich hinterher. Kann sie doch nicht alleine lassen. Oh Gott, Vinc, jetzt könnte ich dich echt gut brauchen! Natürlich nützt mir das Stoßgebet nichts. Ich überlege. Maria hat gesagt, Rebecca könne jederzeit ein paar Tage bei ihr wohnen. Ich finde, jetzt ist der richtige Zeitpunkt dafür.

»Was sagst du dazu?«

Rebecca starrt mich an.

»Rebecca! Hast du gehört? Das ist das Beste. Da bist du nicht allein, und wenn was ist, bist du jederzeit erreichbar. Komm, ich hab Zeit für dich, und wenn du deine Ruhe willst, dann haust du mir einfach die Tür vor der Nase zu, okay?«

Ihr Bruchteilsekundenlächeln ist fast nicht wahrnehmbar und auch nicht wirklich ein Lächeln. Eher aufkeimende Verzweiflung, schätz ich mal.

»Ach Rebecca! Es tut mir so leid mit deinem Opa.«

Ich streichle ihren Arm. Sie erscheint mir fast so steif wie ihr Großvater. Nur weicher und warm. Dann läuft ein Zittern durch ihren Körper. Sie schaut mich an. Traurig.

»Was ist passiert, Doro? Mit meinem Opa? Warum liegt er da? Und ist einfach tot?«

»Ich weiß es nicht. Das wird alles untersucht, und dann wirst du es erfahren.«

»Meinst du wirklich, dass ich bei euch wohnen kann?«

»Ja klar, das hat Maria doch gesagt. Pack einfach ein paar Klamotten zusammen.«

Mir fällt ein, dass ich ja gar keinen fahrbaren Untersatz habe.

»Hast du ein Auto?«

Rebecca nickt. Ordentlich packt sie Unterwäsche und einige Kleider in eine kleine Reisetasche. Das würde sich bei mir mit Sicherheit chaotischer gestalten. Ich muss an Vincent denken, der sich erst gestern über mein Chaos beschwert hat – nachdem er zum x-ten Mal versucht hat, ein wenig Ordnung im Bad zu schaffen. Vinc wird sich wundern. Kellner, Sicherheitsbeauftragter, und jetzt noch ich als Seelsorger.

»Hast du deinen Papa schon erreicht?«

Rebecca schüttelt den Kopf.

»Ich weiß nicht, wo er ist, und sein Handy ist ausgeschaltet. Ich schreibe ihm eine Nachricht, dass er sofort zu mir kommt, wenn er zurück ist.«

»Das ist gut. Und Tommaso?«

Rebecca zuckt mit den Schultern.

»Keine Ahnung, Opa und er, sie haben sich nicht besonders gut verstanden …«

Aha. Trotzdem. Tommaso ist Rebeccas Verlobter. Sollte sie sich nicht an seiner Schulter ausweinen wollen? Egal. Sie steht unter Schock, und ich denke, es ist eine gute Lösung, wenn sie mit zu uns ins Hotel kommt. Dann sehen wir weiter.

Draußen höre ich Schritte. Andrea Favelli, der Verwalter, kommt auf uns zu. Rebecca und er reden kurz miteinander.

Verstehen kann ich nichts, dazu sprechen sie zu leise und zu schnell. Rebecca schüttelt heftig den Kopf, dann kommt sie zu mir und steigt ins Auto. Der alte Favelli schaut ihr nach, die Hände tief in die Taschen seiner ausgewaschenen Jeans vergraben.

Ich fahre. Rebeccas kleiner weißer Flitzer ist gut zu handhaben, die paar Schlaglöcher, denen ich nicht rechtzeitig ausweichen kann, scheint er mir nicht übel zu nehmen.

Keiner von uns beiden redet.

Zum Glück ist Maria im Hotel, und ich kann ihr in Kurzausführung die Lage erklären. War doch ein bisschen sehr spontan, Rebecca gleich mitzubringen, das Hotel ist gerade diese Nacht bis aufs letzte Bett ausgebucht.

»Macht nichts. Rebecca kann bei mir schlafen und Vinc soll bei Carlos unterschlüpfen. Der hat bestimmt eine Couch. Für ein oder zwei Nächte wird das gehen, oder?«

Maria nickt. Gott sei Dank ist sie so unkompliziert.

»Rebecca, wartest du hier auf mich? Ich organisiere das mit Vincent und Carlos, okay?«

»Rebecca bleibt inzwischen bei mir in der Küche. Kein Problem.«

»Deine Tasche nehme ich mit aufs Zimmer. Bis gleich.«

Puh! Ich bin total durchgeschwitzt. So eine absolut oberbescheidene Situation! Okay. Erst mal aufs Zimmer. Ich schmeiße Rebeccas Tasche unsanft in die Ecke, keine Spur von Vincent. Also die Treppe wieder hoch. In Carlos' Werkraum ist keiner. Im Garten vielleicht. Treffer. Die zwei Männer bemühen sich mit Händen und Füßen um das kleine Fellknäuel zwischen ihnen.

»Vinc!«

Ich renne zu ihm, er fängt mich auf. Jetzt muss ich einfach heulen.

»Schatz, was ist denn los?«

Mein Gesicht an seinem Hals. Sein Geruch beruhigt mich. Ich bin eindeutig ein Nasenmensch.

»Ach Vinc. Du glaubst es nicht. Rebeccas Opa ist tot. Und wir haben ihn gefunden. Mitten im Weinberg! Stell dir das vor. Und die Polizei und – ach, Shit, das alles ist echt übel.«

Vinc schiebt mich ein Stück weg.

»He, was erzählst du für Horrormärchen? Rebeccas Opa? Dieser Salvatore Zarbo? Der böse Bruder von unserem Emilio?«

»Genau der.« Ich nicke.

»Und der ist tot? Mitten in den Weinbergen? Ein Unfall?«

»Keine Ahnung. Die haben uns nichts gesagt. Wird alles erst untersucht. Vermute ich. Außerdem …«

»Was?«

»Na ja, der lag irgendwie komisch da.«

Ich sehe die Szene wieder vor mir.

»Die Weinrebe …«

»Weinrebe? Du sprichst in Rätseln!«

»Weil ich selber nichts weiß. Es hat halt merkwürdig ausgesehen … nicht normal … wie hingelegt.«

Vinc versteht nicht, was ich meine, das seh ich an seinem Gesichtsausdruck. Wie soll er auch. Ich weiß ja selber nicht genau, was ich damit sagen will.

»Vielleicht hat er sich im Fallen an dem Weinstock festgehalten und die Rute dann mit sich gezogen. Kann gut sein.« Ich zucke mit den Schultern.

»Ist doch nicht so wichtig, was genau passiert ist. Das erfährst du schon noch. Jetzt musst du dich erst mal von dem Schreck erholen. Wie wär's mit einer Runde Pool? Danach Massage. Von deinem persönlichen Masseur …«

»Klingt verlockend, muss aber warten.«

»Und wieso?«

Vinc versucht mich drohend anzusehen, was ihm gründlich misslingt. Meine Nase läuft, ich schniefe – und ich muss lachen.

»Du musst umziehen.«

»Hä? Wie bitte? Umziehen? Also doch schwimmen?«

»Nein, du musst nicht dich umziehen, sondern aus unserem Zimmer umziehen.«

»Ich dachte, es ist kein anderes Zimmer frei.«

»Ja, eben.«

»Also Doro, Schatz, jetzt sag endlich klar und deutlich, was los ist! Ich kapier kein Wort.«

»Ich konnte Rebecca unmöglich alleine auf dem Weingut lassen. Ihr Vater und ihre Großmutter waren nicht da, nur der alte Verwalter. Ihr Verlobter war auch nicht verfügbar, das heißt, den wollte sie nicht anrufen, und da hatte ich die Idee, Rebecca mit zu uns zu nehmen. Nur für ein paar Tage. Maria hat ihr das schon im Krankenhaus angeboten, deshalb bin ich überhaupt erst auf die Idee gekommen. Und … ja, eben, es ist kein Zimmer frei, deswegen muss Rebecca zu mir in unser Zimmer und du kannst auf der Couch von Carlos schlafen. Maria hat ein altes Mofa, mit dem du ins Dorf runterfahren kannst. Oder du stellst dir ein Notbett in der Werkstatt auf …«

»Sag mal, spinnst du komplett? Meinst du, ich bleibe hier, um auf einem Feldbett in der Abstellkammer zu pennen? Ich bin wegen dir hier! Und du verplanst mich, wie es dir gerade passt, oder wie?«

Er hat ja recht.

»Was hätte ich denn tun sollen?«

»Du kennst Rebecca kaum. Und du bist ihr nichts schuldig! Vor allem hättest du aber erst mit mir reden müssen. Du kannst nicht einfach über mich bestimmen!«

»Tu ich doch gar nicht. Vinc, mein Süßer, klar hätte ich dich fragen sollen, aber wann denn, bitte? Vinc …« Ich umarme ihn. Er will mich wegschieben, aber das hab ich erwartet und lass ihn nicht los. Ich merke recht schnell, wie seine Anspannung nachlässt. So gut kenn ich ihn schon. Vinc kann nicht lange böse sein. Drum liebe ich ihn auch. Liebe? Oh Gott, jetzt werd ich kitschig. Was so ein Toter im Weinberg alles bewirken kann. Na ja, aber ziemlich verliebt bin ich auf jeden Fall. Mehr als bisher immer. Bevor ich in meiner eigenen Gefühlswelt versinke, lass ich Vinc lieber los.

»Rebecca braucht Hilfe. Sie ist echt arm dran. Stell dir vor, sie hat erst ihr Baby verloren und jetzt findet sie ihren Opa tot im Weinberg. Da brauchst du doch nichts mehr, oder?«

Vinc küsst mich.

»Doro, Doro, oder soll ich Mutter Teresa zu dir sagen? Du bist nicht für die ganze Welt verantwortlich, sieh das endlich ein.«

»Für Rebecca aber momentan schon.« Wieso versteht er mich nicht?

»Ich versteh dich ja und …«

- Hab ich das gerade laut gesagt? -

»… ich denke, das kriegen wir hin. Wahrscheinlich will sie eh bald wieder zurück.«

»Genau. Und ich versprech dir, ich vergess dich nicht in deinem Verlies.«

»Es gibt immer Möglichkeiten …«

»Klar! Dazu fällt dir immer was ein, ich weiß. Aber nicht jetzt …« Ich schiele zu Carlos, der tut, als wäre er völlig vertieft in sein Spiel mit Tini.

»Rebecca wartet. Weißt du, was ein Vorteil von diesem Arrangement ist?«

»Nee, was denn?« Vinc grinst, als wüsste er zumindest, dass jetzt eine typische Doro-Idee kommt, wie er es oft nennt. *Ich bin halt kreativ.*

»Ich krieg alles hautnah mit. Du weißt schon, diese Familie. Scheint das Unglück geradezu anzuziehen. Rebeccas Unfall, Salvatores Tod; interessiert mich schon, was für Leichen die im Keller haben!«

»Alles klar, Miss Marple.«

»Mutter Teresa, Miss Marple – lauter alte Weiber«, motze ich. »Fallen dir keine besseren Beispiele ein, wenn du an mich denkst?«

Jetzt grinst Vinc geradezu dämonisch.

»Schönere vielleicht schon. Aber keine besseren. Wie meine Oma. Und die war die Allerbeste! Sie hat diese alten Schinken geliebt, zu viel Action war nicht ihr Ding. Und sie hat mich aufgezogen. Ohne meine Oma wäre ich im Internat gelandet, als meine Eltern ihre beruflichen Auslandsaufenthalte auch nach meiner Einschulung nicht einstellen wollten – wie es ja eigentlich geplant war. Sie fanden es aber nicht gut, mich ständig mit auf Reisen zu nehmen. Im Internat wäre ich besser aufgehoben. Meine Oma hat mich gerettet. Sie war der liebste Mensch – du erinnerst mich an sie.«

»Ja, danke! Ich erinnere dich an deine Oma. Und an Miss Marple. Und an Mutter Teresa.«

»So mein ich das doch gar nicht. Das weißt du.

Aber du musst zugeben, dass du gerne anderen aus der Patsche hilfst. Und du ziehst immer wieder so kaputte Typen an!«

»Solche wie dich?«

Vincent stürzt sich auf mich.

Ziemlich emotionaler Tag heute.

KAPITEL 9

LA PRINCIPESSA

Giovedi (Donnerstag) – 7. August

Der Alarm meiner Armbanduhr weckt mich. Halb sechs Uhr früh. Ich schäle mich aus dem Laken. Ohne Vincent ist es sowieso nicht kuschelig hier. Rebecca wälzt sich unruhig hin und her, wie die ganze Nacht schon – obwohl, ich war nur zweimal kurz wach, also genau weiß ich es gar nicht.

Vorsichtig schleiche ich ins Bad. Soll sie noch ein bisschen schlafen, die Realität hat sie früh genug wieder. So wie mich jetzt. Ein paar Urlauber wollen um sieben Uhr losradeln. Vorher noch Frühstück. Ist meine Chance, mal was für Maria zu tun. Ich übernehme die Küche, sie kann ein bisschen später kommen. Hat sie, glaub ich, echt gefreut. Gut, es hätte auch die Option gegeben, alles am Abend herzurichten, was aber weder Marias noch meinen Sinn für Qualität und Service befriedigt.

Die Gruppe revanchiert sich mit 20 Euro Trinkgeld und zieht los. Von wegen, das merkt keiner, ob der Kaffee in der Thermoskanne schon am Abend aufgebrüht wurde – O-Ton Vincent. Haha.

Ich schiebe den Schein in die Hosentasche und lasse mir einen doppelten Espresso aus der Maschine. Dazu Marmeladentoast. Orangenmarmelade. Mir ist nach etwas Bitterem. Dann richte ich das Buffet für die anderen Gäste. Um acht muss alles fertig sein. Um Viertel vor acht kommt Vinc zu meiner Unterstützung. Unser Kuss lässt mich mit Bedauern dran denken, dass die nächsten Tage Rebecca seinen Platz in unserem Bett einnimmt.

»He, lass mich los, Schatz. Da draußen sind schon die ersten Frühstücksgäste.« Vinc schiebt mich weg. Bevor die Küchentür hinter ihm zufällt, dreht er sich um.

»Nachher habe ich eine Überraschung für dich.«

Aha. Danke! Vinc weiß genau, wie neugierig ich bin und dass ich so eine Ankündigung kaum aushalten kann.

Er bringt eine Bestellung.

»Dreimal Rührei mit Speck, einmal Spiegelei, auf zwei Seiten gebraten, einmal Spiegelei auf einer Seite gebraten und mit Speck.«

»Okay, zwei Möglichkeiten. Entweder Gourmets, die ihre Sonderwünsche auch wirklich genießen, dann ist's okay. Oder Gäste, die auf Sonderwünschen bestehen, um zu zeigen, dass sie selber was Besonderes sind. Das ist dann nicht okay, aber auch nicht zu ändern. Gib mir fünf Minuten.«

»Übrigens, Rebeccas Vater sitzt draußen. Ich hab ihm einen Espresso gebracht und ihm angeboten, sich am Buffet zu bedienen. Das ist doch okay, oder?«

»Paolo? Ja klar. Sag ihm bitte, sobald ich ein bisschen Luft habe, hol ich Rebecca, ja?«

Bin gespannt, was der Tag noch alles bringt.

Zum Beispiel jetzt. Ich höre Emilios unverwechselbare Stimme. Natürlich weiß er vom Tod seines Bruders. Würde mich wundern, wenn er allzu traurig darüber wäre. Aber wie steht er zu Paolo Colucci, Salvatores Schwiegersohn?

Am Buffet fehlt bestimmt Kuchen, den ich dringend auffüllen muss!

»Buon giorno«, grüße ich freundlich in die Runde und spitze meine Ohren.

Margaret Rodari hat sich zu Paolo gesetzt. Sie hält seine Hand. Nein, er hält ihre Hand. Tätschelt sie beruhigend. So sieht es jedenfalls für mich aus. Emilio geht zu den beiden rüber. Lädt Paolo an seinen Tisch ein. Zusammen gehen sie zu den anderen Australiern.

Besonders traurig sieht er für mich nicht aus. Männer. Bloß keine Schwäche zeigen. Keine Tränen. Keine Heuchelei.

Nachdem es für mich definitiv am Buffet nichts mehr zu tun gibt, will ich Rebecca wecken gehen. Spiegeleier und Speck müssen warten.

»Ach, du bist schon wach.«

Rebecca sitzt bereits fertig angezogen auf dem Bett und blättert in meinem Buch. Kurzgeschichten von Alice Munro.

»Sie hat den Literaturnobelpreis bekommen.«

»Echt?« Rebecca schaut überrascht auf. »Ich habe noch nie was von ihr gehört.«

»Ich vorher auch nicht, aber sie schreibt gut. Wenn du dir das Buch auf Deutsch zutraust, kannst du es gerne lesen. Ich bin schon durch.«

»Ich kann es ja mal versuchen.«

»Rebecca, dein Vater ist da. Er sitzt bei den Australiern am Tisch. Nur dass du Bescheid weißt. Soll ich ihn lieber runterschicken?«

Rebecca schüttelt den Kopf.

»Gut. Kommst du mit? Ich muss nämlich zurück in die Küche.«

»Geh nur. In fünf Minuten komm ich nach. Und Doro ...«

Schon fast zur Tür raus, dreh ich mich um. »Ja?«

»Danke.«

»Ach Quatsch. Ist doch nichts.« Bühnenabgang Doro. Mit Komplimenten kann ich nicht so gut umgehen.

»Kategorie eins. Die Feinschmecker.« Vincent steckt den Kopf zur Küchentür rein.

»Gut so.« Ich nicke gnädig und lege das große Küchenmesser zurück auf die Ablage.

»Rebecca kommt in ein paar Minuten runter. Gib ihr bitte den Tisch neben der Küche. Sie braucht ein bisschen Abstand.«

»Klar. Und du hast alles besser im Griff von hier aus, stimmt's?«

»Raus!« Das Küchenmesser unterstreicht meine Drohung, und Vinc rettet sich grinsend in den Speisesaal.

Viel nützt mir dann mein Logenplatz nicht. Rebecca und Paolo schweigen sich mehr an, als dass sie reden. Ein ungutes Schweigen.

Wenn ich richtig aufgepasst habe, müssten alle Gäste ihr Frühstück eingenommen haben. Ich gönne mir eine Zigarette, draußen auf der Terrasse. Darf ich nicht zur Gewohnheit werden lassen, schon in der Früh zu rauchen.

Emilio Zarbo lehnt am Terrassengeländer, den Knopf des MP3-Players im Ohr. Er summt leise eine Melodie, die ich nicht kenne. Klingt traurig.

Ich drücke die Zigarette im Aschenbecher aus und gehe zu ihm.

»Buon giorno, Signore Zarbo. Störe ich?«

»La bella signorina! Nennen Sie mich Emilio. Bitte.«

»Gerne.« Ich grinse heimlich. In Gedanken hab ich ihn nie anders genannt!

»Tut mir leid, dass Ihr Bruder gestorben ist.«

»Danke, Kindchen, aber ich habe schon lange keinen Bruder mehr.« Emilio schaut mich nicht an, als er das sagt. Sein Blick schweift über die Terraferma, die sich bis Venedig ausdehnt. Im schwachen Dunst zeichnet sich die Silhouette von Mestre ab, der vorgelagerten Industriestadt der Lagunenstadt.

»Hatten Sie Streit?«

»Streit? Ach, Doro«, er tätschelt mir die Hand und sieht mich immer noch nicht an, »das wollen Sie nicht wissen.«

Ich weiß aber, und ich will noch mehr wissen. Er tut mir wirklich leid. So ein netter Mensch. Witzig und irgendwie altmodisch. Chic gekleidet, helle Leinenhose, weißes Hemd und edles Seidentuch um den Hals. Selbst bei dieser Hitze. Und modern. Mit dem ständigen Kopfhörer im Ohr.

»Aber er war Ihr Bruder«, provoziere ich.

Endlich sieht er mich an.

»Er war mein Bruder und mein schlimmster Feind. Glauben Sie mir, ich werde ihn nicht vermissen.«

»Wie Sie das sagen, bin ich direkt froh, dass ich ein Einzelkind bin.«

Emilio nickt.

»Da könnten Sie recht haben. Aber lassen Sie sich nicht täuschen. Es gibt wirkliche Liebe unter Geschwistern. Bis zu einem bestimmten Zeitpunkt dachte ich, dass es auch zwischen Salvatore und mir so sei, aber ...«, er schüttelt den Kopf und zieht die Schultern zusammen.

Er leidet, das seh ich.

»Ja, ich glaube, es gibt Dinge zwischen zwei Menschen, die nicht mehr gutzumachen sind.«

Emilio sieht mich eindringlich an.

»Da haben Sie recht«, sagt er nur.

Ahnt er, dass ich etwas weiß? Quatsch! Woher soll er das wissen? Ich hätte meine Frage vielleicht anders formulieren sollen. Egal, ist schon passiert.

»War er krank?«

»Keine Ahnung.« Emilio zuckt mit den Schultern. »Ich habe seit 30 Jahren nichts mehr von meiner Familie gehört. Meine Familie, ja, deswegen bin ich zurück nach Italien gekommen. Nicht wegen Salvatore. Oder doch, es war einiges zu klären, aber jetzt ist es zu spät. Ich musste Italien wiedersehen, das Gut, Freunde, Verwandte ... ich weiß es nicht ...« Wieder zuckt er mit den Schultern.

Antonietta, vermute ich.

»Ah, Doro, keine trüben Gedanken mehr. Der Tag ist viel zu schön.«

Und bevor ich es verhindern kann, nimmt er den Ohrstöpsel und steckt ihn mir ins Ohr. Louis Armstrong mit seiner typisch rauen Jazzstimme klingt mir entgegen, was aber Emilio selber ist, wie er mit einem spontanen Liveständchen eindrucksvoll beweist. Die Uhr, erklärt er belustigt, ist made in China, mit MP3-Funktion und Kamera.

Er nimmt seinen In-Ear-Kopfhörer zurück.

»Und wie sieht Ihr Tag heute aus?«, fragt er dann.

»Na ja, ein bisschen arbeiten, mit Vincent spazieren gehen«, – *aber nicht in den Weinbergen*, denke ich – »mal sehen.«

Emilio zwinkert mir zu. »Ein netter junger Mann, Ihr Vincent.«

Ich muss lachen. »Ja, find ich auch. Aber sagen Sie ihm das nicht, sonst wird er eingebildet!«

Emilio hebt feierlich die Hand.

»Kein Wort, ich schwöre!«

»Danke. So, jetzt muss ich das Frühstück abräumen, bevor die Chefin kommt.«

Im düsteren Licht des Speisesaals erkenne ich erst nicht, dass es nicht Paolo ist, der bei Rebecca am Tisch sitzt. Es ist Tommaso. Na endlich, wurde auch Zeit.

»Möchten Sie Kaffee?«, frage ich. Ihn duze ich nicht, passt irgendwie nicht.

»Ja, danke«, sagt er, ohne mich anzusehen.

Manchmal ärgert es mich, wenn ich von Gästen gar nicht als Person wahrgenommen werde, heute bin ich froh.

»Signorina ...«

Ich drehe mich um. Habe mich zu früh gefreut. Tommaso schaut mir neugierig mitten ins Gesicht.

»Sie sind Doro?«

»Si, sono Doro«, bestätige ich seine Frage in astreinem Schulbuchitalienisch und lächle, wie ich hoffe, offen und freundlich. Sieht verdammt gut aus, dieser Tommaso. Der klassische italienische Womanizer. Ich stecke ihn ohne Bedenken in meine Klischeeschublade. Soll er erst mal das Gegenteil beweisen.

»Ist etwas nicht in Ordnung?« Er sieht an seinem makellos gebügelten helllila Hemd herunter. Peinlich. Gut, dass ich nicht so leicht rot werde.

»Nein, nein, entschuldigen Sie, die Farbe Ihres Hemdes hat mich nur daran erinnert, dass ich meinen Vater anrufen muss.« Oh Mann, was rede ich nur für einen Scheiß! Halt lieber den Mund, Doro.

Tommaso blinzelt einmal irritiert, geht aber zum Glück nicht weiter darauf ein.

»Ich möchte mich bedanken, dass Sie Rebecca aufgenommen haben. Aber jetzt bin ich ja da. Sie kann mit mir nach Hause kommen.«

Er nimmt Rebeccas Hand in seine, aber sie zieht sie zurück.

»Nein, Tommaso. Das habe ich dir eben schon gesagt. Ich bleibe noch ein paar Tage hier. Kümmere du dich um den Wein und um deinen Bruder.«

»Rebecca, du weißt, dass du bleiben kannst, wenn du willst. Aber das müsst ihr unter euch ausmachen, okay?«

Auf keinen Fall werde ich mich in ihre Beziehungskiste einmischen. Ich schnappe mir ein Tablett und räume die Tische ab. Viel ist nicht mehr zu tun, Vincent hat schon gut vorgearbeitet. Um halb elf ist die Küche blitzsauber.

Ich mache mich auf die Suche nach Vincent. Ist wieder mal nirgends zu finden. Von wegen romantischer Spaziergang. Und was ist mit der Überraschung? Na warte!

Hmm, was tun mit dem angebrochenen Tag? Joggen? Draußen sind es annähernd 30 Grad. Besser ein paar Runden im Pool? Nee, ich hab vorhin das französische Paar und ein älteres Ehepaar dort liegen sehen. Da will ich als Angestellte des Hauses nicht stören. Dann doch lieber joggen. Auf jeden Fall muss ich mich bewegen. Schwungvoll öffne ich die Zimmertüre, um mich umzuziehen. Rebecca sitzt wie ein Häufchen Elend auf der Bettkante. Sie weint. Das kann ich gar nicht sehen. Ich setze mich zu ihr und lege ihr den Arm um die Schultern. Sie zittert am ganzen Körper.

»Rebecca! Komm her.« Ich nehme sie fest in die Arme. »Weine ruhig. Lass es raus.«

Ganz automatisch wiege ich sie hin und her wie ein Baby.

»Tommaso …« Rebecca schnieft.

»Habt ihr gestritten?«

Rebecca holt tief Luft. »Das ist nicht der Punkt. Weißt du, angefangen hat es, als er erfuhr, dass ich schwanger bin. Er war eher skeptisch als erfreut. Das hab ich mir anders vorgestellt. Und jetzt werde ich den Gedanken nicht los, dass er über den Verlust gar nicht unglücklich ist.«

»Was sagt er denn dazu?«

»Na, dass das nicht stimmt. Dass er sich mittlerweile doch gefreut hat, bald eine kleine Familie zu haben.«

»Und das glaubst du ihm nicht?«

»Doch, schon. Aber …«

»Aber?«

»Andrea Favelli, unser Verwalter, hat da was behauptet …« Rebecca schlägt die Hände vors Gesicht. Dann sieht sie mich an.

»Doro, du darfst niemandem erzählen, was ich dir jetzt sage, versprochen?«

»Versprochen.« Ich hebe die Hand zum Schwur. Bisschen leichtsinnig von ihr, wenn ich bedenke, wie kurz wir uns erst kennen. Allerdings habe ich nicht vor, sie zu enttäuschen.

»Favelli hat angedeutet, nein, das stimmt nicht, er ist überzeugt, dass Tommaso und sein Bruder unseren Wein panschen. Ich kann das nicht glauben, aber er sagt, er habe Beweise.«

»Hat er das auch deinem Vater oder deinem Großvater gesagt?«

Rebecca schüttelt den Kopf.

»Nein. Er wusste, dass Tommaso bei der Familie dann für immer unten durch wäre. Weinpanscherei ist bei uns ein Sakrileg! Dafür gibt es keine Entschuldigung.«

»Klar, das versteh ich. Ist wie bei meinem Vater in der Küche. Frische Ware ist Ehrensache. Dann versteh ich allerdings noch weniger, warum euer Verwalter es nur dir gesagt hat. Er muss doch davon ausgehen, dass du deinen Verlobten schützen wirst, oder nicht?«

»Ja und nein. Er will, dass ich Tommaso zur Vernunft bringe.«

»Sehr nobel von ihm. Warum tut er das?«

Mir kommt ein übler Verdacht.

»Erpresst er dich etwa?« Da hört bei mir jedes Verständnis auf. »Den erwürg ich eigenhändig! Erpressung ist wirklich das Letzte!«

Rebecca lacht. Sie lacht. Ich fasse es nicht!

»Doro, beruhige dich. Er erpresst mich nicht. Eher das Gegenteil …«

Wie bitte? Jetzt kapier ich gar nichts mehr.

»Was ist das Gegenteil von Erpressung?«, kann ich nur blöde fragen.

»Keine Ahnung.« Sie lacht und schnieft gleichzeitig. Ich fummle ein Papiertaschentuch aus meiner Hosentasche, das Kontingent ihres Blusenärmels muss langsam erschöpft sein.

»Es ist nur so ... Natürlich verlangt er, dass Tommaso mit dem Weinverschnitt aufhört. Aber er will mir die Chance geben, es unauffällig zu regeln, weil ... na ja, ich war mal mit Favellis Sohn zusammen ... Lorenzo ... wir waren lange Zeit ein Paar. Bis Tommaso auftauchte und ich mich in ihn verliebt habe.«

Dacht ich's mir doch. Womanizer. Bei zu schönen Männern bin ich skeptisch.

»Dann hätte er ja noch mehr Grund, ihn hinzuhängen, oder? Dann wärst du wieder für seinen Sohn zu haben. Immerhin bist du Erbin von eurem Weingut.«

»So ist Favelli nicht. Er ist durch und durch ein Ehrenmann. Er würde nie nur aus Rache handeln oder wegen meinem Erbe. Und er würde nicht wollen, dass sein Sohn die abgelegte Geliebte eines Weinpanschers zurücknimmt.« Rebecca schaut mich unglücklich an.

»Weißt du, ich liebe Lorenzo. Wir kennen uns schon immer und ... aber das mit Tommaso ist ganz anders. Das ist Leidenschaft, Spannung. Kannst du dir vorstellen, was ich meine?«

Ich nicke. Klar kann ich das. Aber wir leben nun mal in einer Gesellschaft, deren Moralvorstellung gerade langsam lernt, mit Homosexualität umzugehen, Monogamie aber auf jeden Fall als die einzig wahre Beziehungsform ansieht. Was ich im Prinzip voll und ganz unterstütze – nur manchmal wär's halt anders auch ganz praktisch.

»Und liebst du Tommaso immer noch?«

»Ja. Aber ich bin auch wütend. Und traurig. Am Abend des Festes hier hat Favelli mir ein Ultimatum gestellt. Ich bin weggelaufen und die Treppe runtergefallen. Erst habe ich mich nicht mehr daran erinnert, aber Favelli ist mit schlechtem Gewissen ins Krankenhaus gekommen. Er fühlt sich für meinen Unfall verantwortlich. Und für den Verlust des Babys.« Rebecca stockt. Sie schlingt die Arme um ihren Körper.

Wahnsinn! An Favellis Stelle würde es mir, glaube ich, genauso gehen. Obwohl, eigentlich ist Tommaso mit seiner Panscherei der Auslöser …

»Favelli kann nichts dafür. Es war einfach ein Unfall. Schicksal.«

»Hast du mit Tommaso geredet?«

»Ja.«

»Und?«

Rebecca schüttelt langsam den Kopf.

»Heute früh hab ich ihn noch mal gebeten, die Sache mit Mario zu regeln. Aber er besteht darauf, dass ich erst nach Hause komme. Dann wird er mit seinem Bruder reden. Ich will aber noch nicht nach Hause. Papa weiß nichts von Tommasos Alleingängen, und wenn die Polizei die Untersuchungen abgeschlossen hat, werden wir erst Opa beerdigen, dann wird vielleicht alles wieder normaler.«

Wie sie so dasitzt, kommt sie mir klein und hilflos vor. Mein Beschützerinstinkt ist hellwach.

»Du hast recht. Bleib hier. Da hast du mehr Ruhe. Rebecca, eine Frage: Wieso kann Tommaso euren Wein panschen? Arbeitet er auf dem Gut mit? Ich hatte den Eindruck, ihr wärt noch nicht so lange zusammen. Und er wirkt so … so städtisch. Gar nicht wie ein Weinbauer.«

Rebeccas Mundwinkel zucken ein wenig. Vielleicht erheitert sie die Vorstellung von Tommaso in Arbeitskleidung.

»Tommaso arbeitet nicht im eigentlichen Sinne bei uns. Er ist Vertreter einer großen Weingenossenschaft und immer auf der Suche nach neuen Zulieferern. So habe ich ihn übrigens auch kennengelernt. Natürlich kam das für Opa und Papa gar nicht infrage. Sie würden niemals ihre individuelle Marke im großen Pool diverser Erzeuger verschwinden lassen. Das musste Tommaso akzeptieren. Und vorerst tat er das auch. Er hat es aber trotzdem geschafft, in die heiligen Hallen der Zarboschen Weingewinnung eingelassen zu werden. Immerhin hat er ein paar lukrative neue Abnehmer vermittelt, auf die jeder Winzer stolz wäre. Was Marketing angeht, ist Tommaso super. Aber anscheinend hat er mehr Abnehmer an der Hand als Wein. Und da hat er angefangen zu panschen. Ich weiß nur nicht, warum weder Papa noch Opa was gemerkt haben. Erst Favelli ist ihm auf die Schliche gekommen.«

»Das ist ein schönes Chaos! Wie geht's jetzt weiter?«

»Wenn ich das wüsste.« Rebecca seufzt.

Ich brauche dringend Bewegung.

»Rebecca, ich geh eine Runde joggen. Kannst du Vincent sagen, dass ich in einer halben Stunde wieder da bin, falls er mich sucht?«

»Mach ich. Viel Spaß, du Verrückte.«

Eine halbe Stunde später laufe ich schweißgebadet und wahrscheinlich mit hochrotem Kopf auf geteertem Weg die letzten Meter zum Hotel. Hier oben gibt es nur vereinzelte Anwesen, entweder uralt oder relativ neu, das heißt, das einzige moderne Gebäude ist das Hotel und das Ristorante hundert Meter weiter. Vincent steht breitbeinig und mit verschränkten Armen vor dem Hoteleingang und hält Ausschau nach mir. Als er mich sieht, schüttelt er den Kopf. Wär mir eine Freude, wenn ich nicht so schnaufen müsste, kann ich aber nicht vermeiden.

»Doro, du spinnst! Soll das gesund sein?«

»Beruhig dich, ich bin ganz langsam gelaufen.«

»Ausschauen tust du aber, als würdest du gleich einem Herzinfarkt erliegen.«

»Haha, du weißt genau, dass ich immer so aussehe nach dem Laufen.«

»Also heute ist es besonders schlimm. Da darf ich dich auf keinen Fall aus den Augen lassen!«

Wieso grinst der Mensch so unverschämt?

»Rebecca lässt sich für die nächsten zwei Stunden entschuldigen, sie hilft Maria an der Rezeption und in der Küche.«

»Aha, wie hast du das eingefädelt?«

»Ach, Rebecca und ich, wir verstehen uns ganz gut.«

Ich schau in seine blauen Augen und muss mich zurückhalten, um nicht durch seine braunen Locken zu wuscheln. Da schmeiß ich doch jeden Tommaso weg!

»Ist das deine Überraschung?« Wahrscheinlich grins ich gerade wie ein Honigkuchenpferd.

»Na, sagen wir, das ist der erste Gang …«

Zwei Stunden später …

»Für die Vorspeise gibt's schon mal 'nen Stern. Bin gespannt auf die Hauptspeise!«

»Dann zieh dich schön an, wir fahren nach Venedig.«

»Wow!« Mir fehlen direkt die Worte.

Meine Haare stecke ich mit meiner silbernen Lieblingsspange zurück, geht superschnell und passt zu meiner angeregt relaxten Stimmung. Genauso wie das meergrüne kurze Seidenkleid, indem ich mich für einen Exklusivausflug nach Venedig absolut gerüstet fühle. Das Auto lässt ein wenig zu wünschen übrig, dafür kann sich der Mann an meiner Seite sehen lassen. Am liebsten mag ich Vinc zwar in Jeans und T-Shirt, aber heute finde ich ihn in der dunklen Hose, dem hellblauen Hemd und passendem Jackett sehr sexy.

Entspanntes Schweigen im Auto, aus dem Radio berieseln uns Schlager abwechselnd mit Nachrichten, die Landschaft verändert sich nicht wesentlich. In Mestre parkt Vincent unser Auto. Opel Corsa B, mintmetallic, Baujahr keine Ahnung, da müssen wir uns wohl keine Sorgen machen.

»Und jetzt?«

»Nicht so ungeduldig, mein Schatz.« Vincent küsst mich liebevoll. Er nimmt seine kleine Sporttasche aus dem Kofferraum und schließt das Auto ab.

»Gehen wir.«

Okay. Die Tasche in der einen, in der anderen meine Hand, führt er mich zu einer Vaporettoanlegestelle, von dort geht's nach Venedig, Nähe Bahnhof, weiter zu Fuß zum Hotel Principessa direkt am Canal Grande, weiter durch das elegante Foyer. An der Rezeption lässt er sich einen Zimmerschlüssel überreichen und grinst mich an.

»Ich will ja schließlich in der Stadt der Liebe nicht nur Wasser trinken.«

»Ach so! Und deshalb übernachten wir mal schnell hier, oder was?«

»Hat mir Maria vermittelt. Preis unter Freunden.«

»Na dann.«

»Na dann«, Vincent lacht, »wenden wir uns dem Hauptgericht zu.«

Welches sich als Spaziergang durch die Gassen Venedigs erweist, ein leckeres Menü – Tipp Maria – in einer kleinen Pizzeria, in der nur Italiener sitzen, reichlich Vino, zum Abschluss Espresso und in einer winzigen Bar direkt am Wasser spendiert Vinc dann noch einen Aperol Spritz.

»Noch einen Stern für die Hauptspeise ... ähm ... der Aperol, war das jetzt die Nachspeise?«

»Also, Doro! Hast du schon mal was von weiblicher Zurückhaltung gehört?«

»Nee, interessiert mich nicht. Küss mich endlich!«

»Nennst du das romantisch?«, tut Vinc empört, aber wie er mich dann küsst, lässt mich vermuten, dass ihm Romantik im Moment nicht besonders wichtig ist …

KAPITEL 10

AMORE (LIEBE)

Venerdì (Freitag) – 8. August

Wir lassen uns Zeit. Mit dem Tagesticket nutzen wir die Vaporetti den Canal Grande rauf und runter. Für die Jahreszeit ist wenig los. Wird mittags wahrscheinlich mehr werden – egal, wir haben die Koffer an der Rezeption abgestellt und genießen die Stadt. Venedig ist schön, da können Kritiker sagen, was sie wollen. Überall Wasser, Palazzi, die direkt aus den Kanälen wachsen, Brücken, Gondeln, Boote. Markusplatz ist natürlich Pflicht, auch wenn Vinc das Gesicht verzieht.

»Komm schon, Schatz, das erste Mal in Venedig, das muss sein. Ich lade dich ins Café ein.«

»Auf dem Markusplatz? Hast du im Lotto gewonnen?«

»Da spricht der Richtige! Ich will ins Caffè Florian. Basta e finito!«

»Habe ich eine Wahl?«

Grinsend schüttle ich den Kopf.

Dann sitzen wir im Tearoom, trinken Espresso und ein Glas Prosecco. Wir genießen die neugierigen Blicke der Touristen, die sich beeilen, Punkt für Punkt auf ihrer Sightseeingtour abzuhaken. Geflatter der Taubenschwärme, die den Touristen Entzückensrufe entlocken und deren Kot sogar zum Glücksbringer avanciert ist! Eng umschlungen schlendern wir dann weiter, bis zum Meer. Was sind das für Inseln da vorn? Murano? Burano? San Michèle, die Toteninsel?

»Venedig, ich komme wieder.« *Mit dir.* Aber das sage ich nicht. Will Vinc ja nicht erschrecken.

»Wir müssen zurück. Maria braucht mich heute Abend.«

»Ja, ich weiß.« Vinc klingt genau so, wie ich mich fühle. Ich will den glücklichen Augenblick am liebsten festhalten, schlinge meine Arme um Vinc' Hals und denke, dass er der weltbeste Küsser ist.

Am späten Nachmittag sind wir zurück.

»War's schön?« Rebecca sitzt auf dem Bett. Sie hat sichtlich was auf dem Herzen, also tu ich ihr den Gefallen und frage.

»Super, um deine Frage zu beantworten. Und hier? Alles klar?«

»Emilio war heute bei der Polizei. Wegen meinem Unfall.«

»Stimmt, er hatte heute einen Termin. Und? Ist dabei was rausgekommen?«

»Großvater hat ihn angezeigt. Emilio hätte mich absichtlich gestoßen, aber das habe ich eindeutig widerlegen können, als meine Erinnerung wieder da war. Und Favelli war ja auch dabei.«

»Dann ist also alles paletti, oder?«

»Ich weiß es nicht, das ist der Punkt. Emilio war sehr angespannt, aber er hat gesagt, dass die Sache vom Tisch ist.«

»Du glaubst ihm nicht? Was soll denn noch sein?«

Rebecca zuckt mit den Schultern.

»Bauchgefühl?«

Sie nickt.

»Dann fragen wir ihn halt. Ist er im Hotel?«

»Als er vom Commissariato zurückgekommen ist, sind Eve und die anderen gerade weg. Er hat Eve übers Handy angerufen. Sie sind shoppen in der Umgebung, hat Emilio mir erzählt. Und er wolle sich ein wenig hinlegen.«

»Okay, komm, dann werd ich mich mal um Emilio kümmern.«

Zimmer 21. Ich klopfe. Nichts. Klopfe noch mal. Keiner da. Ich schau Rebecca an. Was machen wir jetzt? Es ist kurz nach fünf.

»Maria braucht mich um halb acht in der Küche. Noch zwei Stunden. Vielleicht weiß dein Vater mehr. Fahren wir zum Weingut?«

»Gute Idee. Ich wollte sowieso meine weißen Schuhe holen. Wenn du willst, zeige ich dir den Weinkeller, okay?«

»Echt? Würd ich gerne besichtigen. Exklusivführung mit der Chefin.«

»Na ja, Chefin ist wohl nicht ganz richtig. Weißt du, die Weinproduktion war schon immer Männersache bei uns in der Familie. Wir Frauen sind eher schmückendes Beiwerk.«

»Gut genug für Haus- und Erziehungsarbeit? Na vielen Dank! In welchem Jahrhundert lebt ihr denn?« Das geht mir echt auf die Nerven.

»Für Großvater gab es da keine Kompromisse. Ich glaube, er war sehr froh, als ich mich von Lorenzo getrennt habe. Lorenzo wollte mich nämlich unbedingt im Weinanbau und der Weinherstellung ausbilden. Er hat selber ein kleines

Weingut. Von seiner Großmutter geerbt. Produziert aber nur den berühmten Prosecco. Und der ist richtig gut. Da hättest du Großvater mal hören sollen!«

Die Erinnerung an Salvatore Zarbos patriarchalen Familienführungsstil amüsiert Rebecca sichtlich. Kann ihr jetzt ja auch egal sein.

»Und wie ist dein Vater dazu eingestellt? Und Tommaso? Und vor allem – du?«

Ist ja oft so, dass die Töchter sich an den Vätern und Großvätern orientieren. Entweder nicht leicht für die Männer oder die Frauen wundern sich, dass ihr Mann sich als Alptraum entpuppt. *Ich schwöre, Vinc nicht an Papa zu messen!* Zum Glück ahnt Rebecca nichts von meinen Gedanken. Sie versucht ernsthaft, meine Frage zu beantworten.

»Papa hat sich nie eingemischt. Das Familienoberhaupt ist Großvater – war Großvater. Und Mama war viel zu sanft ...«

Ich weiß, dass Rebeccas Mutter früh gestorben ist, aber darüber redet sie nicht. Und jetzt schaut sie furchtbar traurig.

»Tommaso, hmm, kann man nicht genau sagen. Hat sich auf jeden Fall gut mit Großvater verstanden, trotz seiner Ideen für die Weinproduktion. Er ist ganz anders als Lorenzo. Irgendwie härter ... ich meine ... er lässt sich nichts sagen ...«

Sie lacht nicht sehr lustig, mustert ihre Hände, schaut mich nicht an. Ich glaube, es ist ihr selber aufgefallen, was sie gerade gesagt hat.

»Also ein Macho?«, frage ich direkt.

Sie zuckt mit den Schultern. »Wenn du so willst.«

»*Du* musst es wollen, Rebecca. Für mich wär das nichts, ohne Frage.«

Schweigend fahren wir zum Gut.

Rebecca geht ins Haus und holt ihre Schuhe. Ich lehne

an der Kühlerhaube und lasse mein Gesicht in der Sonne bräunen. Hallo Sommersprossen – was soll's! Knirschende Kieselsteine verraten mir, dass Rebecca zurückkommt.

»Ist dein Vater da?«

Sie schüttelt den Kopf.

»Im Haus ist niemand. Wahrscheinlich sieht er nach seinen Trauben. Komm, ich zeig dir den Weinkeller.«

Wir gehen zu dem hohen Flachbau rüber. Weißgraue, dicke Mauern. Uralt.

Rebecca zieht die dunkelbraune, wurmstichige Türe auf, ich betrete die heiligen Hallen. Es ist kühl hier drinnen. Und düster. Nur ein paar schmale Fensterluken knapp unter dem Dach lassen Licht herein. Keine Sonne.

»Was an Wärme nicht reinkommt, muss nicht runtergekühlt werden«, erklärt Rebecca.

Macht Sinn. Ein langer massiver Holztisch mitten im Raum, mit zwei Holzbänken.

»Für die Weinprobe. Im Keller gibt's auch noch so einen Tisch, nur kleiner. Touristen wollen Atmosphäre.«

Rebecca deutet auf die Weinfässer, die Pressen, Bilder von der Weinernte an den Wänden.

»Hat was«, sage ich. Was soll's, bin schließlich auch Touristin.

In der Halle rechts hinten steigen wir eine steile Treppe nach unten. Die Eisentüre ist so schwer, wie sie aussieht. Langsam fällt sie hinter uns ins Schloss, aber Rebecca hat das Licht eingeschaltet, bevor der letzte Rest Helligkeit ausgesperrt wird. Puh, es ist richtig kalt hier unten. Gänsehautkälte. An den Wänden stapeln sich mehrere Reihen Holzweinfässer übereinander, in der Ecke zwei riesige Edelstahltanks. Solche wie ich neulich draußen hinter der Halle gesehen habe. In der anderen Ecke der besagte Tisch mit zehn Stühlen und eine Art Werkbank. Nicht mit Schraubstock, sondern einigen Dekantiergläsern, Weingläsern und Weinflaschen. Zwei dicke und wie's aussieht vielgebrauchte Kladden, eine liegt aufgeschlagen da. Mit Datum versehene Anmerkungen.

»Tagebucheinträge?«, frage ich.

»So ähnlich, ja. Jeder beschreibt hier, was er tut, seine Eindrücke zu Geschmack, Farbe, Geruch, eben alles, was relevant ist für den jeweiligen Wein. Ins andere Buch kommen die technischen Daten. Alkoholgehalt, Messungen des Zuckergehalts, Säuregehalt, Lagermengen und solche Dinge.«

Ich nicke. Ist bestimmt klasse, den Wein von der Traube bis zur Veredelung zu einem grandiosen Tröpfchen zu begleiten. Kann ich von unseren Schnitzeln ja nicht behaupten. Papa verarscht mich gerne als Sensibelchen. Aber ich weiß, dass er selber zwar genau wissen will, woher sein Fleisch kommt, es aber vermeidet, allzu oft so einen Betrieb aufzusuchen! Warum wohl – spotte ich gelegentlich. Haha.

»Tommaso wollte Großvater überreden, größer in die Proseccoproduktion einzusteigen. Dazu müssten wir eine neue Halle bauen und bräuchten mindestens zehn zusätzliche Tanks.«

»Kostet das nicht ein Vermögen?« In den Dimensionen fehlt mir die Vorstellungskraft.

»Das auch, aber Großvater wollte vor allem die Qualität unserer Weine nicht in Gefahr bringen. Und er fühlte sich zu alt für Experimente.«

»Ja, aber dein Vater ist doch mit im Geschäft, oder?«

»Papa ist kein Geschäftsmann, wie er selber sagt. Er liebt die Arbeit in den Weinbergen, ansonsten hat er lieber seine Ruhe. Und seit Mama tot ist, hat er sich noch mehr zurückgehalten. Allerdings ...«

»Was?« Ich bin neugierig. Rebecca überlegt wahrscheinlich, wie weit sie mich in die Familieninterna einweihen soll.
Versteh ich gut, wir kennen uns noch nicht lange. Obwohl
wir durch die Umstände sehr vertraut miteinander sind.

»Na ja, Großvater war sehr dominant. Ich glaube, er hat
Papa nie ganz ernst genommen, und nach Mamas Tod war
Papa für ihn nur noch der Schwiegersohn, seine Erbin bin
ich. Direkte Blutlinie und so, du weißt schon …«

Rebecca zuckt mit den Schultern, es ist ihr offensichtlich
peinlich, so bevorzugt zu werden.

»Da war dein Vater bestimmt wütend, kann ich mir vorstellen.«

Also, ich wäre wütend. Ich hasse Ungerechtigkeiten.

»Nein, Papa ist nicht so. Geld und Besitz bedeuten ihm
nicht viel.«

Rebecca verzieht den Mund. Aber sie sagt nichts mehr.
Schade. Die Familie interessiert mich. Was ist mit Antonietta, Rebeccas Großmutter? Ist »La Mamma« nicht ganz
groß geschrieben in Italien? Außerdem wird mit Rebecca
eine Frau hier Chefin. Oder wird sie sich zum schmücken-
den Anhängsel ihres Mannes degradieren lassen?

Ich zucke zusammen. Mann, bin ich erschrocken! Rebecca
offensichtlich auch. Oben ist jemand reingekommen. Wir
müssen beide lachen. Schließlich sind wir keine Einbrecher.

»Komm, gehen wir hoch«, schlägt Rebecca vor.

»Gute Idee.« Ich folge ihr.

»Ciao, bella!« Tommaso streckt Rebecca die Hände entgegen. Gar nicht arrogant heute. Schätze mal, er freut sich
wirklich, so wie seine tiefbraunen Augen strahlen. Eine
Ahnung streift mich, was Rebecca an ihm findet.

Tommaso ist nicht alleine. Der andere Mann ist etwa in
seinem Alter, einen halben Kopf kleiner und sieht bei wei-
tem nicht so gut aus.

»Mario.« Rebecca bedenkt ihn nur mit einem knappen Kopfnicken. Scheint kein Fan von ihm zu sein.

»Tommasos Bruder«, erklärt sie mir, ohne mich vorzustellen.

»Doro Ritter«, übernehm ich das dann selber. »Wir haben uns letztens im Hotel gesehen.«

»Hallo, Doro. Was machen zwei so schöne Frauen hier in diesen kalten Hallen?«

Oh Gott, wo kommt der her? Gleich krieg ich die Krise bei so viel Geschmalze.

»Rebecca zeigt mir den Weinkeller. Ist interessant, zu sehen, wo die Trauben zu Wein werden. Meistens trinkt man ihn ja, ohne einen Gedanken an die Herstellung zu verschwenden.«

Mario starrt mir intensiv in die Augen. Er glotzt. Wie ein Frosch, mit seinen leicht hervorstehenden Augen. Puh, der Typ ist mir echt unangenehm.

»Okay, wir müssen dann, Maria wartet«, gebe ich Rebecca das Stichwort zum Gehen. Zum Glück, sie versteht!

»Alora, wir haben auch zu tun.«

Tommaso würdigt mich mit hochgezogener Braue eines Blickes – wie komme ich nur darauf, dass er heute nicht arrogant ist?

»Na dann, gutes Gelingen. Ich kann mir schon vorstellen, dass es eine Menge zu tun gibt«, wünsche ich, wie ich hoffe, nicht weniger arrogant, und verlasse den Schauplatz mit Rebecca im Schlepptau. Ich spüre, dass die Brüder uns nachblicken.

Draußen schnaufe ich tief durch. Ich mag die beiden nicht. Definitiv.

»Arbeitet Tommasos Bruder auch bei euch? Da wundert's mich nicht, dass dein Verlobter expandieren will. Wenn er seine ganze Familie hier einführt.« Rebecca sagt nichts dazu.

Mann! Wieso kann ich meine Klappe nicht halten? Sie liebt Tommaso, das hat sie mir selber gesagt. Wenn ich so weitermache, wird sie bald nichts mehr mit mir zu tun haben wollen. Und ehrlich, über Vinc will ich auch nichts Schlechtes hören.

»Egal, geht mich ja nichts an. Und jetzt, wo dein Großvater gestorben ist, braucht ihr eh einen neuen Chef.« Ich stichle schon wieder!

»Der alte Favelli schafft das. Er ist schon ewig bei uns, er kennt den Betrieb in- und auswendig. Papa und er verstehen sich gut.«

Ich werd nicht schlau aus Rebecca. Sie will nichts Negatives über Tommaso hören, auf der anderen Seite nehme ich ihr die große Liebe zu ihm nicht ab. Da ist was im Busch, ich spür das!

Ich will gerade den Wagen starten, als Emilio und Rebeccas Großmutter Antonietta um die Ecke biegen. *Aha, hier ist er also.* Rebecca steigt aus. Was macht Emilio hier bei Antonietta? Soweit ich mitgekriegt habe, will sie nichts mehr mit ihm zu tun haben. Das hat sie ihm am Abend des Familientreffens deutlich gesagt. Hofft er vielleicht nun, da sein Bruder tot ist …? Nein, das glaub ich nicht. Er ist ja schließlich verheiratet, und Eve ist wirklich eine liebe und attraktive Frau. Will er Absolution von Antonietta, für seine überstürzte Flucht damals? Dafür, dass er sie im Stich gelassen hat? Ich mein, das liegt auf der Hand, deshalb ist er um die halbe Welt gereist, um seine Familienangelegenheiten zu klären. Und so wie ich Emilio einschätze, ist er keiner, der den Schwanz einzieht, wenn's brenzlig wird. Außer damals, als er nach Australien abhaute …

Marias gute Küche hat sich bei den Gästen herumgesprochen. Heute sind fast alle zum Abendessen dageblieben, nur das französische Pärchen isst auswärts.

Vorspeise, erster Gang, Hauptspeise, Salatbuffet und Nachspeisenbuffet. Mein Favorit heute war Wildschwein à la Maria, gebraten und mit einer Maronensoße, für die man sterben könnte! Dazu Kartoffel-Zucchini-Gratin – genial. Und das Beste daran – ich hab die Rezepte. Um die wird Papa mich auf Knien anflehen. *Tja, mein lieber Paps, manchmal ist eine günstige Verhandlungsbasis ein entscheidender Vorteil!* Empfehlung des Hauses – als Aperitif ein Glas Prosecco, ganz jung, leicht trüb durch die Flaschengärung, Vino Rosso, ebenfalls Eigenproduktion, Espresso und/oder Grappa aus der Region. Fast hätten die Gäste applaudiert, habe ich das Gefühl, wenn ich in die satten, friedlich entspannten Gesichter der Leute schaue. Emilio ist der Einzige, bei dem das Essen keine Begeisterung hervorruft. Aber nicht, weil es ihm nicht schmeckt, sondern eher mangels gedanklicher Anwesenheit, möchte ich behaupten. Jedes Mal, wenn ich einen Blick aus der Küche werfe, sehe ich seine Frau Eve, Hannah und Margaret lachen und erzählen, während er nur still dabeisitzt. So wie ich ihn bisher kennengelernt habe, wäre er jetzt in dem Zustand, die anderen Anwesenden mit seinen Anekdoten und Louis-Armstrong-Imitationen zu unterhalten. Und das nicht schlecht. Heute verabschiedet er sich als Erster.

Er tut mir leid. Allein schon die Reise von Australien nach Europa ist anstrengend. Und hier? Das Wiedersehen mit Antonietta, mit seinem Bruder Salvatore, die alten Wunden, die in den letzten Tagen aufgerissen wurden – das würde einen Jüngeren umhauen. Kann er mit Eve darüber reden? Schwierig. Antonietta war seine große Liebe, und welche Frau sieht sich gerne mit der Jugendliebe ihres Mannes konfrontiert? Welcher Mann weint sich darüber bei seiner Frau aus? Andererseits gibt es die merkwürdigsten Beziehungen, nicht nur im Film. Ich hab selbst mal eine mir heute unverständliche Leidensfähigkeit entwickelt. Okay, ich war 18, aber trotzdem. Paul hat mit Drogen rumgemacht, geklaut und was weiß ich sonst noch alles, und ich hab tatsächlich geglaubt, ich könnte ihn ändern. Das Ganze war wohl mehr Mission als Liebe, hat mich aber eine Menge Kraft gekostet und eine schmerzhafte Summe Euros. Danke, nie wieder. Ich konnte keinem davon erzählen, war mir viel zu peinlich. Außerdem wollte ich Paul nicht belasten. Oh Mann, ich krieg schon wieder ein schlechtes Gewissen. Egal warum, ich hab ihn im Stich gelassen und mich nicht mehr um ihn gekümmert. Shit. Emilio muss es ähnlich gehen. Es ist zwar ein halbes Leben her, aber die Flucht ans andere Ende der Welt hat die Aufarbeitung seiner Probleme nur zugedeckt. Und jetzt kriegt er die volle Breitseite ab. Das Kinn auf die Hand gestützt, sitze ich am Küchentisch und merke, wie sich miese Stimmung in mir aufbaut. Auch wegen Rebecca. Sie ist weggefahren. Will sich mit Tommaso treffen, und ich hab kein gutes Gefühl dabei. Außerdem hat sie zwei Gläser Rotwein getrunken. Meine Einwände hat sie mit einer Handbewegung abgetan. Was will ich machen, sie ist erwachsen.

Ich knote mir das weiße Küchentuch von der Hüfte. Fertig. Heute bin ich echt froh, aus der Küche rauszukommen.

»Hey, Vinc, hast du Lust auf ein bisschen frische Luft?«

»Klar, ist total schön draußen.«

Mein Adonis lümmelt lässig an der Theke, schlürft einen Aperol Spritz, und für mich steht auch einer bereit. Hmmh, super … das Glas angelaufen vom Eis, den ersten Schluck ziehe ich gierig durch den Strohhalm und genieße, wie er kalt die Kehle runterläuft. Der nächste Schluck ist dann für den Geschmack.

»Und jetzt eine Zigarette.«

»Hab ich mir gedacht. Komm.« Vinc nimmt die Gläser und geht voraus.

Glück gehabt. Wir haben die Terrasse für uns.

Ich kuschle mich in die Hollywoodschaukel, Vinc neben mir.

»Schau mal die Sterne an. Der große Wagen …« Ich zeige auf das einzige Sternbild, das ich kenne.

»Stell dir mal vor, wie weit die Sterne weg sind, das ist doch Wahnsinn, oder? Wie klein ist da unser Leben hier auf der Erde.« Mir ist sehr philosophisch zumute.

Vinc lacht.

»Als kleiner Junge wollte ich Astronom werden. Ich habe ein Fernrohr zu Weihnachten bekommen und stundenlang damit aus dem Dachfenster geschaut. Ich habe mir dann vorgestellt, wo meine Eltern gerade sind und welche Sterne sie sehen und ob sie dabei auch an mich denken.«

»Mein armer Schatz. Du warst bestimmt oft traurig.« Ich drücke meine Nase an seine Schulter.

Jetzt gerade liebe ich ihn total. Wie er traurig ist, wie er riecht, wie er einen eisgekühlten Cocktail für mich hergerichtet hat, wie er mich küsst …

»Du hast doch gerade sturmfreie Bude?« Vinc reibt seine Nase an meinem Hals.

»Klingt gut, aber ich will noch ein bisschen spazieren gehen. Nicht weit. Bloß ein Stück an den Weinbergen entlang.«

Wir schlürfen die Reste aus unseren Gläsern, dann ziehen wir los. Schon ein paar Meter hinterm Hotel schluckt die Nacht alle Helligkeit, und die Sterne wirken näher und intensiver als vorhin. Besonders schnell kommen wir nicht voran, Vinc kann seine Finger nicht da lassen, wo sie sein sollen, nämlich brav um meine Schultern gelegt. Haha. Würde mir ziemlich sicher nicht gefallen, wenn dem so wäre. Wir biegen in einen schmalen Pfad mitten in die Reihen der Weinstöcke. Hab ich mir nicht am Samstag noch geschworen, keine Romantik im Weinberg? Wie schnell doch Vorsätze über Bord geworfen werden! Selbst der Gedanke an den toten Salvatore klingt nur wie ein schwaches Echo in mir. Vinc ist viel realer … und ich lasse mich einfach fallen in die Realität, auf den harten Boden …

Die Grillen zirpen wieder, das heißt, wahrscheinlich haben sie nie aufgehört damit, nur wir haben nicht darauf geachtet.

»Mach mal bitte die Steine weg von meinem Rücken«, bitte ich meinen Romantik-Lover.

Der lacht. »Was hast du denn gemacht?«, fragt er anzüglich und streicht mir über den Rücken.

Wir bleiben ein Weilchen sitzen und lauschen auf die Geräusche der Nacht.

»Ich glaube, wir müssen langsam zurück. Es ist spät, und morgen früh hab ich Küchendienst.« Ich gähne schon mal prophylaktisch.

»Und ich hab Carlos versprochen, mit ihm die Kameras durchzusehen. Um neun.«

»Also da brauchst du aber nicht zu jammern. Neun Uhr! Das heißt bei mir ausschlafen.«

»Bei mir nicht, wie du weißt.«

»Du Armer! Da hab ich aber wirklich Mitleid.«

Meiner armer Faulbär zieht mich hoch und fragt: »In welche Richtung müssen wir?«

»Keine Ahnung!« Orientierungslos nachts im Weinberg – das find ich nicht komisch.

Vinc sieht mir meine spontane Panikattacke wohl an. »Entschuldige, war nur Spaß.« Mit reumütigem Dackelblick schaut er mich an, kriegt sich dann aber gar nicht mehr ein vor Lachen. »Meine mutige Doro. Du bist manchmal so ein Schisser!«

»Ich finde das nicht lustig! Wenn ich dran denke, was da alles rumliegt …«

»Ja, genau! Liebespaare zum Beispiel.«

»Witzbold! Du weißt genau, was ich meine.«

»Wer zuletzt lacht …«, kann ich mir nicht verkneifen, als ich mich von Vinc verabschiede und er in seinem Kämmerchen verschwindet.

Gähnend schlurfe ich die letzten Treppen nach unten. Mann, bin ich müde. Kein Wunder, es ist schon weit nach Mitternacht. Ob Rebecca zurück ist? Oder ist sie bei Tommaso geblieben? Wär nicht schlecht, das Zimmer für mich zu haben … Mist! Wo ist die blöde Zimmerkarte wieder? Die Tiefen meiner Handtasche sind nicht immer praktisch. Ah, hier, im Geldbeutel, wo sonst, da hab ich sie immer. Unten am Türspalt schimmert Licht durch. Rebecca ist also da. Hoffentlich schläft sie schon. Ich habe keine Lust auf Beziehungsprobleme. Heute ist mein Abend, und den will ich in Gedanken nachwirken lassen.

Die Tür ist erst einen Spalt breit offen, als ich mich von dieser Illusion verabschiede. Rebecca schläft eindeutig noch nicht. Alles andere als. Sie hockt auf dem Bett und heult. Na super!

Okay, Doro, einmal tief durchschnaufen …

»Hey, Rebecca! Was ist los?« Ich setze mich zu ihr.

»Doro! Was soll ich bloß tun? Wäre ich heute nur nicht zu Tommaso gefahren. Wir haben nur gestritten. Dabei wollte ich mit ihm reden. Über Großvater und wie alles weitergehen soll. Ich mein, es nützt ja nichts, der Betrieb muss laufen. Es ist zwar noch nicht offiziell, aber jeder weiß, dass Großmutter der Boss ist und ich ihre Nachfolgerin. Heute beim Essen habe ich mit Großmutter darüber gesprochen. Sie meint, am besten machen wir es zusammen, mit Hilfe von Paolo und Favelli wäre das kein Problem. Wie ich ja auch schon gesagt habe. ›Und Tommaso?‹, hab ich sie gefragt. ›Wo siehst du den Platz von Tommaso?‹

›Er hat keinen Platz im Betrieb‹, hat sie gesagt. Ich weiß ja, dass Großmutter kein Fan von Tommaso ist, aber er ist mein Verlobter.« Rebecca schaut mich aus ihren großen, verheulten Augen an.

Hat der liebe Tommaso außer dir überhaupt Fans? Das frage ich mich langsam.

»Hmm«, ich schüttle den Kopf. »Keine Ahnung.«

Verdammt, ich weiß wirklich nicht, was ich Rebecca sagen soll, bestimmt aber nicht das, was ich denke. Außerdem glaube ich, dass sie eher ein Ohr braucht als einen Ratschlag.

»Tommaso war natürlich beleidigt, als ich ihm angedeutet habe, was Großmutter gesagt hat. Er hat mir vorgeworfen, dass ich mich nicht für ihn einsetzen würde. Und Salvatore hätte ihm freie Hand gelassen. Das stimmt aber nicht! Ich bin mir sicher, dass Großvater ihm nur auf den Zahn gefühlt hat. Er hat ihm nach außen hin freie Hand gelassen, aber ich weiß, dass die Weinpanscherei das definitive Aus für Tommaso gewesen wäre. Und es war nur eine Frage der Zeit, dass … aber Tommaso ist so stur!« Rebecca haut aufs Bett. »Verdammt, er nimmt sich zu viel heraus.«

Gut so, Rebbecca, wach endlich auf! Und lass dir das Ruder nicht schon vor der Bootsfahrt aus der Hand nehmen. Ha! Wär ich ein Engel, würd ich jetzt frohlocken.

»Am liebsten würde ich die Hochzeit erst mal auf Eis legen.«

»Dann tu das doch.« Ich geb es zu, innerlich bin ich voller Schadenfreude. Nicht auszudenken, was für ein bescheuertes Gesicht dieser Typ machen würde, wenn sein unerschütterliches Ego endlich mal eine Absage bekommen würde! Davon abgesehen, glaube ich, dass es das Beste für Rebecca wäre.

»Du sagst das so leicht. Aber du kennst ihn nicht. Tommaso ist kein Mann, den man einfach abserviert.« Rebecca seufzt abgrundtief und starrt auf die Bettdecke.

»Es wird ihm nichts anderes übrigbleiben, oder?«, versuche ich sie zu bestärken. Meiner Meinung nach ist das Problem Rebeccas eigene Struktur. Sonst wär sie auf so einen Schönling gar nicht reingefallen. Aber immerhin sieht sie nicht alles durch die rosarote Brille.

»Du musst dich nicht heute entscheiden. Schlaf eine Nacht darüber, okay?«

Rebecca nickt und kuschelt sich ins Bett. Ich geh ins Bad, Katzenwäsche, und schlüpfe dann auf die andere Seite.

KAPITEL 11

LA MUSICA (MUSIK)

Sabato (Samstag) – 9. August

»Halt dich raus, Doro! Das sind Familienangelegenheiten. Ob du Tommaso magst oder nicht, spielt keine Rolle. Rebecca ist erwachsen, sie muss selber wissen, was sie will. Basta!«

Ist das wirklich Marias Meinung? Hätte ich nicht gedacht. Enttäuscht mich. Sie ist eine emanzipierte Frau, führt eine emanzipierte Ehe, und jetzt stellt sie sich auf die Seite von so einem Macho? Einem Weinpanscher? Nein, das weiß sie ja nicht … trotzdem, sie muss doch spüren, dass dieser Typ kein Glücksgriff für Rebecca ist.

Pah, ist das süß. Am Boden der Espressotasse sammelt sich braungetränkte Masse, hab wohl mit zu viel Frust den Zuckerstreuer über der Tasse geschüttelt. Ich lass noch einen Kaffee aus der Maschine dazu. Okay, besser. Hat Maria recht?

»Wie soll ich mich raushalten, wenn Rebecca meine Meinung wissen will? Ich kann sie doch nicht hängenlassen.«

»Das sollst du auch gar nicht. Hör ihr zu, kümmere dich um sie, aber halte dich mit deiner Meinung zurück. Rebecca wirkt momentan hilflos, aber sie ist eine kluge junge Frau. Sie wird das Richtige tun.«

»Und wenn nicht?«

»Dann muss sie mit ihrem Fehler leben, nicht du!« Maria nagelt mich mit ihren Blicken fest. Papa hat ihr die Verantwortung für mich ans Herz gelegt, und das nimmt sie anscheinend sehr ernst.

»Also gut, versprochen, ich werde Rebecca nicht sagen, was für ein Ekelpaket Tommaso ist«, beruhige ich Maria fürs Erste. *Noch nicht.* Maria sieht mich prüfend an. Kann sie Gedanken lesen? Mit der unschuldigsten Miene, die ich zustande bringe, verziehe ich mich aus der Küche. Vielleicht hat Vinc ja mehr Verständnis für meine Befürchtungen.

Vorhin, als ich an seinem Zimmer vorbeigekommen bin, hab ich ihn schnarchen hören, jetzt ist Frühstückszeit vorbei, da sollte er wach sein. Außerdem war er mit Carlos verabredet, der ist schon da, ich habe seinen Roller draußen gesehen, samt Hundekörbchen. Im Werkraum sind die beiden nicht. Wahrscheinlich lassen sie sich im Garten von Tini um den Finger wickeln.

Stimmt nicht ganz. Carlos und Vinc sind im Geräteschuppen, über den Laptop gebeugt, Tini sitzt auf dem Boden hinter ihnen und winselt, um Aufmerksamkeit heischend. Neugierig schaue ich zwischen ihnen hindurch auf den Bildschirm.

»He, was ist das denn?« Erschrocken fahren die beiden herum. Anscheinend haben sie mich nicht kommen hören. Ich muss lachen. Die Herren schauen total schuldbewusst aus.

»Äh … wir sehen gerade die Ergebnisse unserer Überwachungskameras durch.« Verlegen fährt Vinc sich durch die Haare.

»Sieht mir eher wie ein Spannerfilmchen aus.«

Ich ziehe spöttisch meine Augenbrauen hoch.

»Ja … das ist eigentlich nicht das, was wir uns erhofft haben.« Vinc ist die Situation sichtlich unangenehm. Carlos schweigt und verzieht keine Miene.

»Wieso? Enttäuscht? Hast du mehr erwartet?«, bohre ich boshaft nach. Paolo und Margaret sind auf dem Standbild zu sehen, eng umschlungen, sie küssen sich.

»Ach Quatsch!« Vinc hat sich von seinem Schreck erholt.

»Du siehst auf jeden Fall das berauschende Ergebnis unserer kriminalistischen Nachforschungen.« Er grinst.

»Sonst nichts.«

»Also das find ich echt ein bisschen grenzwertig.«

Dann schießt mir das Blut ins Gesicht.

»Ich hoffe, wir waren gestern nicht in der Nähe eurer Kameras!«

Vinc und ich lachen los. Carlos schaut verständnislos von einem zum anderen.

»An die Kameras hab ich in dem Zusammenhang gar nicht gedacht. Aber keine Sorge, wir waren nicht in der Gefahrenzone.«

»Und was macht ihr mit den Aufnahmen?«

»Löschen. Ist doch klar. Ich mein, es muss ja keiner erfahren …«

Gut. »Jedenfalls wisst ihr nun, dass das System funktioniert. Nur ob euer Giftleger in die Falle tappt?«

»Ist doch egal. Jedenfalls tun wir was. Für die Polizei zählen keine toten Hunde, die wollen richtige Leichen.«

»Von wollen kann wohl nicht die Rede sein, aber du hast recht, für vergiftete Hunde haben die keine Zeit. Übrigens, hast du Rebecca gesehen?«

Vinc schüttelt den Kopf, Carlos ebenfalls.

»Tja, dann werd ich mich mal auf die Suche machen. Ciao, ihr zwei, äh … ich mein, ihr drei.« Ich drücke Vinc ein Küsschen auf die Wange, Carlos auch, und wuschle Tini kurz durchs Fell.

»Ach, Vinc«, ich dreh mich um. »Du hast doch das Mofa von Maria. Brauchst du es heute Nachmittag? Sonst nehm ich dein Auto.«

»Nee, ich brauche das Mofa nicht, aber was willst du damit? Du kannst doch gar nicht fahren.«

»Dann zeigst du mir eben, wie's geht, ist doch fast wie ein Fahrrad. Hier fährt jeder mit 'nem Roller durch die Gegend, und die sind viel schneller als Marias altes Teil!«

»Doro«, setzt Vinc an, überlegt es sich aber anders und zuckt nur mit den Schultern. Wahrscheinlich ist ihm klar, dass er sich die Energie sparen kann.

Eine halbe Stunde später düse ich – mit circa 30 Stundenkilometern – Richtung Zarbosches Weingut. Weiß nicht genau, was ich da will. Vielleicht treff ich Rebecca dort …

Die ersten Kurven sind aufregend. Ich lege mich hinein, als würde ich ein Rennen fahren, und mir rutschen fast die Räder weg. Aber dann hab ich's raus. Kein Problem. Natürlich hab ich brav den Helm aufgesetzt, trotzdem spüre ich die Luft, die mir wie ein Föhn entgegenbläst. Die Radler, die mich überholen, meine Durchschnittsgeschwindigkeit um mindestens fünf toppend, ignoriere ich lässig! Wär mir echt zu bergig hier zum Radfahren. Auf der Hauptstraße ist es unangenehm. Ich krieg jedes Mal einen Riesenschreck, wenn ein Auto haarscharf an mir vorbeirast. Endlich kann ich in die Seitenstraße einbiegen, die zum Weingut führt. Auf dem Mofa schüttelt es mich noch mehr durch als im Auto. Staubige Angelegenheit! Ich stelle das Mofa in den Hausschatten. Keine Menschenseele zu sehen. Keine Reaktion auf mein Klopfen. Einfach hineingehen will ich auch nicht. Hmm … Ich geh ums Haus herum. Nichts. Vielleicht im Weinkeller? Wenn nicht, fahr ich wieder. Rebecca kann schließlich überall sein.

Die alte Holztür ist nur angelehnt. Ein Stein hat sich dazwischengeklemmt. Ich kicke ihn mit der Fußspitze weg. Es soll ja nicht warm werden da drin. Ich geh rein. Kühles Dämmerlicht umfängt mich. Und Stille.

»Hallo? Rebecca?« Ich geh nach hinten. Soll ich unten nachsehen? Lieber nicht. Wenn mich einer sieht, könnte es blöd aussehen. – Quatsch! Was sollte ich hier klauen? Ein Weinfass? Ich grinse bei der Vorstellung, wie ich obelixlike davoneile.

»Rebecca?« Nichts. Hab ich auch nicht erwartet. Na ja, dann geh ich eben wieder. Ich dreh mich um, schnuppere mit geschlossenen Augen. Die Luft schmeckt irgendwie … kühl, holzig, derb … Assoziationen zu einem Menü drängen sich in meine Gedanken. Auf jeden Fall Wildschwein. Da bin ich jetzt Fan. Zuvor Pasta mit Garnelen … nee, kein Fisch, lieber Steinpilze. Ja. Kleiner Salat, Rucola mit Tomate und Parmesan, Walnusseis mit … Die Tür geht auf. Tommaso. Na super! Dem will ich nicht begegnen. Ist mir peinlich, weil ich hier nichts zu suchen habe. Zum Glück stehe ich nicht mitten im Gang und kann mich noch rechtzeitig zwischen zwei Weinfässer drücken. Tommaso sieht mich nicht, eilt an mir vorbei, die Treppe runter. Die Eisentür fällt zu. Geht er jetzt seinen Panschereien nach? Ich sollte mich besser verziehen. Zu spät.

Die Tür geht erneut auf. Hoffentlich nicht Tommasos Bruder. Ich glaube nicht, dass die beiden es witzig finden würden, mich hier herumlungern zu sehen. Scheiß Neugier! Vinc hat ganz recht, irgendwann krieg ich eins auf die Nase. Aber bitte nicht heute! Ich mach mich unsichtbar. Eilige Schritte an mir vorbei. Ich wage einen Blick. Es ist nicht Mario. Der Typ geht zur Treppe. Wer ist das? Ich weiß, es wäre der richtige Augenblick, zu verschwinden … einerseits – aber jetzt abhauen? Nee, das kann ich nicht. Ich schleiche mich nach unten und schaue erst mal durch einen Spalt in den Raum. Die Männer sind nicht in unmittelbarer Nähe. Vorsichtig drücke ich die Tür gerade so weit auf, dass ich mich hineinquetschen kann, und lasse sie dann geräuschlos einschnappen. Die weichen Sohlen meiner ausgelatschten Mokassins verraten mich nicht. Indian shoes. Da vorne sind sie. Mitten im Gang. Wie zwei Stiere stehen sie sich gegenüber. Eine geballte Ladung Testosteron. Das Regal gleich neben der Türe bietet mir ausreichend Deckung. Trotzdem trau ich mich kaum zu atmen, so ruhig ist es hier drin. Aber ich glaube, selbst wenn ich frei dastehen würde und laut eine Ballade rezitieren würde – die beiden würden mich nicht bemerken. Sie taxieren sich mit diesen Blicken, die man spüren kann.

»Lass deine Finger von Rebecca!«, presst Tommaso zwischen zusammengepressten Lippen hervor. »Sie gehört mir.«

»Mir gehört sie nicht, ich weiß das, aber sie gehört *zu* mir, du ignorantes Arschloch!«

»Ah, Lorenzo, der große Frauenversteher!« Tommaso lacht gehässig auf. »Sie ist mit mir verlobt, schon vergessen?«

Lorenzo! Rebeccas Verflossener.

»Eine bedauerliche zeitweise Verirrung. Nichts weiter.«

Obwohl Lorenzo bezüglich Rebecca nicht gerade im Vorteil ist, wirkt er entspannter als Tommaso. Der macht einen Schritt auf Lorenzo zu. Vielleicht noch 20 Zentimeter zwischen ihnen. Er überragt Lorenzo um gut einen halben Kopf. Muss aber nicht heißen, dass er stärker ist.

Mann, die werden sich doch hoffentlich nicht prügeln!

»Verschwinde vom Hof und nimm deinen miesen kleinen Bruder mit, sonst lasse ich dich auffliegen!«

»Ha! Na und? Mit Salvatore kannst du mir nicht mehr drohen! Und wer soll mir sonst was zu sagen haben? Rebecca? Die macht, was ich ihr sage.« Tommasos Augen haben sich zu kleinen fiesen Schlitzen verengt.

Lorenzo schüttelt bedächtig den Kopf.

»Antonietta und Paolo sind auch noch da.«

»Du redest und hast keine Ahnung. Rebecca erbt alles. Und damit ich!«

»Ihr seid noch nicht verheiratet!«

Lorenzo wird langsam wütend. Seine Coolness bekommt Risse.

»Du wirst es nicht verhindern, dafür sorge ich«, flüstert Tommaso, gerade noch so laut, dass ich ihn verstehen kann. Lorenzos Hand schießt vor. Er packt Tommaso am Kragen seines makellos weißen Hemdes. Tommaso stößt ihn zurück.

»Nimm deine dreckigen Finger von mir, du Bauer!«

»Lieber Bauer als kriminell!« Lorenzos Temperament geht mit ihm durch. Er stürzt sich auf Tommaso, der wehrt sich, sie schlagen aufeinander ein. Lorenzo blutet aus der Nase. Mann, die bringen sich um! Die Ballade von Amore und Omicidio – Liebe und Mord, das klassische Thema. Kalter Schweiß sammelt sich unter meinen Achseln. Von denen gibt keiner nach, da bin ich mir sicher. Verdammt, was soll ich tun? Okay, ganz ruhig, Doro. Tief durchatmen. Nachdenken. Hilfe holen. Genau. Langsamer Rückzug ist angesagt, ich bleibe leicht gebückt, will auf keinen Fall wahrgenommen werden. Vorsichtig schleiche ich Richtung Ausgang. Das glaub ich jetzt nicht! Oben stürmt jemand, die harten Sohlen auf den festen Boden hämmernd, die Halle entlang, Treppe runter und hier herein. Gerade Zeit genug für mich, wieder in der Versenkung zu verschwinden.

»Lorenzo!« Scharf und autoritär. Lorenzo und Tommaso fahren erschrocken auseinander. Andrea Favelli, Lorenzos Vater. Mann, bin ich froh!

»Seid ihr verrückt? Was ist hier los?«

Tommaso schweigt verstockt, die Arme verschränkt. Immerhin scheint er Favelli als Autorität anzuerkennen.

Auch Lorenzo macht keine Anstalten zu Tätlichkeiten mehr, aber er schnaubt noch immer wie ein wilder Stier.

Jetzt, so in relativer Sicherheit auf meinem Beobachtungsposten, finde ich die Situation fast witzig. Ich mein, wenn man die so sieht, das ist besser als jeder Comic. Was die Akteure vermutlich anders sehen.

»Er soll Rebecca in Ruhe lassen und endlich hier verschwinden!«

Favelli packt seinen Sohn grob am Arm.

»Das hast du dir selber zuzuschreiben, du Esel! Komm jetzt.«

Okay. Lorenzo ist erwachsen, lässt sich aber von seinem Vater abführen wie ein kleiner Schuljunge vom Direktor.

»Immer schön dem Papa folgen, nicht wahr«, höhnt Tommaso hinterher. Lorenzo dreht sich mit geballten Fäusten um, er wird doch nicht … Sein Blick fällt auf mich. Den Bruchteil einer Sekunde stockt er, ansonsten keine Reaktion. Puh. Gerade hab ich das Gefühl gehabt, temperaturmäßig auf Normalgleise zu fahren, jetzt glühe ich wieder. Immerhin scheint die Entdeckung meiner Person ihn von seiner Absicht, Tommaso den Rest zu geben, abgelenkt zu haben, außerdem hat ihn sein Vater noch im Griff. Der Vorhang fällt, die beiden verlassen das Theater. Und ich? Allein mit Tommaso hier unten. Na super. Bin aber auch zu blöd!

Warum hab ich mich nicht an die beiden angehängt? Der alte Favelli hätte mich beschützt ... Immerhin, Lorenzo weiß, dass ich hier unten bin, aber was nützt mir das, wenn mich Tommaso kaltgemacht hat? Das ist kein Spiel mehr, kein Grund mehr, zu lachen. Ich friere, ich zittere und habe Angst. Was hat Tommaso vor? Macht er weiter, als sei nichts gewesen? Oder sucht er Rebecca? Ich hoffe es. Denn solange er hier ist, trau ich mich auf keinen Fall aus meinem Versteck ... und ich müsste mal dringend pinkeln ... von wegen in Notsituation stellt der Körper auf lebenserhaltende Körperfunktionen um – meiner verhält sich gerade absolut kontraproduktiv!

Tommaso steht einfach nur da. Zumindest höre ich kein Geräusch, denn sehen kann ich ihn von meinem jetzigen Posten nicht mehr. Wär zu riskant, er schaut genau in diese Richtung. Muss mich in Geduld üben – was nicht gerade eine meiner Stärken ist. Glas klirrt gegen Glas. In Zeitlupentempo schiebe ich mich wieder ein Stück vor. Ich sehe nur Tommasos Rücken. Er hantiert an dem Tisch, steckt irgendwelche Zettel in die Jackentasche und kommt jetzt in meine Richtung. Schnell zurück, Deckung hinter dem Fass. Endlich. Er ist draußen. Ich verordne mir fünf Minuten, dann krieche ich aus meiner unbequemen Lage. Keine weiteren Komplikationen mehr bis zum Mofa. Keine Spur von irgendjemandem. Ich habe genug Atmosphäre geschnuppert, ich verzichte auf die Toilette, such mir lieber 'nen Busch.

Ein paar Minuten später und ungefähr einen Liter leichter holpere ich mit dem Mofa Richtung Hauptstraße. Ich kann gar nicht sagen, wie froh ich bin, endlich wieder unter Leute zu kommen. Ich meine, normale Leute. Okay, was ist schon normal. Sechs von zehn Menschen haben wahrscheinlich 'ne Macke, bei der's mir die Fußnägel hochrollen würde – aber solange ich es nicht weiß ...

Noch ein paar Minuten später und mit vermutlich hochrotem Kopf von der Mittagshitze schlüpfe ich ins Hotel und kann mich unbemerkt nach unten verdrücken. Zum Glück ist das Zimmer leer, ich leg mich aufs Bett. Bin aber zu unruhig zum Relaxen, 'ne Runde schwimmen wär jetzt super. Noch mal Glück. Vinc ist in ›seiner Werkstatt‹ und schraubt an irgendwelchen Geräten herum. Nicht sonderlich ambitioniert, würd ich mal sagen, er lässt sich ohne Einwände zum Schwimmen überreden.

»Und, hat's geklappt mit dem Mofa?«

»Du brauchst gar nicht so zu grinsen. Stiere sind gefährlicher als Mofas.«

»Was? Äh ... kannst du mir das übersetzen?«

»Nee, mein Lieber, manche Aussagen sind dazu da, nicht verstanden zu werden.«

»Vielleicht sollten manche Aussagen dann erst gar nicht ausgesagt werden?«

»Netter Vorschlag, aber völlig nutzlos. Los, vier Runden, wer gewinnt, kriegt einen Prosecco.«

»Säuferin«, tut Vinc empört, springt aber schon ins Wasser und positioniert sich startklar am Beckenrand.

»Okay, aber leise. Mittagspause«, mahne ich.

»Ich bin leise, *du* schnaubst beim Schwimmen wie ein Pferd«, behauptet mein Adonis unverschämterweise.

»Das kostet allein schon einen Prosecco! Los!«

Wir haben Zuschauer bekommen. Hannah Rodari und ihre Tochter Margaret lehnen am Terrassengeländer und schauen runter zum Pool. Aus den Augenwinkeln seh ich Margaret winken. Ich lass mich nicht ablenken, Vinc hat schon einen leichten Vorsprung. Mist! Das hol ich nicht mehr ein. Ich bin zwar die bessere Schwimmerin, aber Vinc ist kraftmäßig überlegen. Noch eine Bahn. Ich fang an zu kraulen. Das gibt Speed, halt ich aber nicht lange durch. Nach der halben Bahn werden meine Arme wie Blei, bin aber gleichauf mit Vinc. Jetzt schnaub ich wirklich wie ein Walross. Zeitgleich schlagen wir am Beckenrand an.

»Ich spendiere trotzdem einen Prosecco«, Vinc grinst zufrieden.

»War das ein Wettschwimmen?«

»Genau«, rufe ich zu den beiden Frauen hoch, die Mittagsruhe ignorierend. »Um ein Glas Prosecco!«

»Ah! Guter Wetteinsatz. Sollen wir schon für euch bestellen? Wir trinken auch ein Glas mit, wenn es recht ist.«

»Ja, gerne. Wir kommen in ein paar Minuten hoch.«

Vinc und ich schwimmen auf die andere Seite, der Blick über die Ebene ist echt genial. Vinc legt seine Arme um mich und schaut mir über die Schulter.

»Terraferma«, sagt er, »schönes Wort.«

»Mhmm«, stimme ich zu. »Und Venedig war super«, träum ich laut.

»Wir fahren noch mal hin, okay?«, schlägt Vinc vor.

Die Vorstellung gefällt mir.

»Übrigens, Rebecca packt gerade ihre Sachen. Sie will nach Hause.«

»Ich kann nicht behaupten, dass mich das traurig stimmt«, murmelt Vinc mir ins Ohr und kitzelt mich im Nacken.

»Salute.« Ich spüre den ersten Schluck des kalten Getränks langsam die Kehle runterrinnen. Unschlagbar.

»Vinc, kannst du bitte den Schirm ein bisschen rüberschieben? Ich brauch Schatten, sonst muss ich gleich wieder ins Wasser.«

»Ja, es ist heiß heute, aber in Australien sind wir ganz

andere Temperaturen gewöhnt. Ich liebte immer schon die Wärme, das Klima war ein entscheidender Faktor für die Wahl meines Auswandererlandes.«

»Auswandern? Nee, das wär nichts für mich. Für 'ne Weile oder ein Jahr, aber für immer? Lieber nicht. Und du, Vinc? Würdest du auswandern?«

»Nur mit dir, mein Schatz.« Süß, wie sich beim Lachen kleine Fältchen um seine Augen bilden.

Ich knuffe ihn leicht in die Schulter.

»Nee, sag mal ernsthaft.«

»Kann ich spontan nicht sagen. Vielleicht schon. Kommt darauf an, wohin.«

»Und wo würde es Ihnen gefallen?«, will Hannah wissen.

Vinc zuckt mit den Schultern.

»Italien könnt ich mir vorstellen. Oder 'nen Job auf 'nem Kreuzfahrtschiff.«

Ich nicke. »Gar keine schlechte Idee. Vielleicht machen wir das mal zusammen.« Könnte ich mir wirklich vorstellen. »Aber nicht sofort, Paps springt eh schon im Dreieck, weil er eine Fernsehshow vorbereiten muss und Klein-Doro-Mädchen-für-alles nicht da ist! Tja, irgendwann wird er ohne mich auskommen müssen«, ich zucke mit den Schultern, werfe einen verstohlenen Blick zu Vinc, dann bin ich wieder bei Hannah.

»Und Eve und Sie sind damals alleine ans andere Ende der Welt gezogen? Find ich klasse. Ist es Ihnen nicht schwergefallen, die ganze Familie, die Freunde zu verlassen?«

Das wär nämlich für mich der größte Hinderungsgrund. Und dann noch so weit weg. Da kannst du nicht einfach für eine Stippvisite in die alte Heimat in den Flieger steigen.

»Eve hatte keine Familie mehr, und sie ist ein paar Jahre älter als ich. Sie war damals 22, ich erst 17. Aber meine Eltern wollten weg. Wollten ihr Alter in der Wärme verbringen, schlechte Erinnerungen hinter sich lassen. Da haben wir uns angehängt. Wir waren wie Schwestern. Eve hat ihre Familie bei einem Unfall verloren, und unsere Eltern waren die besten Freunde gewesen.« Hannahs Blick schweift in die Ferne. »Tja, es war selbstverständlich gewesen, dass Eve zu uns gezogen ist, und dann sind wir alle zusammen nach Australien. Sie sehen«, Hannah lacht mich an, »so mutig waren wir gar nicht. Es war ein großes Abenteuer für uns, und dass wir dann Luigi und Emilio kennenlernten, war eine glückliche Fügung.«

Hannah schaut auf einmal betrübt. Dann hebt sie das Glas.

»Auf Luigi.«

»Auf Papa.«

»Salute!«

Hannah tätschelt Margarets Hand. »Nicht traurig sein, mein Schatz. Papa hat dich immer so gern lachen sehen, weißt du noch?«

»Natürlich. ›Sonnenschein‹ hat er mich genannt.« Margaret lacht.

»Kommt mir bekannt vor«, sag ich und erinnere mich an die eine oder andere Situation, in der Papa mich genauso genannt hat. Voller Vaterstolz. Ich grinse. Würde er nicht immer zugeben.

»Du hast noch Emilio. Dein Patenonkel liebt dich wie sein eigenes Kind.«

»Ja, ich weiß, Mama.« Margaret schaut sehr ernst.

»Es tut mir so leid für die beiden, dass sie nie eigene Kinder hatten.«

Hannah nickt. »Darunter haben sie sehr gelitten. Beide. Aber als du auf die Welt gekommen bist, waren sie nicht neidisch, sie haben dich so verwöhnt, dass ich öfter die Notbremse ziehen musste, wenn ich nicht wollte, dass du total verzogen wirst! Und für Luigi warst du sowieso seine Prinzessin. Ihr könnt euch nicht vorstellen, wie schwer es für mich war, ein ›Nein‹ konsequent durchzuziehen.«

Ich zumindest kann es mir sehr gut vorstellen. Denn wenn Luigi nur halb so viel Herz und Temperament wie Emilio hatte, dann hatte Hannah sicher keinen leichten Stand.

»Glaub ich Ihnen aufs Wort. Aber Sie haben das prima hingekriegt, würd ich mal sagen.«

Hannah streicht ihrer Tochter liebevoll über den Arm.

»Ich könnte mir keine bessere Tochter wünschen. Und wir sind nicht allein. Emilio wird immer für dich sorgen, auch wenn du schon erwachsen bist, das weiß ich, und das ist eine große Beruhigung für mich.«

»Mama! Jetzt hör aber auf! Das hört sich ja so an, als würdest du nicht mehr lange leben.«

Margarets Lachen klingt unsicher. Fast wie eine Frage.

Mir zieht ein komisches Gefühl durch den Bauch.

»Um Gottes willen, Margaret! So ein Unsinn! Aber ich muss zugeben, der Tod von Emilios Bruder macht uns ältere Semester ein wenig nachdenklich. Es wird einem bewusst, dass der größere Teil des Lebens definitiv vorbei ist.«

»Na, Sie sind doch noch total fit!«

»Ich will mich nicht beklagen, aber den langen Flug hatte ich tagelang in den Knochen. Trotz Stützstrümpfen und Blutverdünner.« Sie lächelt.

Charmant. Hannah und Eve sind zwei attraktive ältere Damen. Durchaus mit Vorbildcharakter.

Bevor er schal wird, nehm ich den letzten Schluck Prosecco und steh auf. Vinc ebenfalls.

»Wart mal, Doro. Ich will dir noch was zeigen.«

»Okay.« Und zu den Damen: »Wir sehen uns heute Abend beim Essen, habe ich auf der Karte gesehen. Gute Entscheidung.«

»Sie machen uns neugierig. Was gibt es denn? ›Menü‹, stand nur auf der Karte.«

»Stimmt. Überraschung. Ciao!« Ich winke den beiden zu und ziehe mit Vinc an der Hand los.

»Überraschungsmenü?« Vinc schaut mich mit zusammengezogenen Augenbrauen fragend an.

»Du wirst auch nicht mehr erfahren, mein Süßer.«

»Und wieso grinst du so? Los, raus mit der Sprache!«
Ich muss noch mehr grinsen.

»Da gibt's nicht viel zu sagen. Überraschen heißt in dem Fall schlicht und einfach, dass wir noch keinen Plan für heute Abend haben. Wir werden schon was in der Küche finden. Man könnte das Motto für heute Abend auch ›Resteküche‹ nennen.«

»Also, Doro, das ist doch auf deinem Mist gewachsen.«
Verdammt! Vinc kennt mich wirklich schon ziemlich gut.

»Ja, genau. Und deshalb muss ich jetzt zu Maria in die Küche.«

»Nur ein paar Minuten.« Vinc zieht mich zum Weg hinterm Hotel.

»Das ist nicht dein Ernst!«, tu ich prophylaktisch empört, und Vinc tappt in die Falle.

»Doro, du bist echt versaut!« Dann schüttelt er den Kopf.

»Du kriegst mich immer wieder dran. Aber das nächste Mal bist du dran, das schwöre ich dir! Jetzt schau.«

Er deutet mit einer ausholenden Armbewegung übers Tal. Das Hotel steht sozusagen auf der Spitze des Berges, rundherum verteilen sich einzelne Anwesen fast spiralförmig nach unten, bis sie sich in der breiten Masse des Ortes verlaufen.

»Komm mal kurz mit ins Arbeitszimmer.«
Okay. Jetzt hat er mich neugierig gemacht.

»Ich habe einen Plan gezeichnet. Siehst du«, er fährt mit

dem Finger auf dem Papier entlang, »hier ist das Hotel. Und hier ... und hier ... und hier, das sind die Grundstücke, zu denen die vergifteten Hunde gehört haben. Fällt dir was auf?«

»Sie liegen alle wie auf einer Perlenschnur aufgereiht in der Nähe des Hotels?«

»Genau. Carlos hat sich umgehört. Im Umkreis von mindestens fünf Kilometern sind keine weiteren Tiervergiftungen bekannt.«

»Dann ist es also jemand von hier. Der keine Hunde mag. Dem sie zu oft in den Vorgarten geschissen haben.«

»Also, Doro! Geht's noch derber?«

»Wieso?« Ich grins ihn an. »Trifft die Sache doch auf den Punkt, oder nicht?«

»Wegen ein bisschen Hundekot bringt man doch nicht gleich alle Hunde in der Nachbarschaft um! Das glaub ich nicht.«

»Mein gutgläubiger Vinc. Träum weiter. Die Menschen sind oft richtig böse. Das mein ich leider ernst. Hab ich als Kind erlebt, dass eine Zeit lang vergiftete Köder im Umlauf waren, die bestenfalls nur Krämpfe verursacht haben. Die Polizei hat nichts erreicht, aber ebensolche Motive vermutet. Hundegebell und Hundehaufen – für manche Menschen wie das rote Tuch für den Stier.«

»Du könntest natürlich recht haben – dann wäre der Täterkreis ziemlich eingeschränkt. Hmm, muss ich mit Carlos bereden. Der kennt die Leute hier. Sind alles alteingesessene Familien, bis auf ein paar neureiche Pinkel, das sind die mit den Superluxusvillen zwischendrin. Aber die machen sich die Finger mit so was nicht schmutzig.«

»Nee, glaub ich auch nicht. Aber die haben Geld. Denk mal dran, dass hier viele Leute nur Saisonarbeit kriegen und Kinder haben ...«

»Auftragshundekiller? Doro! Du hast echt eine ver-
korkste Fantasie. Hoffentlich ist das nicht erblich. Ich suche
Carlos.«

Vinc drückt mir ein Küsschen auf die Wange, dann düst
er ab.

Erblich? Wie soll ich das verstehen? Egal, ich werd mich
mal in die Küche begeben und schauen, was der Kühlschrank so hergibt.

Maria ist nicht da. In der klimatisierten Speisekammer
finde ich zwei große Zucchini, im Garten hab ich einige im
Gemüsebeet gesehen. Und Blüten. Paniert und in Olivenöl
rausgebacken. Na, dann haben wir doch schon einen Gang.
Werd gleich noch den Hefeteig mit Weizenbier für mein Oli-
venbrot ansetzen ... und ein Zucchinicremesüppchen mit
Pinienkernen, Parmesan und Sahnehäubchen ... okay ... im
Gefrierschrank liegen Lachssteaks ... in eigenem Sud mit
frischen Gartenkräutern, dazu Polenta und ein Tomaten-
Auberginen-Gratin mit frischen Gartenkräutern. Alternative mit Fleisch: Minutensteaks vom Rind, schön abgehan-
gen, haben wir immer da, dazu das Gratin oder Tagliatelle
in Olivenöl und Knoblauch.

Nachspeise ... irgendwas mit Eis bei der Hitze. Die Erdbeeren müssen weg ... gut, dann mach ich schnell Erd-
beereis und Erdbeerjuice, dazu Miniwindbeutel, gefüllt
mit kühler Vanillecreme. Wer das nicht mag, kriegt Apfeltarte mit Vanilleeis. Oder Käse mit einem Spritzer Ölivenöl und einer halben Drehung grobem Pfeffer aus der
Mühle. Basta e finito. Denke, Maria wird zufrieden sein mit
der Auswahl und damit, dass ich schon einiges vorbereitet
habe. Ich liebe es, wenn ich mich allein in der Küche aus-
breiten kann ... muss aufpassen, dass mein Gepfeife nicht
zu laut wird, mein heutiger Ohrwurm ist »Singing in the
rain« – natürlich, hab ich gestern Emilio schmettern hören.

Ich mag Emilio, weiß nicht, warum, aber der alte Herr ist einfach ein Schatz!

KAPITEL 12

SENTIMENTO (EMOTIONEN)

Domenica (Sonntag) – 10. August

Vinc brummt wie ein Bär, den man beim Winterschlaf stört. Gestern ist es spät geworden, und er hat bis zum Schluss mitgeholfen.

»Den musst du behalten.« O-Ton Maria. Ist 'ne Überlegung wert – und nicht nur deshalb. Ich kuschle mich an meinen Bären. Fast unheimlich, wie ich mich an ihn gewöhnt habe. Wenn er nicht mehr da wäre … Ich schlinge meinen Arm um seinen warmen Körper und drücke mein Gesicht an seinen Rücken.

Ein paar Minuten träumen. Dann treibt mich mein Solidaritätsgefühl zu Maria in die Küche.

»Buon giorno, Doro. Danke noch mal für gestern, dein Menü war wirklich kreativ. Allen hat es prima geschmeckt.«

Ich sonne mich in Marias Lob. Sie ist keine, die sagt, was sie nicht meint.

»Heute brauche ich dich nicht. Ihr könnt was unternehmen, baden oder so – euch fällt bestimmt was ein.«

Und ob, da hab ich keine Bedenken.

»Super, Maria, nehm ich gern an. Aber Vinc schläft noch, das wird noch dauern. Du hast doch im Garten einen Feigenbaum, und wenn mich nicht alles täuscht, hängen da eine Menge reife Früchte. Hast du was dagegen, wenn ich ein paar Gläser Marmelade fürs Frühstück einkoche?«

»Natürlich hab ich nichts dagegen. Marmelade brauchen wir immer. Brauchst du ein Rezept?«

»Nee, aber Gläser und Gelierzucker. Alles andere finde ich. Rotwein, Prosecco und Zimtstangen. Und noch ein paar geheime Zutaten. Mal schauen, wie's wird.«

»Buongustaio, comme il papa!«

Was? Ach so! Feinschmecker. Ich grinse. Stimmt, wir essen einfach gerne. Paps und ich. Gibt so ein Sprichwort. Liebe geht durch den Magen. Vinc isst auch gerne … verdammt! *Jetzt steiger dich bloß nicht in was rein, Doro* – ich schüttle alle Sentimentalität ab und stürze mich in die Feigenmarmeladenproduktion. Erst mal in den Garten und die Kerlchen pflücken …

Eigentlich wollte ich am Pool bleiben, lesen und faulenzen, aber unser exklusives französisches Liebespaar hat sich da breitgemacht, da will ich nicht stören – oder gestört werden. Wir fahren nach Treviso. Parken am Bahnhof. Bummeln durch die Stadt, bewundern die Stadtmauern, die vielen Kanäle, dann Espresso, Aperol Spritz für Vinc, für mich Campari Soda – Mann, hier werd ich noch zur Alkoholikerin.

Hunger haben wir ausnahmsweise mal keinen, wir wollen uns am Abend schlicht einen Topf voll Spaghetti mit Tomatensoße kochen. Ein Fläschchen Vino dazu und damit in den

Garten verziehen. Da gibt's eine ruhige Ecke. Es ist warm – und wann hab ich bei uns daheim dazu die Gelegenheit?

Aus dem Traum wird nichts. Das seh ich sofort, als wir ins Hotel zurückkommen. Auf der Terrasse sitzen die Australier. Einschließlich Paolo und Antonietta. Maria ist auch da, obwohl sie heute freinehmen wollte. Ganz automatisch biete ich ihr meine Hilfe an. Vinc kneift mich in die Seite. Aua!

»Lieb von dir, Doro, aber du hast heute frei. Kein Problem. Die Gäste sind satt, heute gab's einfach nur Bruschetta, Salat mit Waldpilzen, Pasta mit Wildschweinstreifen, ein kleines Steak mit Ratatouille, dazu Weißbrot, als Nachspeise Ziegenkäse mit deiner Feigenmarmelade – sehr lecker, das Rezept musst du mir verraten –, ja und jetzt sitzen sie da und reden, das wird dauern, wie's aussieht.« Sie zuckt mit den Achseln.

»Wo ist Samuele?«

Normalerweise übernimmt er den Abenddienst an der Bar, wenn's länger dauert. Dann kann Maria nach Hause zu ihrer Familie, den Frühdienst übernimmt sie sowieso fast immer.

Maria zieht die Stirn in Falten.

»Samuele fällt in den nächsten Tagen aus. Zumindest für den Abenddienst. Seine Frau ist hochschwanger und muss liegen. Für den Tag hilft ihnen die Nachbarin, schaut nach der Frau und nimmt Samueles kleine Tochter. Die ist erst zwei Jahre. Die Familien von beiden leben auf Sizilien – na ja, deshalb bleibt Samuele vorerst abends zu Hause, zum Glück seid ihr beide da.«

So ein Glück. Ich schick Vinc einen Blick ›Da kann ich jetzt aber nichts dafür‹, dann mach ich 'nen Vorschlag zur Güte und zur Rettung des Abends.

»Kleine Programmänderung.«

Vinc verschränkt demonstrativ und stirnrunzelnd die Arme. Ein richtiggehendes »Mahnmal«. Schnell mach ich weiter.

»Also, ich sehe, dass noch was vom Abendessen übrig ist. Da schnappen wir uns ein Tablett voll und machen's uns im Garten gemütlich – wie geplant.«

Triumphierender Blick Richtung Vinc. Der verzieht noch keine Miene. Obwohl, ein leichtes Zucken um die Mundwinkel ... Ha! Schon gewonnen!

»Dann lösen wir dich ab und du kannst heimfahren. Na, wie hört sich das an?«

Maria schaut vorsichtig zu Vinc. Der braucht noch ein paar Sekunden. Dann löst sich seine Spannung. Er hebt die Hände und seufzt.

»Hab ich eine Wahl?«

»Nein, mein Süßer.«

Ich geh zu ihm und küsse ihn, kann ein Siegergrinsen nicht unterdrücken. Jetzt lacht Vinc auch, und Maria schließt sich unseren Honigkuchengesichtern an. Alles gut!

Vollgegessen und völlig entspannt melden wir uns zwei Stunden später bei Maria.

Die zuckt mit den Schultern.

»Das wird noch dauern. Ich denke, bis ein Uhr sitzen die bestimmt. Antonietta braucht ein Taxi, hat sie auf Abruf schon vorbestellt. Und ansonsten, wenn was ist, kannst du mich über mein Handy erreichen.«

Es folgt die typische Maria-Verabschiedung: »Buona notte, Doro e Vincento, e gracie.« Küsschen auf beide Wangen. Umarmung. Nicht nur angedeutet, wie's jetzt alle machen, sondern so richtig drücken. Kernig. Wie Maria.

»Gerne, ciao, Maria.«

Von draußen dringen Gesprächsfetzen zu uns, bin aber heute nicht besonders neugierig. Vinc gähnt. Ich schick ihn ins Bett. Hannah winkt mir zu. Prosecco oder Rotwein?

Weder – noch, die Wette hab ich verloren.

»Setzen Sie sich doch ein wenig zu uns«, fordert sie mich auf.

Warum nicht? Ich nehm mir ein Glas Rotwein mit. Hannah rückt ein Stückchen zur Seite, ich schnapp mir einen Stuhl vom Nebentisch und setz mich zwischen Hannah und Eve. Neben Eve sitzt Emilio, dann Antonietta, Rebecca, ihr Vater Paolo, Margaret Rodari. Mir geht Tommaso ab. Hat Rebecca ihn in die Wüste geschickt? Würd ich mir für sie wünschen. Na ja, geht mich nichts an.

»Wir unterhalten uns gerade über Venedig«, sagt Hannah. »Wie ist es möglich, so prächtige Paläste ins Meer zu bauen? Das ist wirklich meisterlich.«

Die anderen nicken.

»Venedig ist echt klasse, aber die haben auch riesige Probleme …«, weiter komm ich nicht.

Emilio beugt sich zu Antonietta.

»Geht es dir nicht gut?«

Stimmt. Jetzt fällt es mir auch auf. Antonietta ist kreidebleich, ein paar hektische rote Flecken auf den Wangen. Sie greift sich an den Hals, fährt sich über die Augen.

»Ich weiß nicht. Mir ist plötzlich so komisch. Meine Augen …« Sie bricht ab. Fasst sich ans Herz.

Mir wird auch ganz komisch. Antonietta sieht echt nicht gut aus!

»Soll ich einen Arzt rufen?«

»Nein! Ruft das Taxi, ich will nach Hause.«

Unsicher schauen alle zu Emilio. Als müsse er entscheiden, was zu tun ist. Der hebt die Schultern. Ratlos.

»Gott, ist mir übel.«

Schwerfällig steht Antonietta auf, Emilio und Rebecca stürzen zu ihr, sie wollen sie stützen. Aber Antonietta schüttelt sie ab. Sie übergibt sich in die Geranieneinfassung der Terrasse. Ihre Enkelin hält ihren Arm und streicht ihr beruhigend über den Rücken. Nach einer Weile lassen die Würgegeräusche nach. Mit Rebeccas Hilfe richtet Antonietta sich auf. Verwirrt schaut sie in die Runde. Dann sinkt sie lautlos in sich zusammen. Jetzt ist die Entscheidung klar. Ich rufe Maria an, erkläre ihr in Megakurzfassung die Situation, und sie verspricht, sofort den Notarzt zu organisieren und hierherzukommen. Ruhig und resolut übernimmt sie die Regie, und ich bin froh, die Verantwortung los zu sein. Was nicht heißt, jetzt nichts zu tun. Erste Hilfe. Okay. Schon wieder. Okay. Atmet sie noch? Rebecca kniet neben ihr, sie hat den Kopf ihrer Großmutter auf ihre Oberschenkel gebettet. Zeige- und Mittelfinger suchen den Puls am Hals, Antoniettas Brust hebt und senkt sich sichtbar. Damit hat sich meine Frage erledigt.

»Ihr Herz schlägt wie verrückt!«

Rebecca schaut zu uns hoch. Mittlerweile stehen alle um die beiden Frauen herum.

»Der Notarzt wird bald kommen.« Etwas Besseres fällt mir nicht ein.

Der Alarm des Rettungswagens zerhackt penetrant die Stille der Nacht. Maria fährt zeitgleich ein. Eine Viertelstunde ist vergangen, Antoniettas Zustand unverändert. Sie hat das Bewusstsein nicht wiedererlangt. Vinc kommt verschlafen heraus. Klar, der ganze Lärm hier würde Tote aufwecken! Blöder Vergleich. Ich hasse derartige Gedanken in solchen Augenblicken. Scheinen dann oft so aussagekräftig und lassen sich nicht einfach wegdenken.

Antonietta wird an einen Tropf gehängt und in den Krankenwagen verfrachtet. Hatten wir doch erst. Shit!

Hannah bietet sich an, mit ins Krankenhaus zu fahren, aber das übernehmen Rebecca und ihr Vater. Ist auch richtig so. Emilio sieht total fertig aus. Eve verfrachtet ihn aufs Zimmer. Ich fang an aufzuräumen, Vinc will mir helfen, aber mir ist nach Alleinsein. Hannah und Margaret stehen am Terrassengeländer und schauen über die Ebene. Lichter funkeln, Autos bewegen sich wie beleuchtete Ameisen. Die beiden unterhalten sich leise.

»Buona notte, Doro«, verabschiedet sich Hannah nach einer Weile. Margaret hilft mir, die Polster von den Stühlen wegzuräumen.

»Was für ein Abend!« Margaret seufzt.

»Magst du eine Zigarette?« Sie hält mir das Päckchen hin.

Schweigend schauen wir den Rauchwolken hinterher.

»Vielleicht ist ihr nur das Essen nicht bekommen …«, überlegt sie.

»Hmm, kann schon sein. Oder ein Schwächeanfall … immerhin hat sie erst ihren Mann verloren … dann das Wiedersehen mit Emilio … Rebeccas Unfall und das Baby, das sie verloren hat … wär ihr Urenkelkind gewesen …«

Margaret schüttelt den Kopf.

»Ich glaube nicht, dass der Verlust des Babys ihr sonderlich zu Herzen gegangen ist, so wie sie sich heute mit Tommaso gestritten hat.«

Sie macht eine bedeutungsvolle Pause.

»Wieso? War Tommaso heute auch da?«

»Ja, aber er und Rebecca hatten eine Meinungsverschiedenheit. Da ging es um Weinproduktion und Anbau und so was. Ich kenne den Sachverhalt nicht genau, aber Antonietta hat dann ein Machtwort gesprochen, das heißt, sie hat Tommaso freundlich, aber bestimmt vor allen erklärt, dass er auf dem Gut nichts zu sagen hat, und solange sie lebt, würde sich daran auch nichts ändern. Er solle sich ab sofort von der Weinproduktion fernhalten. Du kannst dir vorstellen, wie unangenehm das für Tommaso war. Der ist doch so stolz. Total rot ist der geworden. Er hat mir fast leidgetan.«

Mir nicht, denke ich. »Und Rebecca? Wie hat die reagiert?«

»Das war der nächste Schlag. Rebecca hat kein Wort dazu gesagt. Und das sprach für sich!«

Allerdings. Gut so! Ich glaub einfach nicht, dass Tommaso der Richtige für Rebecca ist. Auch wenn's mich nichts angeht. Ich lass mir meine Freude aber nicht anmerken. Bin nicht ganz sicher, wie Margaret dazu steht. Immerhin ist Tommaso ein hübscher Kerl, und manchmal kann er ziemlich charmant sein – wenn man auf solche Typen steht.

»Hmm. Und Paolo? Hat der dazu eine Meinung?«

Das Licht scheint hell genug, um zu erkennen, dass Margaret errötet. Zwischen den beiden knistert es gewaltig, das ist offensichtlich.

»Paolo will sich nicht einmischen, sagt er. Er hat andere Prioritäten.«

»Ach, so nennt man das«, zieh ich sie ein bisschen auf.

Margaret lacht, vielleicht ein wenig verlegen.

»Themawechsel«, fordert sie dann.

Einverstanden.

Margaret schaut eine Weile versonnen in die Nacht. Dann nimmt sie den Faden wieder auf.

»Ich glaube nicht, dass Antonietta sonderlich unter dem Tod von Salvatore leidet. Nach allem, was er ihr angetan hat.«

Ich sage nichts dazu. Hätte nicht gedacht, dass Emilio oder Antonietta mit Salvatores damaligem Fehlverhalten auf einmal in die Öffentlichkeit gehen. Wundert mich ehrlich gesagt ein bisschen.

»Paolo hat mir erzählt, dass sich Salvatore in jungen Jahren ziemlich fies verhalten hat. Nein, er war ein richtiges Schwein!«

Na ja, sie hat recht, aber will ich mit der Familiengeschichte der Zarbos so direkt konfrontiert werden? Ich schau kurz in Margarets Gesicht. Ihre Miene ist ziemlich verkniffen.

»Weißt du, Salvatore war eigentlich mit Paolos Mutter verlobt. Zumindest dachte Rosalia – so hieß Paolos Mama – das. Aber Salvatore hat sie nur ausgenutzt. Sie war zwar standesgemäß, aber arm, das war ihr Fehler. Antonietta kam aus einer angesehenen und reichen Familie. Da hat Salvatore umdisponiert.«

Das wird ja immer besser. Aber Geld war nicht Salvatores einzige Triebfeder, denke ich, behalte es aber für mich.

»Und Rosalia?«, frage ich.

»Die konnte es nicht glauben. Sie hat auch noch nach der Hochzeit von Antonietta und Salvatore ihr Schlafzimmer für ihn offen gehalten. Aber irgendwann hatte er dann genug von ihr oder Antonietta hat ihm vielleicht ein Ultimatum gestellt.«

Margaret zuckt mit den Schultern.

»Das weiß Paolo nicht. Aber das ist auch unwichtig. Seine Mutter hat sich von dieser Liebe nie erholt. Sie hat zwar bald Paolos Vater geheiratet, der war ein lieber Mann, aber Rosalia war gebrochen. Sie hat sich das Leben genommen, als Paolo 14 Jahre alt war. Er hat sie mit aufgeschnittenen Pulsadern gefunden …«

»Das tut mir leid.«

Ich streiche Margaret über den Arm. Stellvertretend für Paolo sozusagen.

Wir hängen schweigend unseren Gedanken nach. Das ist echt der Hammer! Der Mann war skrupellos. Keine

Frage, Antonietta muss froh gewesen sein, als er gestorben ist. Und nicht nur Antonietta. Mir kommen ungute Gedanken. Wenn Salvatore gar nicht an einem Herzinfarkt gestorben ist? Gründe, ihn umzubringen, gäbe es ja genug. Aber wer? Emilio – wegen Antonietta? Paolo – aus Rache für seine Mutter? Antonietta – weil sie endlich den Mut hatte, sich den damaligen Geschehnissen zu stellen? Und dann hat sie sich so aufgeregt, dass sie einen Herzanfall bekommen hat? Aus den Augenwinkeln seh ich Margaret, die sich auf einmal heftig durch die Haare fährt. Erschrocken schaut sie zu mir. Sie braucht nichts zu sagen, ich weiß, was ihr durch den Kopf geht. Das Gleiche wie mir. Liegt ja auch auf der Hand. Jetzt bereut sie wohl, dass sie mir die Sache mit Paolos Mutter erzählt hat. Ein zittriges Lachen entfährt ihr.

»Es ist spät. Wir sollten besser ins Bett gehen.«

Ich nicke. »Schlaf gut, Margaret.«

Sie verlässt fast fluchtartig die Bühne. Ich wünsche ihr, dass Paolo nichts mit Salvatores Tod zu tun hat. Sie scheint ihn wirklich zu mögen. Und er sie, das hat man schon am ersten Abend gesehen, als sich die beiden kennengelernt haben.

KAPITEL 13

FORTUNATO (GLÜCKSFALL)

Lunedi (Montag) – 11. August

Antonietta geht es besser, sie muss aber noch ein paar Tage im Krankenhaus bleiben. Rebecca wird mich später abholen, sie will ihre Großmutter im Krankenhaus in Treviso besuchen. Ich werde in der Zwischenzeit shoppen gehen, danach treffen wir uns und ziehen zusammen weiter. Bin echt froh, mal aus dem Hotel rauszukommen. Die Stimmung ist ziemlich gedrückt, alle schleichen bedröppelt durchs Haus. Die Dezibel der Frühstücksunterhaltung liegen deutlich unter den Normalwerten, Margaret meidet den Blickkontakt mit mir. Ich möchte ihr sagen, dass ich bestimmt keine Gerüchte verbreiten werde, es ergibt sich aber keine Gelegenheit. Egal, sind wahrscheinlich eh nur Hirngespinste. Bei Tageslicht sieht alles viel weniger dramatisch aus – jedenfalls wenn ich nicht genauer drüber nachdenke. Und das vermeide ich.

Carlos nimmt Vinc zu einer Autowerkstatt mit, gehört einem Cousin von ihm – wie könnte es anders sein. Der hat ein paar Oldtimermotorräder rumstehen, und die Motoren-Gene hat Vinc auch in sich. Muss irgendeine Y-Chromosomen-abhängige Veranlagung sein.

Rebecca und ich laufen zufrieden durch die Altstadt. Ohne schlechtes Gewissen haben unsere X-Chromosomen zugeschlagen. Ich grinse. In jeder Hand zwei oder drei Tüten, halten wir uns schon mal Richtung Bahnhof, dort haben wir das Auto stehen. Zuvor wollen wir aber noch was trinken. Ein Glas Weißwein. Frizzante. Ich genieße die prickelnde Frische. Rebecca nimmt die Null-Promille-Grenze wie immer nicht allzu ernst. Relaxed lehnen wir in unseren Stühlen. Ein schöner Tag. Hat uns gutgetan. Aber auf Dauer lässt sich »das Thema« doch nicht vermeiden.

»Großmutter sagt, dass der Arzt sie gefragt hat, ob sie sich umbringen wollte, stell dir das mal vor! Sie war total empört!«, platzt Rebecca heraus. Sie schüttelt fassungslos den Kopf.

Das haut mich auch um. Weil die ganzen Emotionen, die seit der Ankunft der Australier hochgekommen sind, die Wahrheiten und aufgedeckten Lügen, zwar heftig sind, aber Antonietta scheint mir absolut nicht der Selbstmordtyp zu sein. Gut, ich kenn sie kaum, aber man hat doch einen Eindruck von einem Menschen.

»Die Ärzte vermuten, dass sie Tabletten genommen haben könnte. Herztabletten. Alle Symptome deuten darauf hin. Sie hatte Glück, dass sie sich übergeben musste, sonst hätte sie vermutlich nicht überlebt. Jetzt werden entsprechende Untersuchungen angestellt. Aber Großmutter streitet das ab. Und ich glaube ihr.«

Und ich denke – wenn Rebecca recht hat –, was das in der Folge bedeutet. Nämlich: Wenn Tabletten die Ursache für Antoniettas Zusammenbruch waren und Antonietta sie nicht selber eingenommen hat, sich die dringende Frage stellt, wie sie in ihren Körper gelangen konnten.

Erst Salvatore und jetzt Antonietta? Ist das Zufall? Ich höre förmlich Vinc mit einer Mahnung, meine Fantasie zu zügeln. Aber nicht mal das kann mich erheitern. Und anstatt mich zu beruhigen, kommt mir noch ein Szenario in den Sinn. Rebecca am Treppenabsatz. Bewusstlos. Gut, sie war nicht ernsthaft verletzt, aber sie hat ihr Baby verloren. Antonietta ist auch nicht tot – aber haben die beiden einfach nur Glück gehabt? Rebecca unterbricht meine Gedanken. Das muss ich später mit Vinc besprechen. Der ist rationaler als ich. Ich hoffe, er hat plausible Erklärungen für mich – die nichts mit Mord zu tun haben!

»Äh, was hast du gerade gesagt?«, frage ich, weil ich nicht richtig zugehört habe.

»Großvater hatte Herzprobleme und deshalb Tabletten eingenommen. Vielleicht hat sie davon aus Versehen eine erwischt. Großmutter bestreitet das zwar, aber was soll es sonst für eine Erklärung geben?«

»Hmm, das wär eine Möglichkeit. Immerhin ist dein Großvater erst vor ein paar Tagen gestorben, da liegen seine Tabletten bestimmt noch herum.«

Wir diskutieren noch eine Weile hin und her, aber wir drehen uns im Kreis. Natürlich.

»Komm, lass uns nach Hause fahren«, versuche ich, das Thema zu wechseln. »Vinc wird schon Angst haben, dass ich unsere ganze Urlaubskasse verbrate.«

»Was nicht ganz von der Hand zu weisen ist, nicht wahr?«, spöttelt Rebecca.

Wir schauen lachend auf unsere Errungenschaften.

»Hast du dich mit Tommaso versöhnt?«, frage ich, obwohl ich mir vorgenommen hatte, mich da rauszuhalten.

Rebecca fährt sich mit den Händen übers Gesicht, als würde sie das Lachen fortwischen. Sie seufzt tief.

»Wenn das so einfach wäre«, ignoriert sie etwaige Vorbehalte mir gegenüber, »aber eine Versöhnung reicht in der momentanen Phase unserer Beziehung nicht. Zu viele Punkte stehen im Raum.«

»Liebst du ihn denn?«

Rebecca seufzt wieder.

»Das ist es ja. Seit einiger Zeit, ja, eigentlich seit ich

schwanger war, frage ich mich, ob ich ihn genug liebe, um mein Leben mit ihm verbringen zu wollen.«

»Liebst du vielleicht Lorenzo noch?«

Rebecca wirft mir einen schnellen Blick zu, ein verlegenes Lächeln huscht über ihr Gesicht.

»Also du triffst meine wunden Punkte ziemlich genau.«

»Entschuldige, Rebecca, das geht mich wirklich nichts an«, versuch ich meine Neugier zu relativieren.

»Schon gut, Doro. Ich bin froh, wenn ich mit jemandem darüber reden kann. Du bist neutral, unvoreingenommen. Meine Familie war von Anfang an gegen Tommaso. Die verstehen mich nicht.«

Ich versteh dich auch nicht, denke ich, wie ich hoffe, ohne die Miene zu verziehen. *Ich versteh nicht, wie du auf diesen eingebildeten, gelackten Schnösel abfahren kannst!*

Aber ich kann ihren Konflikt nachvollziehen.

Ich nehm ihre Hand.

»Hat dein Großvater ihn nicht ganz gern gehabt?«, versuche ich, etwas Positives über Tommaso zu sagen.

»Na ja, schon, aber trotzdem hat er ihn getestet. ›Liebe macht blind‹, hat er zu mir gesagt und ›Ich bilde mir selber ein Urteil‹. Ihm haben Tommasos Energie, sein Geschäftssinn gefallen, aber er hätte nie im Leben zugestimmt, irgendeine Manipulation an seinen geheiligten Weinen vorzunehmen! Auch wenn es legal gewesen wäre. Ich liebe Tommaso immer noch, irgendwie – aber ich glaube auch, dass meine Großeltern mit ihren Befürchtungen, er würde das Weingut mehr lieben als mich, nicht so ganz danebenliegen. Zumindest ist es ihm sehr wichtig.«

Rebecca entzieht mir ihre Hand und starrt vor sich hin.

Muss übel sein, wenn einen so eine Erkenntnis streift.

»Lorenzo ist ganz anders. Der hat seine eigene Welt und möchte einfach, dass ich dazugehöre. Und das wollte ich auch. Aber Tommaso, er ist wie ein Blitz über mich gekommen. Ein Gewitter, mit Spannungen, mit praller Emotion.« Rebecca sucht nach den richtigen Worten.

Ich versteh sie aber, glaub ich, ganz gut.

»Aber dann ist das Gewitter vorbei, die Luft ist frisch und klar und …«, sie hebt die Hände, »und alles, was einem vorher so selbstverständlich vorgekommen ist, steht plötzlich in einem ganz anderen Licht da. Ist auf einmal wieder schön, und man ist froh, dass der Sturm vorbei ist und die alte Welt noch da ist.«

»Schwierige Situation. Ich möchte nicht mit dir tauschen.« Rebecca stößt ein unglückliches Lachen aus.

»Schade eigentlich, aber da muss ich jetzt durch … bin ja selber schuld.«

Ich leg tröstend meine Hand auf ihre.

»Trau deinem Gefühl, dann triffst du bestimmt die richtige Entscheidung. Und wenn du noch Zeit brauchst, dann nimm sie dir. Es geht um deine Zukunft. Du solltest dir ganz sicher sein. So oder so!«

»Du hast recht, Doro.« Rebecca strafft die Schultern.

»Und ich glaube zumindest, dass ich jetzt weiß, was ich nicht will.«

»Und das wäre?«

»Ich will kein Schlüssel für ein Weingut sein!«

»Wenn du das für möglich hältst, ist es die richtige Entscheidung.«

Ja! Innerlich platze ich vor Triumphgefühl – trotzdem tut mir Rebecca leid. Sie sieht unglücklich aus.

»Oh Gott!«, sie legt die Hände vors Gesicht, dann schüttelt sie den Kopf. Langsam lässt sie die Hände sinken.

»Kannst du dir vorstellen, dass ich richtig Angst davor habe, ihm das zu sagen? Ich meine, dass es aus ist zwischen uns.«

Sie schaut mich an, als könnte ich was Positives dazu sagen. Kann ich aber nicht. Eine Beziehung zu beenden ist immer schlimm. Pauls verzweifeltes Gesicht taucht vor mir auf. Die verstehenden Augen. In denen stand: ›Ich weiß, dass ich Dreck bin und dich nicht verdiene.‹ Und das war schlimmer als alle Vorwürfe.

Ich drücke ihre Hand. »Komm, lass uns gehen. Ich kann ja noch zu dir kommen, Vinc kann mich dann mit dem Auto abholen.«

»Gute Idee. Wir probieren unseren neuen Wein, okay? Vinc gerne auch, wenn er mag.«

Ich ruf Vinc an. Klar hat er Lust, sagt er. Er kann aber erst so um sechs kommen, weil er Carlos versprochen hat, mit ihm eine Runde auf einer ganz besonderen Maschine zu drehen. Eine Gelegenheit, die er unmöglich ausschlagen kann.

Kein Problem, Rebecca und ich wollen sowieso unsere Einkäufe noch mal anschauen. Und sie will mir ein Familienrezept verraten. Foccacaia. Süßes Hefegebäck mit Rosinen, Orangeat und so, erinnert mich entfernt an unseren Weihnachtsstollen, ist aber viel leichter und hier in der Region eine Spezialität. Eve Rodari hat mich ein Stück probieren lassen, das sie in einer uralten Bäckerei in Bassano del Grappa erstanden hat. Sie hat mir ein Foto von dem Laden gezeigt – schnuckelig. Muss Papa bei Gelegenheit androhen, ein paar neue Rezepte in seinem Gourmettempel einzuführen. Italienischer Abend vielleicht. Ich seh ihn vor mir. Stolz auf sein Mädchen, aber dann windet er sich wie ein Aal, weil es ihm grundsätzlich extrem schwerfällt, sein Territorium einem anderen zu überlassen – sogar wenn ich es bin. Aber ich bin die Einzige, bei der er nachgibt. Und dann macht es uns immer riesigen Spaß.

Auf dem Weg zum Auto besorgen wir Weißbrot und Käse, ein bisschen was im Magen braucht man bei einer Weinprobe, bestimmt Rebecca.

Alles ganz relaxed, wir lassen uns Zeit.

Rebecca stellt den Wagen vor dem Haus ab. Wieder mal keiner da. Wie ausgestorben.

»Irgendwie hab ich mir das anders vorgestellt. Viel mehr Leute, die was arbeiten und so.«

Rebecca lacht. »Was meinst du, was das kosten würde, wenn hier ständig ein Haufen Arbeiter rumspringen würde. Wir machen das meiste selber. Bei der Weinlese haben wir natürlich Hilfe. Aber ansonsten ...«, sie zuckt mit den Schultern. »Es wird immer schwieriger. Und jetzt ohne Großvater ... mein Vater schafft das schon eine Weile, er und der alte Favelli, aber auf Dauer ... und Tommaso brauche ich jetzt auch nicht mehr einzuplanen.« Sie verzieht unglücklich ihr Gesicht.

»Vergiss Tommaso mal eine Weile. Zeig mir lieber dein Kleid und diesen genialen Hut. Und deine Schuhe ...«

Wir lachen beide. Schuhe sind Rebeccas Schwäche. Heute hat sie »nur« zwei Paar gekauft.

Im Wohnzimmer veranstalten wir eine private Modenschau. Rebecca präsentiert ein rotes Kleid, enges Oberteil, weitschwingender Rock, 6oer-Jahre-Stil, dazu einen schwarz-roten Hut, die neuen Schuhe darauf abgestimmt, logisch. Sehr extravagant. Ich sitze im Schneidersitz auf der Couch und klatsche Beifall.

»Sieht echt megastark aus! Mir stehen Hüte nicht. Und so einer schon gar nicht.«

»Unsinn! Es gibt für jeden Typ ein passendes Modell.«

»Kann schon sein«, gebe ich zu, »aber ich mag eigentlich keinen. Gibt mir so ein beengendes Gefühl ... und versaut die Frisur.«

Vinc würde passenderweise bemerken, dass mich meine Frisur meistens nicht sonderlich interessiert. Hat er recht.

Sie hält mir das schwarz-rote eiförmige Teil hin.

»Wenigstens mal probieren?«

»Nee, danke«, lehne ich lachend ab, »schau dir lieber mein Kleid an.« Schmal geschnittenes Etuikleid, Leinen, kupferfarben.

Rebecca nickt. »Das Kleid passt zu dir. Und ist total elegant. Mit den Klamotten müssen wir unbedingt ausgehen! Leider fehlt mir der Mann dazu.«

»Also ich bin sicher, dass Lorenzo nicht Nein sagen würde.«

»Ach Doro …«

Wie sie so dasteht, wie ein Häufchen Elend, muss ich sie einfach umarmen. Lorenzo hat gute Chancen, glaub ich.

Um Viertel nach sechs kommt Vinc. Ich glaube, er ist ganz froh, dass die Modenschau zu Ende ist. Wir schleppen unsere kulinarischen Kleinigkeiten in den Weinkeller. Auf dem Holztisch im Untergeschoss breiten wir alles aus, und Rebecca bringt für jeden ein Weinglas. Vinc und ich schlendern an den alten Holzfässern entlang, ich gebe mit meinem Wissensvorsprung an.

»Du hast gut aufgepasst, Doro«, outet mich Rebecca spöttisch.

»Begabung, meine Lieben, reine Begabung«, kontere ich unbeeindruckt.

»Meine Begabung liegt mehr in der Weinverkostung. Wie wär's mit einem Schlückchen?«, bringt Vinc die Sache auf den Punkt und muss das nicht zweimal vorschlagen.

Schöner Abend. Wir haben nur mäßig getrunken, aber Vinc fährt trotzdem besonders vorsichtig durch die engen Straßen von Biadene, die zum Teil seitlich von schmalen Wasserrinnen gesäumt werden – in welchen wir nicht landen wollen.

»Das Auto läuft wieder super, stimmt's?« Vinc klopft lobend aufs Lenkrad. »War nur eine winzige Alterserscheinung.«

»Klingt wieder ganz gesund«, spotte ich, tätschle dabei aber liebevoll seinen Oberschenkel. »Nee, Schatz, das habt ihr echt gut hingekriegt, Carlos und du. War aber auch nötig. Das letzte Mal hab ich Angst gehabt, dass er die Steigung nicht mehr packt. Ich hab uns schon rückwärts in den Abgrund rollen sehen.«

»Ist mir nicht entgangen, bei dem Geschrei, das du veranstaltet hast.«

Haha! Danke für die Retourkutsche. Ich grinse heimlich.

Im Hotel ist es ruhig. Nur Hannah und Margaret sitzen auf der Terrasse. Sie fragen uns, ob wir uns dazusetzen möchten. Aber wir lehnen dieses Mal höflich ab. Uns ist nach Zweisamkeit im Garten, bei einem Fläschchen Prosecco. Außerdem muss ich Vinc endlich von meinen Befürchtungen erzählen.

Was ich dann auch tue. Wie erwartet, teilt Vinc meine Mordtheorien nicht. Er glaubt, dass Antonietta sich mit den Tabletten vergriffen hat.

»Das ist doch wahrscheinlicher, als dass ihr jemand eine Tablette untergejubelt hat. Wie soll das denn gehen? Außerdem hast du gesagt, ihr Mann hat solche Tabletten eingenommen.«

»Und Rebecca? Und Salvatore? Sind das nicht ein bisschen viele Unfälle in so kurzer Zeit?«

Vinc zuckt mit den Schultern.

»Keine Ahnung. Deine Theorien sind auf jeden Fall haarsträubend.«

»Nie im Leben. Sie hat gesagt: Nie im Leben!«

»Hä? Was?« Vinc schaut mich verwirrt an.

»Rebecca hat gesagt, ihr Großvater hätte Tommaso *nie im Leben* an den Weinen manipulieren lassen. Und das war ja schließlich Tommasos Plan. Daran hat er mit seinem Bruder gearbeitet. Verstehst du?«

»Und deshalb hat Tommaso Salvatore umgebracht? Und dann gleich noch Antonietta, und vorher – nicht zu vergessen – hat er seine Verlobte die Treppen runtergestoßen, damit sie ihr gemeinsames Baby verliert und er damit jede Handhabe auf das Weingut. Überleg doch mal! Das ist völliger Quatsch!«

»Vielleicht hat er geahnt, dass Rebecca mit ihm Schluss machen will?«

»Also, Doro, so wie der drauf ist, hätte er seinen Charme spielen lassen und Rebecca um den Finger gewickelt. Außerdem glaube ich nicht, dass sein übergroßes Ego eine Trennung auch nur in Erwägung gezogen hätte.«

»Stimmt. Hmm … also gut, nehmen wir an, Rebeccas Sturz war ein Unfall. Aber Salvatore war eine Gefahr. Wenn der von seinen Experimenten erfahren hätte … Denn dass der alte Favelli seinem Boss gegenüber auf Dauer schweigt – nee, das war ihm viel zu riskant! Und als Antonietta ihn öffentlich abblitzen ließ, da hat er rot gesehen.«

»Und praktischerweise gleich eine tödliche Dosis von dem Herzmedikament dabeigehabt? Also echt, Doro!« Vinc schüttelt belustigt den Kopf.

Okay, ich geb zu, das hakt. Muss ich drüber nachdenken.

Vinc ist durch mit dem Thema. Die laue Luft, im Garten auf der Decke zu zweit, eine Flasche Prosecco, klar, da gibt's andere Möglichkeiten, als über Probleme anderer zu reden. Er kuschelt sich enger zu mir her.

»Du, Doro, hast du Lust, morgen nach Verona zu fahren? Da wär 'ne super Ausstellung. Moderne Malerei, läuft nur noch diesen Monat. Am Abend könnten wir ins Kino.«

»Klingt gut – außer Maria braucht uns für die Abendschicht.«

»Kein Problem, dann streichen wir Punkt ›Kino‹.«

Vinc' Hände krabbeln sanft an meinem Rücken. Romantiker. Ich dreh mich zu ihm.

»Und was ist mit Paolo? Rebeccas Vater?«

Vinc lässt sich rückwärts auf die Decke fallen und stöhnt.

Ich klopf ihm kumpelhaft auf die Schulter. »Ach komm, ich muss das loswerden.«

»Okay, ich bin voll konzentriert.« Er gähnt, um mich zu ärgern, aber ich bin mit meinen Gedanken bei Paolo.

Ich erzähle Vinc von Salvatore und Rosalia, Paolos Mutter. Hab jetzt Vinc' Aufmerksamkeit. Klar, die Geschichte ist hart.

»Das ist ja widerlich!«

Vinc ist sichtlich erschüttert.

»Wenn das meine Mutter gewesen wäre, also ich mein, wenn ich eine normale Familie gehabt hätte ... oder wenn meiner Oma so was passiert wäre ...« – *armer Vinc, das ist sein persönliches Familientrauma* –, »also das ist ein Motiv, finde ich. Ganz ehrlich, Mitleid hab ich nicht mit diesem Salvatore.«

»Stimmt, er hat Antonietta und Rosalia abscheulich behandelt, aber warum hat Paolo so lange mit seiner Rache gewartet?«

Vinc zuckt mit den Schultern.

»Keine Ahnung. Vielleicht sind durch den Besuch der Australier die ganzen alten Emotionen hochgekommen, der alte Hass neu belebt ... der Schock über Rebeccas Sturz ... das Baby ... und Antonietta, wer weiß, vielleicht ist ihr doch alles zu viel geworden.«

»Klingt durchaus plausibel«, stimme ich zu, »aber ich hab noch eine Theorie.«

»Okay, lass hören.« Vinc schaut mich gespannt an.

»Wie wär's mit Emilio Zarbo? Der hätte auch Grund gehabt, seinen Bruder umzubringen. Die Vergewaltigung – das zu erfahren, muss ein Schock gewesen sein. Sein ganzes Leben wäre anders verlaufen. Und Antonietta hat ihm auch noch Vorwürfe gemacht. Hat sich sein ganzer Frust in einem Mord entladen? Oder in zwei Morden?«

Vinc fährt sich durch seine Locken.

»Hmm, möglich. Aber weißt du, Doro, da gibt's ein entscheidendes Detail.«

»Und das wäre?«

»Salvatore Zarbo ist nicht ermordet worden, er hatte einen Herzinfarkt, und du und Rebecca, ihr habt ihn da oben in den Weinbergen gefunden.«

Da ist was dran. Aber so schnell gebe ich nicht auf.

»Warum schnüffelt dann die Polizei noch rum? Befragt Emilio? Und diese Weinranke um Salvatores Hals ist auch nicht vom Himmel gefallen!«

»Also erstens, wenn hier jemand rumschnüffelt, dann bist das wohl du, die Polizei macht ihre Arbeit.«

Vinc grinst unverschämt, was ihm einen unsanften Boxhieb meinerseits einbringt. Vorsichtshalber bringt er sich außerhalb meines Aktionsradius, bevor er weiterspricht.

»Und zweitens sind auch die anderen Australier befragt worden, ebenso wie Salvatores Familie. Aber die Leiche ist untersucht worden, und es war ein Herzinfarkt. Eindeutig. Das mit der Weinranke ist natürlich seltsam. Würde mich auch interessieren, was es damit auf sich hat. Aber das werden wir wohl nie erfahren.«

»Och«, mein ich nur.

Vinc runzelt die Stirn. Er ahnt wohl, dass ich mir da nicht

so sicher bin. Ich werde auf jeden Fall meine Augen und Ohren offen halten.

»Seid ihr mit eurer Hundemordserie weitergekommen?«, wechsle ich das Thema.

»Nee, nicht wirklich. Wir müssen noch ein paar Recherchen anstellen, aber ich glaube, wir sind auf der richtigen Spur.« Vinc schaut zufrieden.

Ich gähne. Nicht um ihn zu ärgern, ich bin echt müde. Schlagen aufs Gemüt, die Toten. Bin ich froh, dass Vinc noch da ist. Jetzt allein in dem Kellerzimmer, nein danke. Obwohl ich ja nicht zur Familie Zarbo gehöre …

»Bevor du hier draußen zu schnarchen anfängst, gehen wir lieber rein«, schlägt Vinc vor.

Kluger Schatz.

KAPITEL 14

PERICOLO (GEFAHR)

Martedì (Dienstag) – 12. August, 9 Uhr

Verona oder nicht Verona, das ist die Frage. Maria gibt mir frei, Vinc drängt. Er will unbedingt fahren.

»Was ist los, Doro? Hast du keine Lust?«

Vinc akzeptiert meine Ausflüchte von wegen »Maria könnt mich brauchen« oder »ich kann Rebecca nicht allein lassen« nicht. Er durchschaut mich.

»Du bist so was von neugierig, Doro! Ich glaub es nicht!«, beschwert er sich, halb spöttisch, halb ärgerlich.

»Quatsch! Normalerweise bin ich gar nicht so, das weißt du. Aber das hier ist eine außergewöhnliche Situation, wie du zugeben musst«, wehre ich mich.

»Und Rebecca ist echt in einer bescheidenen Situation.«

»An der sie nicht ganz unschuldig ist«, kontert Vinc.

»Ja, stimmt. Aber macht nicht jeder mal einen Fehler? Sie hat halt gedacht, sie versäumt die große Liebe. Lorenzo und sie kennen sich schon ewig, da ist so was schon möglich.«

»So, findest du? Dann muss ich also damit rechnen, dass du dich nach einer gewissen Zeit nach anderen Männern umschauen wirst, oder was?«

»Vinc, das ist gemein! Du drehst mir das Wort im Mund um.«

»Sei nicht beleidigt«, sagt Vinc besänftigend, »aber mal ehrlich, deine Entschuldigung für Rebecca ist doch wirklich schwach. Was ist das denn für ein Argument? Entweder sie liebt Lorenzo oder Tommaso!«

»Okay, ich finde es ja auch nicht in Ordnung, wie Rebecca mit Lorenzo umgegangen ist, aber ihr tut es mittlerweile leid.«

»Aha, ihr tut es leid! Pass mal auf, jetzt hab *ich* eine Theorie. Vielleicht hat die liebe Rebecca den armen Lorenzo so eifersüchtig gemacht, dass er sie vor Wut die Treppe hinuntergestoßen hat ... vielleicht wollte er sich mit ihr versöhnen und sie hat ihn abblitzen lassen und ihm unter die Nase gerieben, dass sie schwanger ist ... und vielleicht dachte er, Salvatore und Antonietta unterstützen die Beziehung zu Tommaso. Er hat sich ausgebootet gefühlt und ist zum Killer geworden!«

Ich schau Vinc an. Mein Gesichtsausdruck ist wahrscheinlich entgleist. Will er mich verarschen? Der hat ja eine noch viel blühendere Fantasie als ich! Obwohl ... *so* abwegig ist die Variation der Ereignisse gar nicht. Bis gerade eben war Vinc' Miene ernst. Jetzt fängt er zu lachen an. Er steigert sich richtig rein. Fehlt bloß noch, dass er sich auf die Schenkel haut.

»He! Was ist los?«

Er japst nach Luft.

»Doro, du bist göttlich! Du hättest dein Gesicht sehen sollen. Wahnsinn! Für dich ist hier nichts unmöglich, was?«

Hab's mir doch gedacht. Verarscht! Ich zieh nur angedeutet meine Augenbrauen nach oben.

»Du wirst schon noch sehen«, tu ich affektiert.

Die Polizei kommt ins Hotel.

Vinc hat wohl meinen Blick bemerkt. Er steht auf und murmelt im Weggehen so was Ähnliches wie *Urlaub mit mir sei kein Vergnügen* ... werd ich später interpretieren, jetzt bin ich mit meiner Aufmerksamkeit bei den beiden Polizisten, die sich in der Eingangshalle umsehen. Vinc ist verschwunden, Maria in der Küche. Der flirtresistente Beamte ist dabei. Mal sehen. Ich geh zu den beiden rüber und frage ganz unschuldig, ob ich behilflich sein kann.

»Ich bin mir sicher, dass Sie Ihr Möglichstes tun werden. Sie könnten uns tatsächlich ein wenig zur Hand gehen ...« Ja! Der Polizei zur Hand gehen? Nichts lieber als das!

»... indem Sie uns zu der Hotelchefin bringen.«

Hat der Mensch gegrinst? Werd ich schon wieder verarscht? Frechheit! – Aber eigentlich find ich's witzig. Der Typ hat Humor. Na warte! Ich führe die beiden in die Küche.

Und ich muss natürlich auch mit, denn einer muss ja das Frühstück übernehmen. Ein kurzer Seitenblick zur Staatsgewalt, die Lachfältchen um seine Augen haben sich eindeutig vertieft, ohne dass er sonst merklich die Miene verzieht. Ich tu so, als würd ich nichts merken, und brutzle ein paar Spiegeleier, die gar keiner bestellt hat. Sie bleiben in der Küche. Die zwei Beamten wollen vor allem wissen, wer an dem Abend von Antoniettas *Schwächeanfall* anwesend war. Sie wollen die Gäste befragen, die anwesenden Angestellten. – Pokerface. Ich hab nix gehört. – Hmm, den Ablauf des Abends rekonstruieren? Okay. Das schaut mir nicht danach aus, als wären die mit Antoniettas Erklärungen zufrieden. Glauben die noch an den Selbstmordversuch? Oder glauben die vielleicht ganz was anderes? Ich hätte zur Kripo gehen sollen! Spannender Beruf.

Heute sind die Beamten sehr umgänglich. Sie lassen sich einen Tisch herrichten, das heißt einen Tisch mit vier Stühlen, gleich zwischen Theke und Küche – find ich sehr sozial, da es in meinem Arbeitsbereich liegt. Die beiden kriegen Kaffee von mir, keine Bestechung, nur eine kleine Aufmerksamkeit, bemerke ich am Rande, – was mit einem süffisanten Lächeln *meines* Polizeibeamten zur Kenntnis genommen wird. Dann darf ich einen Gast nach dem anderen zuführen. Der Reihe nach kommen Margaret Rodari, Hannah Rodari, Eve Zarbo, Emilio Zarbo. Rebecca, Tommaso und Paolo werden sie auf dem Weingut vernehmen beziehungsweise aufs Revier bestellen. Soweit ich es mitbekomme, gibt es keine Unstimmigkeiten. Ist ja auch nicht viel passiert an dem Abend, außer dass Antonietta Tommaso gedemütigt hat und der die Party fluchtartig verlassen hat.

Ich checke meine Täterliste. Lorenzo ist aus dem Rennen. Der war an dem Abend nicht dabei, und Rebecca war schon einige Zeit vorher mit ihrer Großmutter zusammen, von Lorenzo war da keine Rede. Alle anderen wie gehabt. Oder doch Selbstmord? Oder Schusseligkeit? Sehr diffus.

Um elf ist alles vorbei. Ich suche Vinc. Verona wär eine gute Idee, meine ich, aber Kino vielleicht ein anderes Mal. Wenn Samuele wieder da ist. Zum Glück bleibt Vinc noch eine Weile, das nimmt den Druck, alles in wenige Tage reinpressen zu müssen.

Ich war schon ein paar Mal in Verona. Mit Papa. Vinc auch. Mit Yvonne! Pah! Yvonne – das kann ja nichts werden! Böse, ich weiß. Brauch ich aber manchmal, vor allem, wenn eine Yvonne heißt – wofür sie zugegebenermaßen nichts kann – und mit *meinem* Vinc im Hof beim Balkon von Romeo und Julia war! Und eine Liebesbotschaft an die Mauer geheftet hat! Wahrscheinlich mit Kaugummi! Igitt.

»Vorschlag. Wir gehen erst mal zur Piazza Brà, zur Arena. Ist nur fünf Minuten vom Parkhaus. Das gibt mir immer so ein Verona-Feeling. Da haben Paps und ich immer angefangen. Verdi in der Arena, das wär doch mal besser als Kino, oder?«

»Wenn du einen Abend freinehmen kannst …«

»Ha, ha, alter Spötter.«

Ich puffe ihn in die Seite, dann leg ich seinen Arm um meine Schulter.

»Die Frage ist eher, ob wir noch Karten bekommen.«

»Jetzt lass uns doch einfach den Tag genießen. Entspann dich.« Vinc drückt mich liebevoll.

»Schau mal …« Er zeigt nach vorn.

Vor uns liegt die Arena. Immer wieder der Wahnsinn.

»Willst du reingehen?«, frag ich ihn.

Vinc will nicht und ich auch nicht.

Wir schlendern um das antike Bauwerk, die Sonne brennt

vom Himmel. Klar, Mittagszeit. Mein Magen bestätigt es. Ausnahmsweise ignorier ich das aber.

Ich leg meinen Arm um Vinc' Hüfte.

Wir bleiben stehen, ich dreh mich zu ihm, schau ihn an. Direkt in seine blauen Augen.

»Was ist los?«

»Weißt du, Vinc, du bist der erste Mann, mit dem ich eine Zukunft haben möchte.«

Vinc stößt ein verblüfftes Lachen aus.

»Doro, ist das jetzt ein Heiratsantrag?«

»Quatsch! Ich mein nur, ich hab das Gefühl, dass wir gut zusammen passen. Ich fühl mich so gut mit dir …«

»Heißt das, du liebst mich? Willst du mir das sagen?«

Vinc grinst sardonisch. Er kennt mich eben schon ganz gut und weiß genau, dass ich ungern so große Worte mache. Aber jetzt hab ich angefangen, da muss ich durch.

»Ja, irgendwie liebe ich dich wohl schon.«

»Irgendwie?«

»Ach komm, du weißt schon!«

»Was?«

Ich geb mir einen Ruck.

»Ja, ich liebe dich! So, das reicht. Genug der Romantik.«

Vinc umarmt mich.

»Ich liebe dich auch, Doro. Und ich hoffe sehr, dass wir noch oft hier sein werden … und in Venedig oder sonst wo!«

Wir küssen uns, die Sonne scheint warm und hell durch meine geschlossenen Augenlider.

Dann knurrt mein Magen. Vehement. Vinc schüttelt den Kopf und lacht.

»Also, du bist echt einmalig!«

»Das sind unwillkürliche Reflexe, die kann kein Mensch steuern. Und bei den ganzen Aufregungen heute ist das kein Wunder.«

»Okay«, Vinc sieht sich um, »das sind zwar so Touricafés, aber *unser piazza d'amore* ist trotzdem unwiderstehlich schön. Ich lade dich ein. Vino e Pasta. D'accordo?«

»Si mio Vincenzo«, hauch ich mit verliebtem Augenaufschlag – hollywoodreif, möchte ich betonen!

»Den Satz solltest du dir merken«, Vinc' lakonischer Kommentar, bevor er mich Richtung Café schiebt.

Die Nudeln sind überraschend gut, wir lassen uns Zeit, die Ausstellung hat bis 18 Uhr geöffnet und ist nicht weit von hier.

Um halb neun sind wir zurück im Hotel. Vinc verschwindet gleich im Werkraum. Carlos wartet dort auf ihn. Die beiden haben heute noch was vor.

Ich übernehm die Abendschicht. Maria will ein Gläschen Wein mit mir trinken, bevor sie heimfährt. Gerne.

Bin gespannt, was ich heute verpasst habe. Maria gibt's zwar nicht offen zu, aber im Grunde ist sie genauso neugierig wie ich. Klar, ihr Hotel ist unfreiwillig zum Schauplatz merkwürdiger Vorgänge geworden.

Wir setzen uns auf die Terrasse. Da sind wir momentan allein.

»Die sind alle auf ihren Zimmern«, klärt Maria mich auf.

Ich schau sie verwundert an.

»Das war alles ein bisschen viel. Weißt du, Doro, die Polizei ist am Nachmittag noch mal gekommen.«

»Warum? Es war doch alles klar, oder nicht?«

»Anscheinend nicht. Jedenfalls waren sie bei den Zarbos. Auf dem Weingut. Zwei Stunden später waren sie wieder hier. Sie wollten Emilio sprechen. Ich konnte nichts hören, sie sind in einen separaten Raum gegangen. Eine Stunde waren sie da drinnen. Und als sie herauskamen, war Emilio total blass. Seine Frau ist mit ihm aufs Zimmer, und seitdem habe ich beide nicht mehr gesehen. Tja …«, Maria steht auf, »ich geh nach Hause. Ruf an, wenn was ist, okay? Und wenn bis elf keiner mehr kommt, kannst du Schluss machen. Dann müssen sie sich eben mit der Minibar auf den Zimmern begnügen.«

Ich lache. »Da verdienst du wenigstens was dabei.«

»Stimmt.« Maria lacht auch.

»Warum sind die Minibarteile immer so sauteuer?«

Maria zuckt mit den Schultern.

»Keine Ahnung, ist halt Usus.«

Okay, auch eine Erklärung. Egal.

Maria ist gegangen, ich sitze planlos an der Bar. Und lass mir alles durch den Kopf gehen. Wenn die Polizei über die frühere Verlobung von Antonietta und Emilio Bescheid weiß und von der Vergewaltigung durch Salvatore Kenntnis hat und wenn sie auch noch weiß, dass Emilio erst kürzlich davon erfahren hat und dass Antonietta ihm Vorwürfe gemacht hat, ja, dann könnte eine meiner Theorien doch greifen. Und das freut mich überhaupt nicht.

Aber woher sollten die das wissen? Emilio hat es ihnen bestimmt nicht erzählt. Ich stütze mein Gesicht auf meine Hände. Hat Emilio wirklich seine Finger im Spiel? Andererseits, Salvatore hatte eindeutig einen Herzinfarkt.

Hmm. Sehr verworren.

Ich schrecke hoch.

Der Aufzug rumpelt.

Kommt noch jemand aus seinem Zimmer?

Erwartungsvoll schau ich auf die Glastüre am Ende des schmalen Ganges, der zum Treppenhaus und zum Lift führt.

Der Aufzug stoppt. Die Tür gibt die üblichen schnarrenden Geräusche von sich, die am Tag kaum auffallen, jetzt aber, da es so ruhig ist hier, nur das Radio läuft leise im Hintergrund, laut und bedrohlich klingen. Ich hab keine Angst, trotzdem, wär schön, wenn Vinc da wäre.

Schritte. Es ist Emilio. Unwillkürlich richte ich mich stocksteif auf. Blöde Situation. Wie soll ich ihm begegnen? Andererseits, er weiß ja nicht, dass ich etwas weiß …

Emilio hat mich gesehen. Er sieht müde aus, ein angestrengtes Lächeln huscht über sein Gesicht.

»Buona sera, Doro. Darf ich mich zu Ihnen setzen?«

»Buona sera, Emilio.« Ich deute einladend auf den Barhocker neben mir.

»Oder möchten Sie lieber an einen Tisch?«

»Nein, nein, Kindchen. Ist schon gut so. Ich muss mich nur ein wenig entspannen.«

»Kommt Ihre Frau auch?«

»Nein, Eve hat eine Schlaftablette genommen. Sonst braucht sie keine Medikamente, aber mit dem Schlafen hat sie seit einigen Jahren Probleme.«

Emilio fühlt sich offensichtlich zu einer Erklärung bemüßigt.

»Ja, das hab ich schon öfter gehört. Muss schlimm sein, wenn man sich die ganze Nacht nur von einer Seite auf die andere wälzt und die Gedanken Karussell fahren.«

Emilio nickt.

»Genau so beschreibt Eve es immer. Deshalb nimmt sie manchmal eine Tablette.«

»Ich denke, das ist kein Problem, wenn's nicht zur Regel wird«, versuch ich ihn zu beruhigen. Er wirkt so, als könne er selber ein Beruhigungsmittel brauchen.

Emilio denkt offensichtlich an das Gleiche wie ich.

»Ich trinke lieber ein oder zwei Gläser Rotwein. Das ist viel besser als ein Medikament.«

Er zwinkert mir zu.

Selbst in seiner desolaten Verfassung kommt sein Schalk zum Vorschein. Gut so. Bin ja selber ein optimistischer Mensch. Was soll's, wenn die Scheiße dich treffen soll, dann tut sie's sowieso.

»Die Polizei war noch mal hier.«

Ich nicke. »Hab ich von Maria gehört.«

»Die denken allen Ernstes, dass ich Antonietta Gift ver-abreicht haben könnte.« Er lacht auf. Ein trauriges Lachen. »Als ob ich Antonietta irgendetwas zuleide tun könnte. Niemals! Nicht absichtlich.«

Ich nehm seine Hand.

»Das glaub ich Ihnen, Emilio. Aber was ist mit Salva-tore?«

Emilio schaut mich an. Nicht erschrocken, eher erstaunt.

»Salvatore? Dem weine ich keine Träne nach.«

Punkt.

»Aber ich habe ihm nichts angetan«, fügt er hinzu.

»Okay, aber wie kommt dann die Polizei auf solche Gedanken? Ich hab gedacht, die verdächtigen Antonietta, die Tabletten selbst genommen zu haben?«, hake ich nach.

»Ich weiß es nicht. Ehrlich. Irgendein Gerücht vielleicht, das ihnen zu Ohren gekommen ist. Es scheinen ja einige Personen mehr zu wissen, als sie wissen sollten.«

»Was meinen Sie damit, Emilio?«

Sein Blick ist undefinierbar. Ahnt er, dass ich ihn und Antonietta damals belauscht habe? Mir stockt der Atem. Wieso schaut er mich so an? Denkt er womöglich, dass ich … Plötzlich ist mir kalt. Wahrscheinlich bilde ich mir alles nur ein. Woher soll Emilio wissen, was ich gehört habe? Aber ich kann es ihm schlecht erklären, ohne mich als Lauscher zu outen. Shit. Vinc hat schon recht. Ich sollte mich mehr um meine eigenen Angelegenheiten kümmern.

Emilio sitzt stumm auf seinem Stuhl. Er starrt vor sich hin, grübelt wahrscheinlich, was alles um ihn herum geschieht.

Später liege ich im Bett, nein, ich sitze im Karussell. Vinc schläft schon längst tief und selig. Ich drücke mich an ihn.

Hilft auch nichts. Mir ist nur heiß. Am liebsten würde ich 'ne Runde schwimmen. Wär erfrischend. Aber mitten in der Nacht? Oder soll ich Vinc wecken? Lieber nicht. Sonst überlegt er es sich am Ende noch mit der Liebeserklärung! Meine Gedanken wandern nach Verona zurück. War schön heute. Bin echt über meinen Schatten gesprungen, und es war ein gutes Gefühl. Ich bin zwar ein spontaner und offener Mensch, aber mit Liebeserklärungen tu ich mich schwer. Oder besser gesagt, ich hatte bisher wenig Anlässe dazu. War irgendwie nie so weit.

Erst Mitternacht. Ich bin immer noch hellwach. Ein Nachteil von unserem Zimmer ist auf jeden Fall der fehlende Balkon oder ein Gartenzugang. Nicht mal das Fenster kann man richtig aufmachen, da es vergittert und mit Mückenschutz ausgestattet ist. Muss morgen unbedingt mit Maria reden. Ich brauch nicht den besten Ausblick, aber ich mag einen Schritt ins Freie treten können. Okay, nützt nichts. Ich schwing mich aus dem Bett. Mit Handtuch, Badeanzug, Zigaretten und Feuerzeug ausgestattet, mach ich mich auf den Weg. Die Zimmerkarte stecke ich in die Zigarettenschachtel. Es ist ruhig im Hotel. Die Lichtschalter in den Gängen sind indirekt beleuchtet, also kein Grund zur Panik. Die Treppe hoch, an dem Absatz, an dem Rebecca damals lag, bleib ich kurz stehen und schlüpfe aus meinen Flipflops. Zu laut um diese Uhrzeit. Der alte Teppich kitzelt an meinen schuhverwöhnten Füßen. Gehe sozusagen auf Samtpfoten. Oben im Flur und durch die Eingangshalle platschen meine nackten Sohlen leise auf dem kalten Marmorboden. Die Schiebetüre gleitet auf, und ich steh draußen in der milden Wärme der Nacht. Auf jeden Fall eine gute Entscheidung, rauszugehen. Ich atme tief ein. Es riecht besonders hier. Würzig, klar, aromatisch. Ja, aromatisch. Das gefällt mir. Das Aroma Italiens, Wärme, Gelassenheit. Das muss in mein Italienmenü für Paps. Muss er ohne Erklärung schmecken, sonst ist es falsch. Genau. Ich speichere das Aroma dieser Nacht in der kulinarisch-kreativen Schublade meines Gehirns. Die gibt's. Definitiv. Ich glaube, jeder Mensch hat irgend so eine Schublade für seine besonderen Talente. Fraglich nur, ob diese Talente immer ein Gewinn für die Mitmenschen sind ... Egal. Muss noch einen passenden Titel finden. Aromamenü? Nee ... hört sich irgendwie nach Aromamassage an ... na ja, mir wird noch was Besseres einfallen.

Ich tausche Schlafanzug gegen Badeanzug und strecke vorsichtig die Zehen in den Pool. Das Wasser ist warm. Trotzdem hat sich der Drang, mich ins Wasser zu stürzen, deutlich reduziert. Aber nun bin ich schon mal da. Ich kneife nicht! Leise lass ich mich ins Becken gleiten. Puuh! Doch kühl. Und weich. Noch plätschert der Wasserzulauf leise vor sich hin und die Poolbeleuchtung taucht alles in ein warmes, gelbes Licht. Aber ich weiß, dass um ein Uhr der Stecker gezogen wird, symbolisch, Nachtruhe bis acht Uhr morgens.

Langsam ziehe ich meine Bahnen, mit geschlossenen Augen. Lausche meinem Atmen. Total entspannend. Als das Licht ausgeht, schwimm ich zum Beckenrand und schau auf das Lichterspiel der Ebene. Da gibt es keine Nachtruhe. Irgendwo ist immer irgendjemand unterwegs, Autos huschen wie Ameisen auf ihren Wegen. Allmählich wird mir kalt.

Draußen zieh ich mir mein Schlafshirt an, wickel mir ein trockenes Handtuch um und kuschel mich mit angezogenen Beinen auf den Liegestuhl. Wo sind die Zigaretten? Muss ich mir abgewöhnen, die viele Raucherei. Aber nicht heute! Ich strecke mich genüsslich auf der Liege aus und blase ohne weitere Anfälle von schlechtem Gewissen den Rauch in die Nachtluft. Ringe klappen einfach nicht. Doch, da. Ha! Eine Rauchwolke, die wenigstens so tut, als könne sie ein Ring sein. Lass ich durchgehen. Haha.

Dann hör ich was. Ein Auto kommt näher. Jetzt, um diese Uhrzeit? Der Wagen fährt auf den Parkplatz, hält, Motor wird abgestellt. Okay, anscheinend ist noch jemand unterwegs. Ich höre Stimmen. Weiblich und männlich. Die Frau kenn ich, das ist Margaret.

Und der Mann? Emilio? Quatsch, der ist auf seinem Zimmer. Paolo? Jetzt erkenne ich den ruhigen, ausgeglichenen Tonfall von Rebeccas Vater. Die beiden nähern sich, dann ein Quietschen. Die Hollywoodschaukel. Ich muss lachen. Romantik in der Hollywoodschaukel, die ahnen ja nicht, dass ich noch herumschleiche!

Hier unten am Pool kann ich nicht verstehen, worüber die beiden sich unterhalten, nur vages Stimmengemurmel dringt zu mir. Ich drücke meine Zigarette aus. Blöde Situation. Keine Chance, ins Hotel zu gelangen, ohne an den zweien vorbeizugehen. Die Schiebetür von der Terrasse direkt in den Speisesaal ist in der Nacht verschlossen, und der Weg zur Eingangstür führt über die westliche Terrasse. Und da steht die Hollywoodschaukel! Was soll's. Ich hab ja nichts zu verbergen.

Andererseits interessiert es mich natürlich, was da gesprochen wird. Anstatt einen offenen Rückzug anzutreten, erhebe ich mich deshalb möglichst geräuschlos aus der Liege – zum Glück knarrt sie nicht –, nehme meine nassen Sachen und die Flipflops in die Hand und schleiche mich in gebückter Haltung die Treppe zur Terrasse hoch, sodass ich von oben nicht gesehen werden kann. Okay, mit der Aktion habe ich mir natürlich einen unauffälligen Abgang verbaut. Ab jetzt bin ich wieder mal in der Spannersituation, Entdeckung wär nur noch peinlich!

Gut, dass Vinc mich nicht sieht! Trotz nicht unbeträchtlichem Herzklopfen erheitert mich dieser Gedanke enorm.

Ich wage mich nur gerade so weit vor, dass ich nicht entdeckt werde. Paolo spricht mit gedämpfter Stimme, aber ich kann das meiste verstehen.

»Francesca und ich haben uns in der Schule kennengelernt. Ich war immer ihr Beschützer, obwohl sie ein paar Jahre älter war als ich. Später war es dann Liebe, und als ich 18 war, haben wir geheiratet. Nicht nur, weil Francesca schwanger war. Sie sollte nicht länger in dieser Umgebung leben müssen. Meine Schwiegereltern waren seltsam hart. Jeder auf seine Weise. Keine Atmosphäre, in der ein Kind aufwachsen sollte. Francesca stand immer wie ein Prellbock zwischen ihren Eltern, und sie war so zart ... sie konnte sich nicht wehren. Wir waren glücklich ... bis sie den Unfall hatte.«

»Sie ist verunglückt?«

Margarets Stimme klingt mitfühlend, aber nicht triefend. Passt zu ihr. Klare Linie, liebenswert offen.

»Ja, vor zwölf Jahren. Sie war mit dem Mofa unterwegs, ein LKW-Fahrer hat sie übersehen. War eine vertrackte Situation. Keiner konnte was dafür.«

Paolo trauert wohl noch immer.

Aber Margaret scheint seinen Panzer zu knacken.

Ich glaube, die küssen sich gerade.

Wusste ich's doch! Da hat's am ersten Abend schon geknistert. Obwohl er wesentlich älter ist. Mindestens 15 Jahre, schätz ich mal.

»Ich gehe jetzt. Buona notte, Margareta.«

Zärtlicher Tonfall. Wow. Tut mir aber auch leid. In drei Wochen ist Margaret auf dem Weg nach Australien. Oder interpretiere ich zu viel in einen Urlaubsflirt? Mir wird langsam kalt. Hoffentlich dauert die Verabschiedung nicht zu lange. Tja, ich hätte es ja anders haben können.

Die Hollywoodschaukel knarzt. Schritte entfernen sich, ein Auto wird gestartet, fährt ab. Nach fünf Minuten denke ich, ist auch Margaret auf ihr Zimmer gegangen, und ich trau mich aus meinem Versteck.

Barfuß schleiche ich mich zurück. Vinc merkt nichts – hätt mich auch gewundert –, er brummt nur kurz, als ich mich mit meinem ausgekühlten Körper an seinen schmiege. Das brauch ich jetzt. Neue Gedanken kreisen in meinem Kopf.

KAPITEL 15

INTERPRETAZIONE DEI SOGNI (TRAUMDEUTUNG)

Mercoledì (Mittwoch) – 13. August, 9 Uhr

Die Lockerheit der ersten Tage ist von den Australiern abgefallen. Beim Frühstück kein Gelächter, kein Prosecco. Hauptsächlich wird geschwiegen. Eve schaut kurz auf, als ich noch eine Kanne Kaffee bringe.

»Thank you, Doro.«

Sie sagt es so, als wolle sie etwas hinzufügen.

Auffordernd nicke ich ihr zu, während ich ein paar benutzte Teller zusammenstelle, um sie mit in die Küche zu nehmen.

»Doro, wir hätten eine riesengroße Bitte an Sie.«

Jetzt schaut mich auch Emilio an, allerdings nicht so verschmitzt wie sonst und auch nicht mit seinem Knopf im Ohr.

»Keine Sorge, ich beiße nicht«, versuche ich einen vagen Scherz, der genauso flach ankommt, wie er herausgerutscht ist.

»Mein Mann muss nachher ins Krankenhaus.«

Erschrocken schau ich zu Emilio.

»Nein, ich bin nicht krank«, beruhigt er mich, jetzt doch ein Lächeln auf den Lippen.

»Ich möchte Antonietta besuchen. Natürlich könnte ich mit dem Zug fahren, aber mein Kreislauf ist heute nicht besonders stabil. Deshalb wollte ich Sie fragen, ob Sie mich nicht mit dem Wagen bringen könnten? Selbstverständlich komme ich für Benzin und Verdienstausfall auf.«

Bin ein bisschen irritiert. Wieso gerade ich? Andererseits, wer sonst. Taxi? Vielleicht will er nicht allein sein, aber seine Frau ist für diesen Besuch nicht die richtige Begleitung? Wäre möglich. Ich weiß ja nicht, was sie mitgekriegt hat oder was Emilio ihr erzählt hat, aber den größten Teil der Geschichte kennen jetzt wahrscheinlich schon alle.

Sie warten auf meine Antwort.

»Okay. Ich hab Zeit, aber Geld nehm ich bestimmt nicht dafür. Ich mach das gerne, okay?«

»Danke! Sie sind ein Schatz, Doro!«

Emilio freut sich ganz offensichtlich, und Eve tätschelt ihm die Hand.

»Siehst du, mein Lieber, ich hab dir gleich gesagt, dass Doro das macht.«

Ich lache.

»Wär ja schön, wenn ich Menschen immer so leicht glücklich machen könnte.«

Obwohl mein Lauschangriff vor einigen Tagen unbemerkt geblieben ist, schreit mein schlechtes Gewissen bezüglich dieser Indiskretion Hurra über die Gelegenheit, mich zu revanchieren.

Halb elf fahren wir los. Mit Vinc' altem Vehikel.

Emilio ist schweigsam, hat natürlich seinen Knopf im Ohr. Louis Armstrong, vermute ich mal. Oder Emilio Zarbo. Echt süß, ich mag ihn einfach.

Muss mich auf den Verkehr konzentrieren, Italiener fahren emotionaler, als wir es gewohnt sind. Die Strecke kenn ich auch ohne Navi, ein kritischer Kreisverkehr, aber nach einer zweiten Runde find ich die richtige Ausfahrt. Praktisch, diese Kreisel.

Obwohl mich die italienische Fahrweise fordert, gönne ich mir gelegentliche Blicke auf die Landschaft. Also wenn ich jemals auswandern würde, dann hierher. Okay, das hab ich mir auch damals auf Mallorca gedacht oder in Südtirol oder in der Bretagne – da war's auch immer traumhaft schön und ich wollte gar nicht mehr heim, aber Italien, da könnte ich mir wirklich vorstellen, einen Teil des Jahres zu leben. Nicht nur im Sommer und Urlaub, sondern einige Monate am Stück sozusagen, ein kleines Lokal aufmachen, einen passenden Pächter suchen und immer mal nach dem Rechten sehen, Vinc kümmert sich um die organisatorischen Angelegenheiten, Papierkram … ich träum schon wieder. Mach ich gern. Ideen aufgreifen, durchspielen, meist ein bisschen unrealistisch, ist mir klar, aber ich träume mich dann weg vom Alltag. Und irgendwann kommt die ultimative Superidee, so viel ist sicher. Ich finde, es gibt schlechtere Arten, sich Hoffnung und gute Laune zu holen. Lotto, zum Beispiel. Kostet Geld und lässt einen von Summen träumen, die nur unglücklich machen.

Ich muss grinsen. Vinc lästert manchmal liebevoll über meine Begeisterungsfähigkeit – der Arme hat keine Ahnung, dass er allmählich zu einer festen Größe in meinen Träumen wird.

Treviso. In ein paar Minuten sind wir am Krankenhaus.

Emilio räuspert sich, als müsse er seine Stimme wiederfinden.

»Gehen Sie mit rein? Oder wollen Sie lieber in die Stadt?«, fragt er mich.

»Ich bleib hier, such mir ganz entspannt eine Bank und komm endlich dazu, mein Buch weiterzulesen. Zurzeit habe ich dazu wenig Muße, ist immer was los hier.«

Oh verdammt! Fettnäpfchen!

Emilio lächelt. Er nimmt's gelassen.

War ja auch nicht bös gemeint.

»Ich geh kurz mit rein, Hallo sagen. Dann warte ich irgendwo auf Sie. Aber lassen Sie sich Zeit, wie gesagt, ich hab's nicht eilig.«

»Lieb von Ihnen, Doro, gracie.«

Emilio streicht sich übers Haar, atmet tief durch, dann drückt er die Klinke der Krankenzimmertür nach unten. Antonietta sitzt aufrecht im Bett, sie lässt die Zeitschrift sinken und schaut uns entgegen. Bevor ich sie begrüßen kann, steht Emilio schon neben ihrem Bett und nimmt ihre Hand. Ich komm in ihrem Wahrnehmungsbereich nicht mehr vor, so viel ist klar, und steh ein bisschen blöd da. Soll ich mich bemerkbar machen? Oder einfach gehen? Letztere Möglichkeit ist vermutlich die bessere. Die Hand schon an der Türklinke, lässt mich das Wort »polizia« aufhorchen. Antonietta erzählt Emilio, dass sie die Polizei und die Ärzte überzeugen konnte, das Gift oder die Tabletten nicht selbst eingenommen zu haben.

»Und was glauben die jetzt? Dass dich jemand ermorden wollte?«, fragt Emilio.

Meine Rede. Antonietta ist der Gedanke offensichtlich auch nicht neu.

»Das ist möglich. Warum? Denkst *du* das?«

Emilio seufzt tief.

»Irgendwie musst du ja das Gift zu dir genommen haben, nicht wahr? Du warst es nicht selbst, das glaube ich dir, aber dann bleibt ja nur die andere Möglichkeit …«

Antonietta sagt nichts.

Emilio hat recht. Zumindest fällt mir auch keine bessere Erklärung ein.

»Hast du vielleicht doch … aus Versehen?«

Antonietta unterbricht ihn.

»Ich weiß, das wäre die angenehmste Erklärung für alle, aber das ist völlig absurd.«

Punkt und Ende der Ansage.

Emilio runzelt die Stirn.

»Entschuldige, ich will nur dieser einen Möglichkeit nicht ins Auge sehen müssen. Weil dann die nächste Frage natürlich lautet: *Wer hat es getan? Und warum?*«

Antoniettas stolze Haltung hat sich unmerklich verabschiedet. Spannungslos liegt sie im Bett, die Hände auf der Bettdecke gefaltet.

»Ich verstehe das alles nicht. Warum soll mich jemand umbringen wollen? Und Salvatore? Was ist mit ihm passiert?«

»Nichts ist mit dem passiert! Sein verderbtes Herz hat nur endlich aufgehört zu schlagen!«

Erschrocken über den Hass in seiner Stimme, entfährt mir ein lauter Atemstoß. Unisono starren zwei Augenpaare zu mir rüber.

Mir wird heiß.

»Äh … ich wollte nur gute Besserung wünschen. Ich warte dann draußen auf Sie.«

Fluchtartig stürme ich aus dem Raum. Mann! Wie peinlich war das denn? Wenigstens bleibt mir durch meinen Blitzabgang die Reaktion der beiden erspart.

Aber die Idee, mein Buch weiterzulesen, hat sich erledigt. Emilios hasserfüllte Stimme hat sich in meinen Ohren festgebissen. Emilio und abgrundtiefer Hass – das sind für mich zwei schwer vereinbare Gegensätze.

Ebenso wie Emilio als Mörder seines Bruders. Okay, war keine Kleinigkeit, was der ihm angetan hat. Aber was weiß ich denn schon. Von Emilio und Salvatore. Oder dem Rest der Familie. Ich hab einiges mitbekommen, was nicht für meine Ohren bestimmt war, was schlummert noch alles unter der Oberfläche dieser Familie? Und da sind ja noch die Personen, die nicht zur Familie gehören, aber gerne dazugehören würden. Zum Beispiel Tommaso und Lorenzo. Oder der Bruder von Tommaso. Dieser Mario. Da seh ich schon eher kriminelles Potenzial. Zeigt ja die Bescheißerei in der Weinherstellung. Rein profitorientiert. Macht allein keinen Mörder aus, aber der Gedanke, einer der Biasini-Brüder wär dafür verantwortlich, ist wesentlich verdaulicher. Oder vielleicht sogar beide. Lorenzo schließe ich eigentlich aus. Obwohl – verletzte Eitelkeit kann ein verdammt gutes Motiv sein.

Ich mach meine Augen zu und atme ein paarmal tief durch.

Vielleicht spreche ich ganz offen mit Emilio. Dann seh ich schon, wie er reagiert. Ob er mich abweist, mich in meine Schranken weist. Oder sich mir anvertraut.

Ein Blick auf meine Armbanduhr, als Emilio auf mich zukommt. Gleich 13 Uhr! Hab gar nicht bemerkt, dass ich seit fast einer Stunde hier sitze.

Ich bin gespannt wie ein bereiter Bogen.

Emilios Miene verrät mir gar nichts. Kein Ärger, kein Lacheln, neutral. Er setzt sich neben mich auf die Bank.

Gleichzeitig fangen wir an.

»Nein, Sie zuerst«, lass ich ihm gern den Vortritt.

»Alora …« Emilio kratzt sich am Kinn.

»Antonietta meint, ich soll Sie fragen.«

»Was denn?«

Emilio dreht das Kabel seiner In-Ears zwischen den Fingern.

»Warum Sie sich so für unsere Familie interessieren.«

Schreck! Bin mir sicher, dass ich knallrot anlaufe.

»Ich äh … ja … ich mein …«

Emilios Frontalfrage hat mich total aus dem Konzept gebracht. Aber ist nun egal. Hab mir sowieso vorgenommen, mit offenen Karten zu spielen. Dann ist jetzt der richtige Zeitpunkt. Gut. Ich schlucke. Emilio beobachtet mich. Ohne die Miene zu verziehen. Höchstens neugierig.

»Okay …« *Los jetzt, Doro, weiter,* schubs ich mich selber innerlich an.

»Tut mir leid, ich dachte nicht, dass ich so plump durch die Gegend gelaufen bin. Aber ich hab Sie alle so nett gefunden, von Anfang an. So interessant. Auswandern nach Australien, von Schottland und Italien. Hier das Familientreffen, tja, da hab ich zufällig mitgehört, wie Sie und Antonietta sich unterhalten haben. An dem Abend, als alle hier beim Essen waren.«

Eine tiefe Falte bildet sich zwischen seinen Augenbrauen.

Ich schau weg, auf meine weiß lackierten Zehennägel.

»Ich weiß, dass es nicht schön ist, andere zu belauschen. Find ich selber widerlich. Aber in dem Moment war ich wie gefesselt. Ich bin dann auch gegangen …«

Ich werf dem alten Herrn einen Seitenblick zu.

»Ich kann Ihnen nicht widersprechen. Lauschen ist eine schlechte Angewohnheit. Aber manchmal verständlich.«

Ich seufze. »Tut mir echt leid.«

»Doro, ich mag Sie. Trotzdem hätten Sie das nicht hören sollen. Aber es ist so, wie es ist. Eine unschöne Geschichte. Hat mich sehr getroffen, das können Sie sich vorstellen.«

»Hmm.«

»Wissen Sie, ich hatte Angst davor, Antonietta wiederzusehen. Ich wollte auch Eve nicht verletzen. Sie wusste keine Einzelheiten. Hat auch nie gefragt. Wahrscheinlich, weil ich das Thema immer abgeblockt habe. Jetzt hab ich ihr alles erzählt.«

»Und wie hat sie reagiert?«

Emilio schmunzelt.

»Schon wieder neugierig.«

»Tut mir leid. Ist mir so rausgerutscht.« Ich lache leise.

Er scheint nicht böse auf mich zu sein.

»Eve ist eine tolle Frau. Sie war natürlich schockiert, sie respektiert aber auch, dass ich nicht über die Vergangenheit sprechen wollte, und versteht meine Wut auf meinen Bruder. Jetzt verstehen Sie vermutlich, warum mir Salvatores Tod nicht nahegeht?«

»Ja, klar. Unter den Umständen ganz normal.«

»Aber ich hab ihn nicht umgebracht. Das ist doch die Frage, die Sie sich stellen, nicht wahr? Und nicht nur Sie, auch die Polizei. Die wissen von dem Streit zwischen Salvatore und mir. Und auch, worum es ging.«

Emilio schaut mich offen an.

Die Frage, die er nicht gestellt hat, steht im Raum.

Ich schüttel den Kopf.

»Ich hab der Polizei kein Wort davon gesagt. Ich schwöre! Und Vinc auch nicht! Zu keinem Menschen.«

»Wer war es dann? Doro, außer Ihnen, Antonietta und mir hat keiner von der …«, er schluckt und schaut weg, »von der Vergewaltigung gewusst«, beendet er den Satz.

»Genau das hab ich mir auch schon gesagt. Vielleicht hat

noch jemand mitgehört? Und bei dem Streit auf der Terrasse vor ein paar Tagen haben Sie Salvatore laut die Vergewaltigung vorgeworfen. Da gab's einige Zuhörer.«

»Stimmt, aber ich habe keine Namen genannt. Und ich glaube nicht, dass Salvatore sich gebrüstet hat, seine eigene Frau vergewaltigt zu haben. Und Antonietta hat mit niemandem darüber gesprochen.«

Ich hebe ratlos die Hände. »Keine Ahnung.« Stumm brüten wir vor uns hin.

»Und die Polizei glaubt, dass *Sie* Antonietta etwas antun wollten?«, frag ich dann.

»Sie ermitteln zumindest in diese Richtung. Würde ich an ihrer Stelle auch tun. Einer muss es ja gewesen sein. Und bei mir sehen sie ein starkes Motiv.« Er zuckt mit den Schultern.

»Die werden die Wahrheit ans Licht bringen. Hoffe ich zumindest«, versuch ich, ihn zu beruhigen.

Emilio scheint davon nicht ganz überzeugt zu sein.

Tröstend nehme ich seine Hand.

»*Ich* glaube Ihnen, Emilio. Und die Polizei hat Methoden, die Wahrheit herauszufinden.«

»Danke, Doro. Halten Sie trotzdem weiter Augen und Ohren offen? Vielleicht fällt Ihnen irgendetwas auf, was uns weiterhilft.«

»Wird mir nicht schwerfallen«, gebe ich lachend zu, dann – »Fahren wir zurück ins Hotel?«

Emilio nickt und steht auf.

Die Heimfahrt verläuft schweigend. Bin sicher, unsere Gedanken laufen in dieselbe Richtung.

»Bist du verrückt?«

Vinc ist echt sauer.

Ich hab ihm alles erzählt.

»Emilio ist ein sehr netter alter Herr, stimmt, aber du

kennst ihn nicht! Wenn er ein Mörder ist, wird er es dir nicht auf die Nase binden. Er ist schlau, das hast du selber gesagt. Aber von dir ist es gar nicht schlau, ihm brühwarm zu erzählen, was du alles weißt. Dass du ihn belauscht hast. Was, wenn er dir misstraut und denkt, du weißt vielleicht noch mehr? Wenn er dich für eine Bedrohung hält? Oder er steckt mit Antonietta unter einer Decke?«

»Jetzt mach mal 'nen Punkt!«

Soll ich lachen oder mich ärgern? Lachen. Ist die definitiv bessere Alternative. Ich setz mich auf Vinc' Schoß und leg ihm die Arme um den Hals.

»Süß von dir, dass du dir solche Sorgen um mich machst, aber du hast doch selbst gesagt, dass es gar keinen Mord gibt – ergo auch keinen Mörder. Alles ist gut und Emilio ist bestimmt nicht gefährlich. Außerdem waren wir nicht allein im Wald.«

»Doro, ich will doch nur, dass du ein bisschen auf dich aufpasst. Du bist viel zu gutgläubig. Es sind nicht alle Menschen gut. Und ich will nicht, dass dir etwas passiert. Nur weil du deine Nase in fremde Angelegenheiten steckst.«

Wie er so ernst schaut, muss ich ihn einfach küssen. Lenkt ihn eindeutig ab. Seine verspannte Haltung lockert sich.

»Was machen wir mit dem restlichen Tag?«, fragt er nach einer Weile.

Hmm. Eigentlich wollte ich noch zu Rebecca, aber das verschieb ich besser auf morgen.

»Wie wär's mit Wandern? Durch die Weinberge, die Hügel, Landschaft genießen und wenig Menschen?«

Vinc überlegt nicht lange.

»Schöne Idee. Organisier du ein Picknick bei Maria und klär ab, wann sie uns wieder braucht. Ich muss schnell Carlos Bescheid geben. Wir wollten was erledigen, aber das hat Zeit bis morgen.«

Das war wirklich eine gute Entscheidung. Zwischen den Weinbergen staut sich zwar die Hitze, aber die Ruhe, die Gerüche – total entspannend. Und romantisch. Händchen haltend.

»Schau, die Rosenstöcke, siehst du?«

»Ja, klar. Die gibt's oft in den Weinbergen.«

»Stimmt. Die stehen aber nicht einfach nur so da, die haben einen Sinn.«

Triumphierend über meinen Wissensvorsprung, grins ich Vinc an.

»So, und welchen?«, fragt Vinc pflichtbewusst.

»Wenn es einen Schädlingsbefall im Weinberg gibt, sind die Rosen dafür empfänglicher als die Rebstöcke und der Weinbauer sieht sofort an den Rosen, wie es um den restlichen Weinberg bestellt ist.«

»Echt? Nicht schlecht. Und das funktioniert?«

»Ja. Hat zumindest Rebecca behauptet. Egal, die Idee ist jedenfalls genial, find ich.«

Vinc stimmt mir zu.

KAPITEL 16

AMORE (LIEBE)

Giovedì (Donnerstag) – 14. August, 9.30 Uhr

Rebecca stürmt in die Küche. Ich gähne gerade vor mich hin, bin eigentlich noch nicht ansprechbar. Was Rebecca herzlich wenig kümmert.

»Doro, hast du kurz Zeit?«, fragt sie aufgeregt, euphorisiert, wie auch immer, jedenfalls viel zu munter für mich.

»Schlecht. Maria ist für 'ne halbe Stunde weg, ich bin allein hier, und es waren noch nicht alle Gäste beim Frühstück«, gähn ich sie mehr oder weniger an.

He! Was ist mit mir los? Bin doch sonst kein Morgenmuffel. Okay, heut Nacht hab ich nicht mehr als eine Viertelstunde am Stück geschlafen.

Ich weiß nicht mehr, was genau ich von wem geträumt hab, aber die Träume waren so disharmonisch, dass ich jedes Mal froh war, aufzuwachen.

Rebeccas wasserfallartiger Redefluss holt mich zurück.

»Mach ruhig weiter, ich wollte dir nur eine Neuigkeit erzählen.«

Erwartungsvolle Pause.

Neuigkeit? Das Wort zieht den Nebel der Schläfrigkeit aus meinem Gehirn.

»Was ist so wichtig, dass du so früh hier auftauchst?«, frage ich der Erwartung entsprechend.

»Es liegt fast auf dem Weg. Ich fahre nach Treviso, Großmama abholen. Sie darf nach Hause. Aber rate mal, wen ich heute Nachmittag treffe? Lorenzo!«

Rebeccas Lachen klingt richtig fröhlich.

Wow. Lorenzo. Ich staune.

»Wow! Und?«

»Na ja, ich hab ihn angerufen. Ich muss wissen, woran ich bin.«

»Toll. Mutig. Und was hat er gesagt? Ich mein, weil du so euphorisiert bist?«

Ihre Miene wird ernst.

»Er hat eigentlich nur ›Ja‹ gesagt, zu dem Treffen mein ich.« Sie lacht ein wenig unsicher.

»Schon klar, ich nehme nicht an, dass du ihm am Telefon einen Heiratsantrag gemacht hast«, spotte ich nicht bös gemeint.

»Lach mich ruhig aus, aber genau das habe ich vor. Ich will ihn heiraten, und das werde ich ihm auch sagen.«

Ich schüttle den Kopf, was soll ich dazu auch sagen? Dass sie besser nicht so stürmisch vorgehen soll? Nee, da misch ich mich nicht ein. Außerdem liebt Lorenzo Rebecca, und warum soll nicht die Frau dem Mann einen Antrag machen? Immerhin hat *sie* ja alles versemmelt, milde ausgedrückt.

Ich umarme Rebecca.

»Okay, dann wünsch ich dir viel Glück. Ich komm heute Abend bei dir vorbei, dann stoßen wir auf euch an.«

»Ja, so machen wir es. Alora, bis später.«

Rebecca drückt mich kurz, dann wirbelt sie aus der Küche, wie sie reingewirbelt ist.

Und ich bin wach.

Gut so, muss mir sowieso Gedanken übers Mittagessen machen. Eine Radlergruppe aus Deutschland hat sich kurzfristig angesagt. 16 Mann, wollen hier Mittagspause einlegen, essen, Zimmer beziehen, für zwei Nächte. Pause vom Pässeradeln. Danach geht's weiter. Die sind aber Gott sei Dank unkompliziert, acht Doppelzimmer übersteigen das freie Kontingent des Hotels. Fünf wären möglich, was heißt, zu dritt beziehungsweise sogar zu viert im Zimmer. Ist kein Problem – na bitte!

Essenstechnisch soll's gute italienische Hausmannskost geben, wie sie es bezeichnet haben.

Maria überlässt mir die Auswahl. Sie richtet die Zimmer, Carlos wird ihr helfen. Für die Zimmerreinigung ist eine Tante von ihr zuständig, die ist heute voll ausgelastet.

Gut, kümmer ich mich also ums Essen. Mal überlegen.

Resteverwertung steht wie immer relativ oben auf meiner Wertigkeitsliste. Was natürlich nicht minderwertige Ware bedeutet, sondern kochen mit dem, was Küche und Garten hergeben, was fehlt, wird besorgt.

Um 14 Uhr soll's fertig sein.

Okay.

Salat – eh klar.

Dann Pasta, aber welche? Mal ganz klassisch, vielleicht Carbonara? Natürlich nicht *ganz* klassisch, hab mir von Papa ein paar Feinheiten abgeschaut. Eine Prise Sascha Ritter, eine Prise Doro-Ritter-Intuition – schmeckt dann meistens nicht schlecht. Alternativ Spaghetti alla Pesto verde. Hat Maria gestern frisch gemacht. Ja, das ist gut.

Hauptgang – Maria bringt Hähnchen mit. Grillen? Nein, besser Olivenhuhn mit Paprikagemüse, Kartoffeln und natürlich eine Menge schwarze Oliven und nicht zu knapp Olivenöl. Eines meiner Lieblingsgerichte.

La Dolce – Karamellpudding mit Ahornsirup, verfeinert à la Doro Ritter. Okay, zugegeben, das Rezept habe ich von Paps. Und es schmeckt göttlich! Allein dafür hätte er seinen Stern verdient!

Maria segnet meine Speisefolge ab und wir machen uns gemeinsam an die Arbeit.

»Die Franzosen möchten heute gerne hier zu Mittag essen. Und Emilio und seine Frau. Die anderen sind unterwegs.«

Marias System ist nicht schlecht. Mittagessen nur nach Absprache. Und dann nicht à la carte, sondern in der Regel ein Menü, Wünsche können im Vorfeld durchaus angemeldet werden. Gut kalkulierbar. Genauso am Abend. Ist ja eigentlich als Frühstückshotel gelistet, Marias Kochkünste sind aber bei Stammgästen so bekannt, dass sie relativ oft in der Küche steht. Aber das ist ja ihre Leidenschaft.

Auch die Gruppe aus Deutschland ist nicht das erste Mal da. Die zentrale Lage und Marias Küche haben sie erneut hergelockt, schmeicheln sie der Chefin. Mich begutachten sie wohlwollend, nicht ohne den einen oder anderen derben Witz, was den jüngeren Männern in der Gruppe etwas peinlich zu sein scheint. Ich grins nur freundlich dazu, so was bringt mich nicht aus der Fassung. Ist noch im Rahmen. Altmännerwitze halt, sag ich immer, wenn ich bös sein will, bin heute aber friedlich gestimmt und will den Herren die offensichtlich gute Laune nicht verderben.

Das Essen wird dann mit großem Hallo gewürdigt, vor allem die Nachspeise ruft wahre Begeisterungsstürme hervor. Ich freu mich, will mich aber nicht mit fremden Federn schmücken. Das ist echt Papas Verdienst! Was ich erwähne und was interessierte Neugier hervorruft.

Wie meistens führt das dazu, dass einer den Namen Sascha Ritter kennt, und die Begeisterung ist noch größer. »Ach ja, genau, den hab ich schon gesehen« und Ähnliches macht die Runde. Eine Nachspeise à la Sascha Ritter, dem berühmten Sterne- und Fernsehkoch. Von seiner Tochter zubereitet. Darauf wird angestoßen.

Maria hätte gern das Rezept für die Ahornsirup-Sascha-

Ritter-Soße, muss ich aber erst Papas Okay einholen. Was Maria natürlich versteht.

Vinc hilft mir beim Aufräumen in der Küche.

Maria kümmert sich um den Speisesaal.

»Fährst du später mit zu Rebecca?«, frage ich Vinc. »Ich denke, sie hat was zu feiern. Vielleicht hat sie auch gar keine Zeit für uns.«

»Nee, Schatz, geht leider nicht. Ich bin am Nachmittag mit Carlos unterwegs. Kann länger dauern.«

Er fragt nicht einmal, was Rebecca feiern will oder was ich mit meinen Andeutungen meine. Ich schluck mein Mitteilungsbedürfnis runter.

»Macht nix. Vielleicht werden's ja auch Frauengespräche ... Wie schaut's aus, kann ich Maria für heute Abend zusagen? Oder steht bei uns was an? Giulia übernimmt die Nachmittagsschicht, sie bleibt bis 20 Uhr. Keine Küche, nur die Bar.«

Vinc nickt.

»Spricht nichts dagegen. Ist aber nicht schlimm, wenn ich ein bisschen später komme, oder?«

»Nein, kein Problem.«

Prüfend lass ich meine Blicke über die Ablagen schweifen. Tutto perfetto! Blitzblank.

»Du, Vinc, kann ich dein Auto nehmen?«

»Ja klar, ist ja wieder hervorragend in Schuss.« Er grinst breit.

»Absolut. Der Wagen schnurrt wie ein Kätzchen! Wer hat den bloß wieder so super hingekriegt?«

»Tja ...« Vinc zupft betont bescheiden sein T-Shirt glatt und zieht den Autoschlüssel aus der Hosentasche.

Ich schnapp ihn mir. »Danke. Grüß mir Carlos und Tini.«

Ich knutsch Vinc ein bisschen ab, bis er mich lachend wegschiebt.

»Richt ich aus, bis heut Abend, Schmusebär.«

Er zieht ab. *Selber Schmusebär!*

Vor sechs will ich nicht bei Rebecca auftauchen, also leg ich mich am Pool in die Sonne. Ah, mal gar nix tun. Ich blinzle, die Sonne glitzert durch meine fast geschlossenen Wimpern.

Total relaxed.

Als ich aufwache, ist es kühler geworden. Dafür brennen meine Oberschenkel, Dekolleté und Schultern. Mann, ich bin eingeschlafen! Und hab natürlich mal wieder nicht an Sonnencreme gedacht. Schön blöd! Warum schaff ich nicht einen Sommer ohne Sonnenbrand? Vorsichtige Prüfung meiner Haut – na ja, könnte schlimmer sein. Ein Blick auf die Uhr. 17 Uhr. Gut. Eine Runde schwimmen, duschen, umziehen, dann zu Rebecca.

So mach ich es.

Als ich auf den Zarboschen Hof einbiege und mein Auto drüben beim Weinkeller abstelle, schlurft eine alte Frau an mir vorbei. Sie nickt kurz, ohne stehen zu bleiben. Muss Maria Favelli sein, die Großmutter von Lorenzo. Seit ihr Mann gestorben ist, wohnt sie bei ihrem Sohn, Andera Favelli, im Verwalterhaus. Rebecca hat erzählt, dass sie eigentlich immer schon für die Familie Zarbo gearbeitet hat. Ihr Mann hatte sein eigenes kleines Familienweingut geführt, welches dann sein Enkel Lorenzo übernommen hat. Sein Sohn Andrea blieb Verwalter bei den Zarbos.

Ich steig aus und geh rüber zum Wohnhaus.

Wie immer ist die Haustüre offen, und ich höre sogar Stimmen. Ist ja richtig belebt heute!

Oh, oh, das klingt aber nicht sehr heiter.

Die Wohnzimmertüre ist nur angelehnt, ich klopf vorsichtig an.

Rebeccas Vater, Paolo Colucci, kommt zur Tür.

Er hebt hilflos die Hände.

»Ist vielleicht gut, dass Sie hier sind. Mit mir will Rebecca nicht reden.«

Ich glaube, er ist erleichtert, dass er an mich übergeben kann.

Nicht zu übersehen, warum.

Rebecca sitzt zusammengesunken da und starrt paralysiert vor sich hin.

Ich geh zu ihr rüber und setz mich neben sie auf die Couch. Behutsam leg ich meinen Arm um ihre Schulter. Erst zuckt sie ein wenig zurück, dann seufzt sie schwer.

»Lorenzo will mich nicht mehr. Er hat gesagt, ich könnte ihn nicht ablegen wie ein altes Paar Schuhe und bei Bedarf wieder aus der Schublade holen.«

Wham! Das ist hart. Wie kommt er auf diesen blumigen Vergleich? Assoziation wegen ihres Schuhfetischismus?

»Rebecca, das tut mir leid. Aber sieh's mal aus seiner Sicht. Ist schon verständlich, dass er dir nicht sofort vor Begeisterung um den Hals fällt. Spricht einerseits für ihn, find ich.«

Ich horch in mich rein. Find ich das wirklich? Ja. Immerhin ist er ziemlich gedemütigt worden. Noch dazu von so 'nem Arsch wie Tommaso! So kann ich das natürlich nicht zu Rebecca sagen, aber im Kern versuch ich's rüberzubringen.

»Gib ihm Zeit. Der beruhigt sich wieder. So wie du ihn beschrieben hast, hat er halt seinen Stolz, aber er liebt dich, und das wird ihm bald wieder einfallen.«

Rebecca schnieft.

»Glaubst du?«

»Logisch!«

»Und wenn nicht?«

Oh Gott, die Tränen fangen wieder an zu fließen.

»Wart erst mal ab. Und entspann dich. Ändern kannst du momentan eh nichts. Wir trinken ein Glas Prosecco, wenn schon nicht auf deine Versöhnung, dann auf deinen Mut. War echt mutig und superrichtig, was du gemacht hast. Selbst wenn Lorenzo nicht mehr mit dir zusammenleben will – du hast es auf jeden Fall versucht.«

»Sehr tröstlich.«

»So wird's nicht kommen. Also los, wo ist der Prosecco? Und die Gläser?«

Rebecca gibt sich einen Ruck. Nicht sehr motiviert, aber immerhin, sie holt eine Flasche und Gläser.

Ein Glas, mehr darf ich nicht, muss ja noch Vinc' kleinen Liebling sicher zurückbringen. Reicht aber, um Rebecca ein bisschen aufzumuntern.

Wir bleiben natürlich beim Thema, für was anderes ist Rebecca heute nicht mehr zu interessieren. Sie denkt bereits wieder optimistischer.

Ein Blick auf die Uhr und ich spring hoch.

»Oh Mann, ich muss zurück! Giulia ablösen.«

Heute hab nicht nur ich Neuigkeiten. Ausnahmsweise will Vinc unbedingt zuerst von seinen Aktivitäten berichten.

»Also schieß los«, lass ich ihm gnädig den Vortritt.

»Carlos und ich haben einen konkreten Verdacht. Wir brauchen einen letzten Beweis, und dazu müssen wir einen Köder auslegen. So wie's aussieht, hat so ein reicher Typ aus Neapel ein riesiges Grundstück mit Villa gekauft. Bei unseren Befragungen rund um die Anwesen, von denen die toten Hunde stammen, ist immer wieder der Name dieses Mannes gefallen. Seit der hier wohnt, gibt's Ärger wegen der Hunde. Gebell und Hundekot! Waren das nicht deine Vermutungen?« Vinc lacht.

»Stimmt. Weiß ich doch, dass die menschliche Seele merkwürdige Abgründe hat.« Zufrieden verschränke ich meine Arme.

»Jaja, schon gut. Ich hab dich ja schon gelobt und Eigenlob stinkt.«

Ich box ihn in die Schulter.

»Und wie wollt ihr Beweise dafür bekommen?«

»Wir haben einen Plan.«

»Aha?«

»Eine der betroffenen Familien schafft sich pro forma wieder einen Hund an. Groß und laut. Den führen sie die *Todesstrecke* entlang Gassi und lassen ihn sein Geschäft direkt vor dem verdächtigen Grundstück erledigen.«

Die Vorstellung erheitert Vinc sichtlich. Dann wird er ernst.

»Die Familie will wirklich wieder einen Hund. Sie wollten zwar noch eine Weile warten und ein Hundebaby. Aber jetzt holen sie einen aus dem Tierheim. Hauptsache Hund, so sind die. Nur die Rasse soll passen. Collie. Natürlich müssen wir vorsichtig sein, wir wollen ja nicht, dass unserem ›Lockhund‹ was passiert.«

»Guter Plan. Für den Hund vielleicht nicht ganz ungefährlich, aber wenn er überlebt, dann hat er ein gutes Zuhause«, spotte ich böse.

»Ach komm, Doro! Ich hab doch gesagt, dass wir aufpassen«, wehrt sich Vinc vehement.

»Weiß ich doch.« Ich entschuldige mich emotionsreich.

»Stören wir?«

Lautstark meldet sich unsere Radlergruppe zum Absacker, wie sie's nennen.

»Ja, aber ihr bekommt trotzdem was.«

»Na, da haben wir aber Glück.«

»Genau.« Ich lache.

»Und was darf's sein?«

Zehnmal Vino rosso, zweimal bianco, vier Prosecco, per-favore.

Vinc und ich schenken ein. Für uns auch ein Glas Pro-secco.

Die Herren gruppieren sich um die Theke, sind gut drauf und fragen mich über Papa aus. Natürlich. Ein Promi ist immer interessant, nicht nur für die Damen, – wobei sich die Fragen der Männer vielleicht ein bisschen weniger um Aussehen und Familienstand drehen.

Da sie am nächsten Tag früh zu einer Tour aufbrechen wollen, keine Höhenmeter, aber Strecke, wird es nicht sehr spät.

Gut so, ich bin irgendwie erledigt.

Auf dem Zimmer pflege ich meinen Sonnenbrand mit einem kühlenden Gel. Die Haut spannt trotzdem und ist quälend heiß. Vorsichtig kuschle ich mich in Vinc' Arm-beuge.

»Was meinst du? Gibt Lorenzo Rebecca eine Chance?«, nuschle ich undeutlich, mein Gehirn schon auf Schlafmo-dus geschaltet.

Vinc krault mit seiner freien Hand meine Kopfhaut, das liebe ich. Ist total entspannend.

»Tja, schwer zu sagen. Also vom ersten Bauchgefühl würd ich sagen, die kann mir gestohlen bleiben, aber ob ich dann wirklich so konsequent wäre? Es kommt halt drauf an, wie sehr er sie noch liebt.«

Vinc setzt sich auf, zieht die Beine an, nimmt sie als Ablage für die Zeitung, in der er noch kurz blättern will, Wortschatz erweitern und so, wie er sagt.

»Hmm«, zu mehr bin ich nicht mehr zu gebrauchen.

KAPITEL 17

FERRAGOSTO (MARIA HIMMELFAHRT)

Venerdi (Freitag) – 15. August, 9.30 Uhr

Feiertag.

Unsere Radler sind unterwegs, Kirchen anschauen, einen besinnlichen Tag begehen. Dürfte heute schwer werden. Dieser Tag mobilisiert einen Großteil der Italiener. Wer kann, verbringt rund um den 15. August ein paar Tage am Meer oder in den Bergen.

Wir haben heute auch frei.

Vinc und ich wollen raus, Picknick, laufen, genießen.

Den Gedanken, ans Meer zu fahren, haben wir vertagt. Verstopfte Straßen, überfüllte Strände, Maria hat uns dringend abgeraten.

Carlos lädt Vinc und mich zum Mittagessen zu seiner Familie ein. Laut und gemütlich, wie man sich's vorstellt bei einer italienischen Großfamilie. Schön.

Von da aus tuckere ich mit dem Mofa zu Rebecca – die beiden Detektive müssen was vorbereiten, wie sie sagen.

Ich fahr einen kleinen Umweg. Klingt blöd, aber ich liebe Friedhöfe. Nicht bei Nacht, das muss ich echt nicht haben, aber wenn ich im Vorbeifahren einen Friedhof sehe, halte ich gern an. Einer meiner Favoriten ist der in Murnau am Staffelsee. War ich vor kurzem. Weit, hell, wunderbare Ausblicke von den verschiedenen Standpunkten der terrassenförmigen Anlage. Urlaubsfeeling auf der letzten Reise. Schöner Gedanke.

Den hier in Montebelluna habe ich noch nicht besucht, Vinc mag das nicht so gern. Kann natürlich sein, dass heute viel los ist, erfahrungsgemäß ist ein Feiertag oft Anlass, an verstorbene Familienmitglieder und Freunde zu denken. Hat, glaub ich, jeder so seine eigenen Verbindungen.

Ich stelle mein Mofa am Straßenrand ab. Es ist ruhig hier, sitzen wahrscheinlich alle noch beim Mittagessen. Langsam schlendere ich an den Mauernischen vorbei, traditionell, wie im Süden üblich. Find ich praktisch. Hygienisch und platzsparend. Und schön. Echte Blumen, Plastikblumen, Bilder der Verstorbenen, bunt und nicht unpersönlich. Bei uns haben die eingeäscherten Toten immer noch einen faden Beigeschmack, ich kann's nicht erklären, wird aber immer aktueller.

Okay. Ich sollte mich mal auf den Weg machen, sonst wird's zu hektisch.

War vielleicht doch nicht so eine gute Entscheidung, Rebecca zu besuchen. Der Verkehr heute ist mörderisch. Bin echt froh, als ich endlich von der Hauptstraße abbiegen kann.

Der Hof ist wieder mal wie ausgestorben.

Ich lasse das Mofa neben dem Weinkeller stehen und geh rüber zum Wohnhaus. Die Haustür steht offen, dann wird wohl jemand zu Hause sein. Der eiserne Türklopfer hallt laut durchs Haus.

Antonietta kommt aus dem Wohnzimmer. Sie wirkt kein bisschen mehr leidend, als sie mich mit verwunderter, aber fester Stimme anspricht.

»Doro, was machen Sie denn hier? Wollen Sie zu Rebecca? Die ist nicht da.«

»Oh!« Okay, damit hab ich nicht gerechnet, dachte, sie vergräbt sich hier in ihrem Selbstmitleid und bedarf einer Aufmunterung.

»Rebecca ist nach Treviso gefahren, zu einer Freundin. Ich weiß nicht, wann sie zurückkommt.«

Ja klar, natürlich hat Rebecca eine Freundin. Sie lebt ja nicht erst, seit ich hier bin. Mal wieder der klassische Fall von Selbstüberschätzung, liebe Doro!

»Äh … ja … macht nichts. Ich hätte vorher anrufen sollen. Egal. War ein netter Ausflug.« *Okay, Doro, halt einfach den Mund und zieh dich zurück*, befehl ich mir. Bevor es peinlich wird.

»Trinken Sie einen Kaffee mit uns?«

Antonietta überrascht mich total mit ihrer Einladung. Und wer ist »uns«?

»Äh … gern!«

»Uns« sind Antonietta und ihr Besuch. Emilio Zarbo. Sie sitzen im Wohnzimmer. Kaffeetassen. Weingläser. Okay, ich setz mich gerne dazu. Innerlich muss ich grinsen, da ich mir den Kommentar von Vinc lebhaft vorstellen kann.

Antonietta wirkt heute gar nicht so kühl und distanziert wie sonst. Sie bietet mir einen Platz an, reicht mir eine Tasse Kaffee, dann wendet sie sich Emilio zu, der noch nichts gesagt hat. Worüber haben die beiden gesprochen? Emilio macht den Eindruck auf mich, dass er nicht so recht weiß, was er sagen soll, weil er eigentlich bei einem Thema war, das nicht für die Ohren Dritter bestimmt ist.

Aber Antonietta überrascht mich weiter.

»Sie können uns vielleicht helfen. Wir sind uns über einen Punkt nicht einig.«

»Wenn ich kann …«

»Wie Sie wissen, hat die Polizei sich in die Idee verrannt, Emilio hätte mir wissentlich Gift verabreicht.

Was natürlich völliger Unsinn ist. Genauso wie der Gedanke, dass ich die Tabletten selber eingenommen habe. Aber es nützt nichts. Emilio soll seinen Aufenthalt hier nicht nur in schlechter Erinnerung behalten. Womöglich darf er gar nicht zum geplanten Termin ausreisen. Kurz gesagt, ich habe meine Aussage geändert. Ich konnte den Commissario davon überzeugen, dass ich wegen Salvatores Tod und dem Unfall meiner Enkelin mit den Nerven am Ende bin, und als ich vom Krankenhaus heimgekommen bin, habe ich festgestellt, dass ich Salvatores Herztabletten in meiner Handtasche habe. Dann muss ich versehentlich eine oder zwei davon genommen haben, damals beim Kaffeetrinken, als ich Magenprobleme hatte. Ich habe sie mit meinen Magentabletten verwechselt.« Antonietta sieht mich erwartungsvoll an.

»Na, wie finden Sie die Version?«

»Hört sich glaubhaft an. Aber es war nicht so, stimmt's?«

»Nein, ich bin weder verkalkt noch in Trauer oder Verwirrung wegen Salvatore, wie Sie sehr gut wissen.«

»Und wie kann ich helfen?«

Das ist mir tatsächlich nicht klar.

»Wenn es Ihnen nichts ausmacht, vielleicht doch für eine Selbstmordkandidatin gehalten zu werden, dann ist doch alles wunderbar.«

Emilio meldet sich zu Wort.

»Das ist nicht richtig. Ich habe nichts getan, und deshalb muss Antonietta auch nicht für mich lügen.«

»Außerdem, wenn wir diese Lüge aufrechterhalten, dann heißt das für die Polizei, der Fall ist abgeschlossen. Und die Wahrheit wird nie ans Tageslicht kommen.«

»Ach Emilio«, Antonietta nimmt zärtlich seine Hand, »hast du nicht gesehen, wie weh die Wahrheit manchmal tut? Sollten wir nicht einen Schlussstrich unter diese Sache ziehen? Ich bin so froh, dass du endlich gekommen bist. All die Jahre habe ich diesen Hass in mir getragen. Und jetzt fühle ich mich so gut, so frei und leicht und glücklich. Das soll so bleiben. Wir haben genug gelitten.«

Emilio streichelt ihre Hand.

»Wenn du es so willst, dann werde ich einverstanden sein, obwohl ich es nicht richtig finde.«

»Na also, da haben Sie mich doch gar nicht gebraucht.« Ich kann mir aber nicht verkneifen, doch etwas dazu zu sagen.

»Wenn Sie meine Meinung trotzdem interessiert – irgendwie haben Sie beide recht, aber Sie sollten nicht vergessen, was passiert ist.«

Schweigen breitet sich aus.

Wir sehen uns ernst an, jedem von uns ist klar, was passiert ist, aber die beiden haben sich entschieden.

Ich steh auf.

»Danke für den Kaffee, ich fahr wieder. Vinc und ich wollen noch einen Ausflug machen.«

»Junge Liebe – genießen Sie diese Zeit!« Emilio lächelt mir zu, dann schaut er zu Antonietta.

Was bahnt sich da an? Alte Liebe, neue Liebe? Wär ja einerseits romantisch, aber was ist mit Eve?

Mann, Doro! Du schreibst schon wieder Romane. Genau. Genau das tät Vinc zu mir sagen. Und ich sag's ja selber. Mein Hang, alles zu Ende denken zu wollen, treibt manchmal wilde Triebe. Kleine Kiesel knirschen unter meinen Sohlen. Vogelgekreische aus der Voliere. Ich will gerade das Mofa starten, da kommt mir ein Gedanke. Schnell schau ich mich um. Keiner da. Soll ich die Gelegenheit nutzen? Nur kurz was eruieren. Rebecca hätte sicher nichts dagegen. Die Tür zum Weinkeller ist nicht abgesperrt. Ich schlüpfe durch einen schmalen Spalt ins Innere und mach sie sofort zu. Wenn Emilio geht, wird er das Mofa nicht gleich sehen, und er soll nicht durch die offene Tür dazu animiert werden, nach dem Rechten zu schauen. Genauso Paolo, wenn er vorbeikommen sollte. Wird schon nicht gerade jetzt etwas im Weinkeller zu tun haben. *Also beeil dich*, treib ich mich an.

Schnell geh ich runter in den Keller. Was suche ich eigentlich? Ich muss über mich selber lachen. Über meinen Eifer. Unüberlegt. Ich mein, erstens weiß ich nicht einmal, warum ich überhaupt etwas suchen muss, und wenn, was genau das sein soll – weil ich zweitens keine Ahnung habe von Weinherstellung und Weinverschnitt. Und drittens wieder mal die berühmte Frage: *Was geht dich das an, Doro?*

Egal, jetzt bin ich hier und kann mich genauso gut umsehen. Ich steh vor dem Tisch mit den Notizkladden. Gläser, verkorkte Weinflaschen, Anbrüche zum Probieren, handbeschriebene Zettel, unleserliches Gekrakel, braune Fläschchen mit Schraubverschluss. Etikettiert. Ich zieh ein kleines Heft und einen Kuli aus meiner Handtasche, um die Namen auf den Etiketten abzuschreiben, dann kann ich daheim in Ruhe nachforschen, wozu die einzelnen Mittel sind. Kalium... – Eine Hand legt sich auf meine Schulter – vor Schreck fällt mir der Stift aus der Hand, gleichzeitig ducke ich mich und dreh mich um. Ich habe niemanden hereinkommen hören, aber die Hand gehört nicht zu einem Phantom, es ist ein sehr realer Tommaso, der da vor mir steht und mich böse anstarrt. Daneben Mario, sein widerlicher Bruder. Shit, wo kommen die bloß her?

»Was willst du hier?«, fährt Tommaso mich wild an.

»Ist die Frage nicht vielmehr, was Sie und Ihr Bruder hier wollen?«, ohne zu überlegen, entschlüpfen mir diese Worte, nicht weniger aggressiv, als sein Tonfall es war. Ich duze ihn nicht, das ist er nicht wert.

Tommaso entreißt mir mein Büchlein und liest, was ich geschrieben habe. Dann lacht er. Hört sich fast belustigt an.

»Was soll das werden?«, höhnt er. »Schnüffelst du hier herum?«

»Es ist mittlerweile ein offenes Geheimnis, dass Sie die Qualität der Zaroschen Weine aufs Spiel setzen wollten, nur um die Produktionsmenge zu erhöhen.«

Mann, Doro, ist es klug, ihn zu reizen? Die sind zu zweit!

Tommaso schüttelt den Kopf. Er scheint sich tatsächlich über mich zu amüsieren.

»Und du glaubst ernsthaft, dass ich so blöd wäre, hier einfach Beweise herumstehen zu lassen? Du hast einiges mitgekriegt, aber offensichtlich nicht, dass ich kein Trottel bin.«

Seine Stimme ist leiser geworden. Seine Augen schmale Schlitze. Anscheinend findet er mich doch nicht so lustig. Sein Bruder schiebt ihn auf die Seite. Jetzt steht Mario direkt vor mir, fast auf Augenhöhe, da er nicht viel größer ist als ich.

Er packt mich am Kinn, nicht besonders sanft, dreht meinen Kopf hin und her.

»Ganz hübsch, die Kleine.« Er grinst widerlich fies zu seinem Bruder rüber, dann wieder zu mir.

»Vielleicht will sie ja gar nicht spionieren, sondern ist scharf auf dich, hm?«

Gott, mir wird schlecht. So eine Wendung ist nicht gut. Dieser Mario geilt sich sichtlich an meiner Situation auf. Er hält immer noch mein Kinn fest, aus den Augenwinkeln schau ich zu Tommaso. Aus seiner Miene kann ich gar nichts lesen, scheint selber überrascht von seinem Bruder.

»Lass sie los. Die macht genug Ärger«, sagt er dann.

Mir fällt ein ganzer Berg vom Herzen.

Mario sieht das allerdings anders. Er drückt sich an mich, und ich kann spüren, dass er mich nicht einfach gehen lassen will. Er schiebt seine Hand unter mein T-Shirt. Es schüttelt mich.

»Bist scharf auf mich, was?«

Nee! Bestimmt nicht! Mich ekelt es, und ich hab Angst. Scheißangst! Ich überlege krampfhaft, wie ich mich verhalten soll. Als Teenager wäre ich wahrscheinlich vor Angst gestorben, jetzt kann ich die Geilheit von diesem Schwein besser einschätzen. Dem ist sein bisschen Hirn komplett in die Hose gerutscht. Sag ich nicht laut, ich will die beiden nicht noch reizen. Betteln verbietet mir mein Stolz. Noch. Ich schlucke. Vielleicht sieht Emilio mein Mofa? Soll ich schreien?

Plötzlich drückt Mario seinen Mund auf meinen. Automatisch presse ich meine Lippen zusammen. Er versucht, seine Zunge in mich hineinzubohren. So gut es geht, weiche ich nach hinten aus. Aber er lässt nicht locker, begrapscht mich weiter, versucht, seine zweite Hand in meine Hose zu schieben. Von Tommaso kommt keine Hilfe. Der steht völlig unbeteiligt daneben und betrachtet seine Fingernägel. Wut verdrängt meine Angst. Ohr abreißen und weit wegwerfen, dann ist er beschäftigt, fällt mir ein – Tipp aus einem Selbstverteidigungskurs vor ein paar Jahren. Kann mich dazu nicht überwinden, aber ich schaff es, meine Hände gegen Marios Brust zu drücken und ihn mit aller Kraft zurückzustoßen. Damit hat er nicht gerechnet. Hat mich anscheinend für ein paralysiertes Kaninchen gehalten. Leichte Beute. Er taumelt zurück, kommt aus dem Gleichgewicht. Bevor ich aus seiner Reichweite bin, schnappt er mich am Oberarm.

»Halt diese verdammte Schlampe fest!«, schreit er seinem Bruder zu.

Tommaso richtet sich auf, auf die Situation konzentriert.

»Lass sie los. Sie wird den Mund halten, die Aussage steht zwei gegen eins. Und sie ist Ausländerin. Wem wird man wohl glauben? Außerdem werden wir uns sonst um das hübsche Gesicht ihres Freundes kümmern. Wir verstehen uns?«

Die Frage stellt er mir mit sanfter Stimme.

Ich schlucke und nicke. Klar, wer würde das nicht verstehen. Und ich glaub's ihm sogar!

Marios Griff lockert sich, ich entreiße ihm meinen Arm und renne zur Tür.

Kurz davor dreh ich mich um.

»Ihr scheißfiesen, feigen Arschlöcher!«, schreie ich und kann gerade noch verhindern, dass ich zu heulen anfange. Den Triumph sollen die nicht haben. Ich renne die Treppen rauf, reiß die Tür auf. Der Hof ist leer, da wär keine Hilfe gekommen. Nichts wie weg hier. Zum Schluss überlegt es sich Mario doch noch anders. Mit zittrigen Fingern stecke ich den Schlüssel ins Zündschloss. Beim Aufsteigen schlage ich mit dem Schienbein gegen den Metallrahmen, tut saumäßig weh. Egal, darum kann ich mich später kümmern.

Ein Wunder, dass ich heil am Hotel ankomme. Ohne irgendjemanden zu grüßen, stürme ich in unser Zimmer und laufe Vinc direkt in die Arme. Er fängt mich auf und hält mich fest. Er lässt mich erst mal ausheulen. Jetzt fließt alles heraus. Nach einer Weile schiebt mich Vinc ein wenig von sich und schaut mich an.

»Schatz, was um Himmels willen ist los?«

Er ist sichtlich bestürzt, mich in so einem desolaten Zustand zu sehen. Klar, ich kann mir vorstellen, wie ich auf ihn wirken muss. Alles andere als souverän und gelassen. Ich versuche tief durchzuatmen, mich zu beruhigen. Dann erzähl ich ihm alles. Auch den Schluss, die Drohung, ihm etwas anzutun. Vinc ist erst mal sprachlos. Besorgt beobachte ich das Wechselbad seines Mienenspiels. Er zieht mich sanft an sich und streicht mir über den Rücken.

»Mein armer Schatz! Und ich war nicht da.«

Keine Vorwürfe von wegen Neugier und Nase in Dinge stecken und so etwas. Ich schniefe. Schon deutlich ruhiger. Aber ich spüre, wie Vinc immer angespannter wird.

Er schaut mir in die verheulten Augen.

»Das Schwein mach ich fertig!«

So wie er das sagt, oder besser gesagt wütend ausstößt, meint er das auch ernst.

»Vinc, beruhig dich. Es ist ja nichts wirklich Schlimmes passiert. Ich glaube, es ist besser, wir vergessen das Ganze. Mich mit zwei italienischen Brüdern anzulegen, die in ihrer Ehre gekränkt sind, halte ich für keine gute Idee. Außerdem habe ich ihnen ja gesagt, was sie für mich sind.«

Wir grinsen uns an.

»Trotzdem stinkt es mir, die einfach damit davonkommen zu lassen. Ich mein, was dieser Tommaso mit den Weinen macht, ist mir echt egal, aber was sein Bruder mit dir gemacht hat …«, Vinc schüttelt es genauso, wie es mir vor ein paar Stunden ergangen ist, »… das kann ich nicht einfach so stehen lassen.«

»Schatz, es hätte schlimmer kommen können. Mir geht's schon viel besser. Also lass es so, wie es ist. Bitte.«

Jetzt tröste fast ich ihn. Ich seufze.

»Weißt du, am liebsten würde ich meine Koffer packen und nach Hause fahren.«

Vinc nickt.

»Lass uns eine Nacht drüber schlafen, okay? Wenn du morgen immer noch zurück willst, dann fahren wir.«

Ich drück ihn an mich. Er ist echt ein Schatz!

Die Lust auf unseren Ausflug ist mir vergangen. Wir legen uns aufs Bett und kuscheln. Dann muss ich wohl eingeschlafen sein, denn als ich aufwache, liege ich in Vinc' Arm, in der freien Hand hält er ein Buch und liest. *Armer Schatz,* denk ich mir im Dämmerzustand, *muss ziemlich unbequem sein.* Sanft kraule ich ihn am Bauch, dem Brummen nach zu schließen ist es nicht unangenehm. Ich kann nicht widerstehen, ich muss ihn küssen. Er lässt das Buch fallen, die Hand braucht er jetzt für mich.

»Du kannst ruhig weiterlesen«, flüstere ich ihm ins Ohr.

»Sehr witzig! Erst ablenken und dann so ...«

Wir rangeln und küssen uns, und ich denke mir, dass es eine gute Alternative zur Wanderung ist, was wir hier machen.

Es poltert laut an unsere Tür.

Irritiert fahren wir hoch.

»Was ist los?«

»Doro! Doro! Bist du da?«

»Ja, ich komm schon«, ruf ich Richtung Tür, zu Vinc gewandt, »das ist Maria«, und spring dabei auf.

Maria ringt mit den Händen.

»Doro, du musst kommen. Rebecca ...«

»Was ist mit Rebecca?« Ich traue mich kaum zu fragen. Nicht schon wieder eine Hiobsbotschaft. Bitte!

»Rebecca geht es gut. Sie ist hier im Hotel, aber sie braucht dich.«

Während wir, gefolgt von Vinc, zur Halle hinaufstürmen, gibt mir Maria einen Kurzüberblick dessen, was sie aus Rebecca herausbekommen hat. Antonietta hatte einen Unfall. Daheim, in der Badewanne. Am späten Nachmittag. Sie wurde mit dem Krankenwagen abgeholt, und es sieht nicht gut aus, heißt es. Paolo ist mitgefahren.

Das muss ich erst mal alles verdauen. Später. Jetzt geh ich schnell zu Rebecca. Die sitzt zusammengekauert auf der giftgrünen Couch im Foyer. Ich nehm sie in den Arm, sprachlos, was soll ich auch sagen?

»Ach Doro, es tut mir leid, dass ich dich schon wieder mit meinen Problemen belästige. Aber das alles hier liegt irgendwie auf einer Ebene. Verstehst du, was ich meine?«

Allerdings verstehe ich. Und ich mach mir meine Gedanken. Nicht erst seit heute.

»Erzähl mal, was genau passiert ist.«

Rebecca holt tief Luft.

»So um halb sechs bin ich nach Hause gekommen. Im Haus war keiner, habe ich zumindest gedacht, weil es so ruhig war. Auf dem Küchentisch lag keine Nachricht, so wie wir uns schreiben, wenn wir abends nicht wie gewohnt zu Hause sind. Dann werden bald alle eintrudeln, hab ich mir gedacht. Ich wollte ein kühles Bad nehmen, und als ich ins Badezimmer kam, da hab ich sie gefunden. Großmama lag bewusstlos in der Wanne. Ich dachte zuerst, sie ist vielleicht eingeschlafen, aber ich hab schnell gemerkt, dass etwas nicht stimmt. Ich hab sofort den Notarzt angerufen. In der Zwischenzeit ist Papa nach Hause gekommen, er ist im Krankenwagen mitgefahren. Ich fahr später auch noch hin. Vielleicht muss ich noch etwas bringen, mal sehen. Wir müssen erst abwarten, was mit Großmutter überhaupt los ist.«

Rebecca zieht ihr Handy aus der Tasche und tippt darauf herum. Akku prüfen, sagt sie. Falls ihr Vater sie erreichen will.

Hmm. Das wird ein gefundenes Fressen für die Polizei. Da bin ich mir sicher. Je nachdem, was bei den Untersuchungen rauskommt, geht der Zirkus von vorne los. Entweder Selbstmordversuch, denn ein Versehen wird man ihr dieses Mal schwerlich abnehmen, oder die üblichen Verdächtigungen. Es waren ja genügend Personen am Tatort. Allen voran Emilio. Tommaso, Mario, ich. Rebecca später. Oder wer sonst noch hier rumgeschlichen ist.

Vielleicht ist es schlicht Herzversagen? Immerhin ist Antonietta gerade erst aus dem Krankenhaus entlassen worden. Und sie ist nicht mehr die Jüngste.

Das alles sage ich aber nicht zu Rebecca.

Am meisten nagt der Gedanke an Emilio an mir. Ich muss

mit ihm reden. Unbedingt. Rebecca will ich damit nicht belasten, außerdem wäre das Emilio gegenüber nicht fair.

»Espresso?«, frage ich Rebecca. Irgendwie geht's bei mir immer über den Magen! Mein Vorschlag kommt aber gut an. Ich hol uns ein Stück Marmeladenmürbegebäck von heute Morgen dazu.

»Weißt du, Doro, wenn ich nicht hundertprozentig wüsste, dass ich einen Unfall hatte und schlicht und einfach zu dumm zum Laufen gewesen bin, dann ...«, Rebecca stockt.

Sie hat sich also ähnliche Gedanken gemacht. Klar. Diese unnatürliche Häufung von Tod und Unfall sucht förmlich nach einer Erklärung. Und immerhin geht es um ihre Familie.

»Großvater ist tot, und Großmama wäre fast gestorben. Geht es um meine Großeltern? Haben sie einen Feind, der vor Mord nicht zurückschreckt?«

Mord. Jetzt hat sie es selber gesagt. Mord. Das ist auch das, was ich denke. Da kann Salvatore tausendmal einen Herzanfall gehabt haben, und Antoniettas Vergiftung ist sowieso nicht geklärt. Und heute der Unfall.

»Hast du eine Idee?«, frage ich Rebecca.

Die zuckt mit den Schultern.

»Nein, keinen Schimmer. Aber das übersteigt auch mein Vorstellungsvermögen. Einen Menschen umzubringen ist doch keine Lösung.«

Da muss ich allerdings widersprechen. Vehement.

»Rebecca, du bist naiv. Ich mein, es steht doch jeden Tag in der Zeitung, was alles möglich ist. Einer schüttelt sein Kind tot, weil es schreit, der andere erwürgt seine Frau, weil sie ihn verlassen hat, und einer ersticht einen Taxifahrer wegen ein paar Euro. Mord, Totschlag, Betrug, Vergewaltigung – da gibt's nichts, was es nicht gibt!« Sag ich und denk an heute Nachmittag im Weinkeller, als ich eine Scheiß-megaangst hatte. Trotz Selbstverteidigungskurs.

»Stimmt.« Rebecca runzelt die Stirn.

»Aber trotzdem ... kannst du dir vorstellen, ich mein wirklich nur fiktiv ... als Beispiel ...«, Rebecca druckst herum.

»Na los, sag schon«, dräng ich sie. Die besten Einfälle sind meistens spontan. Meine Meinung.

»Na ja, zum Beispiel würde doch Tommaso niemals Groß-mama etwas antun, nur weil sie ihn nicht mag.«

»Nur weil sie ihn nicht mag, ist sehr schwach ausgedrückt«, widerspreche ich. »Immerhin hat deine Großmutter mit ihrer Ablehnung Tommaso empfindlich getroffen. Einmal in sei-ner Eitelkeit. Sie hat ihn vor der versammelten Familie bloß-gestellt! Und damit letztendlich seine Lebenspläne zerstört.«

»Also seine Lebenspläne habe erst einmal ich zerstört. Ich habe mit ihm Schluss gemacht.« Rebecca macht eine kleine Pause.

»Und ich hab unser Kind verloren.«

Offensichtlich hat sie es selber noch nicht verarbeitet, so trüb, wie sie aus der Wäsche schaut. Wär auch ein Wunder. Allein die ganzen Hormonumstellungen in ihrem Körper, das kann nicht alles schon ausgestanden sein.

Tröstend leg ich den Arm um ihre Schultern.

»Ja, das stimmt schon«, muss ich ihr recht geben, »aber vielleicht hat sich sein Hass umgeleitet. So was gibt's.«

Sag ich mal, wissen tu ich's natürlich nicht, bin schließ-lich keine Psychologin.

»Nein!« Rebecca schüttelt den Kopf. »Das glaube ich nicht. Ich kann mir überhaupt niemanden vorstellen, den ich kenne, der zu einem Mord fähig wäre. Wahrscheinlich ist es einfach ein unheimlich tragisches Zusammentreffen von Unglücksfällen.«

»Hmm«, brumm ich nur. Glaubt sie das wirklich? Klar, Tommaso als Täter wäre für sie sehr belastend. Letztendlich wäre sie die Ursache allen Übels, und wer will das schon sein?

Wir schweigen eine Weile. Unbequemes Schweigen, weil das Thema natürlich in der Luft und in unseren Gedanken hängt. Was anderes anzunehmen wäre Illusion.

Rebecca steht auf, streicht ihr fliederfarbenes Leinenkleid glatt.

»Ich fahre jetzt ins Krankenhaus.«

»Ruf an, wenn du mich brauchst. Auch in der Nacht. Versprochen?«

Rebecca umarmt mich. »Danke, Doro. Ich weiß das zu schätzen, glaub mir. Wir kennen uns kaum, und du hast schon so viel für mich getan.« Sie drückt mich.

»Jetzt hör auf. Was hab ich denn getan? Ab und zu mal mein Ohr geliehen«, wehre ich vehment zu viel Dankbarkeit ab.

Wir lachen beide über mein Vokabular, dann fährt Rebecca.

Emilio. Sobald Rebecca um die Kurve gebogen ist, schiebt er sich sofort in den Vordergrund.

Zwei Stufen auf einmal nehmend, haste ich hinauf in den ersten Stock und klopfe an seine Zimmertür.

Eve macht mir auf. Sie wirft einen schnellen Blick über die Schulter.

»Emilio hat sich gerade hingelegt.«

»Können Sie ihm bitte ausrichten, dass ich ihn sprechen müsste?«

Eve nickt. »Ich schicke ihn runter, sobald er aufwacht. In Ordnung?«

Ich bedanke mich. Seltsame Frau. Freundlich, nett, sympathisch. Nicht neugierig. Also ich hätte mit Sicherheit nachgefragt, um was es geht. Nicht aus Misstrauen, aber wenn sich eine fremde junge Frau ganz offensichtlich mehr mit meinem Mann beschäftigt als mit den anderen Gästen, dann würde ich schon wissen wollen, warum. Ich grinse. Vinc würde mir wahrscheinlich sowieso gleich alles erzählen, so gut kennt er mich. Und vermutlich ist das eine Charaktereigenschaft, die sich nicht mit dem Alter legt. Ich habe aber kein schlechtes Gewissen deswegen. Einer muss bei dem ganzen Schlamassel ja den Überblick behalten. Und Emilio hat mich schließlich eingeweiht. Freiwillig. Und Antonietta auch. Rebecca ebenfalls. Was kann ich dafür, dass ich so ein offenes Ohr für alle habe und es gerne angenommen wird?

»What a wonderful world«, summe ich vor mich hin, als ich langsam die Treppe runtergehe. Louis Armstrong alias Emilio lassen grüßen. Färbt ab, sein Gesang. Obwohl der alte Herr in den letzten Tagen ruhiger geworden ist. Nicht mehr so lustig.

Ich suche Vinc. Liegt tatsächlich immer noch im Bett und liest. Typisch. Ich schlüpfe aus den Flipflops und kuschel mich dazu. Erzähl ihm schnell von Antonietta. Vinc sagt erst mal nichts dazu. Er schaut mich an. Ernst.

»Doro, denk dran, was dir heute passiert ist! Halt dich raus. Oder lass uns nach Hause fahren.«

»Das kann ich nicht, das weißt du genau.«

»Was genau? Dich raushalten oder nach Hause fahren?« Vinc verzieht keine Miene.

»Sowohl als auch.« So traurig der Anlass ist, ich muss lachen, als ich in Vinc' trübe Miene schaue.

»Jetzt kuck nicht so! Ich pass auf und geh nicht mehr allein in den Weinkeller oder sonst wohin, okay? Aber ich will mit Emilio reden. Ich muss ihn noch was fragen.«

»Alles andere hätte mich gewundert.« Vinc schüttelt resigniert den Kopf.

»Obwohl ich gehofft habe, nach dem, was dir heute passiert ist …«

»Themawechsel«, fordere ich. »Was machen wir mit dem restlichen Tag? Später Pizza essen?«

Vinc klopft sich auf den Bauch.

»Ne, Schatz, heut nicht. Ich bin noch satt von heute Mittag. Am liebsten würd ich laufen. Keine Fahrerei, nur raus, den Weg hinterm Hotel, sehen wir ja, wohin er führt. Bis neun ist es hell genug, und wir nehmen Taschenlampen mit, okay?«

Muss ich nicht lange überlegen. Gute Idee. Ich werd mir ein Fläschchen Prosecco von Maria holen. Und zwei Gläser. Käse und Weißbrot … Womit ich wieder bei meinem Lieblingsthema bin! Gut, dass ich gewisse Gene von meiner Mutter habe, die Anlage zum Dickwerden liegt wahrscheinlich nicht auf meiner DNA. Sonst schlag ich ja lieber nach Paps. Meine Mutter hat uns sitzen lassen. Klassisch. Ein anderer Mann, kein Platz fürs Kind. War aber letztendlich nicht so schlimm für mich, wie viele meinen. Ich war immer schon ein Papakind, und mein Paps hat mich nie enttäuscht oder mir das Gefühl gegeben, sein Restaurant oder eine seiner Flammen seien ihm wichtiger als ich. Ich liebe ihn und vermisse meine Mutter schon lange nicht mehr. Wenn wir uns treffen, ist's okay, aber unwichtig. Ich bin und bleibe ein Papakind. Auch wenn ich schon lange erwachsen bin.

»Na, dann schau ich mal zu Maria. Küchenplan für morgen und auf Emilio warten. Ich meld mich bei dir, wenn ich fertig bin. Bist du hier?«

Vinc greift nach seinem Buch.

»Ja, das Buch ist gerade echt spannend. Musst du lesen.«

»Nee, Agententhriller lese ich nicht so gerne, und zurzeit hab ich eh keine Zeit zum Lesen.«

Vinc zuckt mit den Schultern.

»Kannst du dir ja noch überlegen.«

Als ich die Tür hinter mir zuziehe, hat er sich schon in seine Lektüre vertieft.

Maria sitzt an der Bar. Ich schnapp mir den Barhocker daneben.

»Hast du den Speiseplan für morgen schon fertig?«, frage ich.

Maria schüttelt den Kopf.

»Brauchen wir Mittagessen? Abendmenü?«

»Abendessen für die Radler. Die fahren übermorgen ganz in der Früh weiter. Da müssen wir das Frühstück morgen Abend vorbereiten.«

»Soll ich das übernehmen? Ich mein, in der Früh Kaffeemachen und so. Wenn die die Rechnung morgen Abend begleichen, dann müsstest du nicht so früh kommen.«

»Das wäre natürlich sehr schön für mich. Ich werde das mit den Herren klären. Danke für dein Angebot, Doro.«

»Kein Problem«, sag ich großzügig, obwohl die Aussicht, um fünf Uhr aufstehen zu müssen, nicht so super ist.

»Hast du eine Idee fürs Abendessen morgen?«, fragt Maria mich dann.

Hmm, nicht so einfach. Hab mich natürlich aus dem Fenster gelehnt mit meinem Outing als Tochter von Sascha Ritter. Soll ich vielleicht Paps anrufen? Wär ganz lustig, wenn ich ein Menü à la Sascha Ritter ankündigen würde.

Maria ist einverstanden, ich geh zum Telefon. Paps ist im Stress. Klar. Das Lokal ist voll. Maria Himmelfahrt. Verspricht mir aber, morgen früh zurückzurufen. Gut. Ich bin sowieso ab sieben in der Küche.

Giulia übernimmt heute die Abendschicht.

Ich freu mich auf unsere Abendwanderung. Hoffentlich kommt Emilio bald. Aber ich will das nicht aufschieben. In der Zwischenzeit hole ich eine gekühlte Flasche Prosecco,

Öffner, Kühlmanschette. In der Küche such ich nach ein paar Leckerbissen, fertig.

Okay. Drüben bei der giftgrünen Sitzgruppe auf dem Beistelltischchen liegt eine Zeitung. Ich versinke in der Couch. Eindeutig zu weich, sieht aber gut aus. Italienische Tageszeitung. Interessiert mich nicht brennend, schadet aber nicht. Meine Gedanken wandern zurück. Vor ungefähr einem Jahr hab ich Vinc kennengelernt. Volkshochschulkurs, Italienisch. Anschließend mit ein paar anderen Kursteilnehmern einige Stunden Privatunterricht bei einer Italienerin. Jetzt will ich die Zeit hier nützen, die Zeitung ist ein gutes Übungsmaterial. Muss mich nicht lange damit abplagen. Der Aufzug rumpelt, und ich hör Emilio pfeifen. Endlich mal wieder. Wird ihm, befürchte ich, gleich wieder vergehen, wenn ich ihm von Antonietta berichte. Außer er weiß es schon. Bin gespannt auf seine Reaktion. Gemein. Hab ein schlechtes Gewissen, aber es muss sein.

Ich stehe auf. Emilio kommt auf mich zu. Wir setzen uns. Hier sind wir ungestörter als auf der Terrasse.

»Sie wollten mich sprechen?«

»Ja, ich muss Ihnen etwas sagen.«

Jetzt, wie er so vor mir sitzt, fallen mir die Worte schwer. In Gedanken war's leichter. Ich räuspere mich.

»Sie waren heute bei Antonietta …«

»Sicher, wir haben uns ja dort getroffen.« Emilio zieht seine Augenbrauen hoch, seine Stirnfalten vertiefen sich kraterartig.

»… und ihr ging es gut, als Sie gegangen sind? So wie ich sie gesehen habe?«

»Ja, natürlich! Warum denn nicht?«

Ich müsste mich sehr täuschen, wenn Emilios Irritation gespielt wäre.

»Antonietta hatte am späten Nachmittag einen Unfall.«

Emilio springt auf.

»Was für einen Unfall?« Er schreit es fast. Angstvoll, offensichtlich mit dem Schlimmsten rechnend.

»Emilio, Antonietta lebt.«

Er greift sich an die Brust.

Bitte kein Herzanfall, bete ich still.

Aber Emilio hat keinen Herzanfall.

Er lässt sich schwer in seinen Sessel fallen, schaut mich an, sein Blick fleht um Relativierung der Hiobsbotschaft. Kann ich so aber nicht liefern.

»Es geht ihr nicht gut. Genaueres über ihren Zustand werden wir morgen erfahren. Paolo und Rebecca sind bei ihr.«

»Was um Himmels willen ist passiert?« Emilio hat Tränen in den Augen.

»Rebecca hat sie gefunden, als sie heimgekommen ist. Antonietta lag bewusstlos in der Badewanne. Sie hat den Notarzt gerufen, Paolo kam und ist mit ins Krankenhaus gefahren. Rebecca hat sich auch gerade auf den Weg gemacht. Mehr weiß ich nicht.«

Emilio fährt sich übers Gesicht. Er ist aschfahl. Irgendwann schaut er hoch. Sagt nichts.

»Lieben Sie Antonietta?«

Das muss ich ihn fragen.

Er ist überrascht. Kam bewusst ohne Vorankündigung. Ich brauche spontane Reaktionen. Die ich einordnen kann. Seine Überraschung ist klar.

Dann bin *ich* überrascht.

Emilio lacht nämlich. Ja, er lacht.

»Ja, ich liebe Antonietta«, meint er dann, fast fröhlich, aber ich lass mich nicht täuschen. Der Schatten auf seinem Gesicht ist nicht verschwunden.

»Aber nicht so, wie Sie es vermutlich meinen. Wir haben uns ausgesprochen, und gerade heute wurde uns klar, dass wir uns noch lieben. Wie Bruder und Schwester, nicht mehr wie Mann und Frau, na ja, oder irgend so was dazwischen. Wie Geschwister, Freunde, die sich durch einen Streit aus den Augen verloren haben und sich immer im tiefsten Herzen gewünscht haben, sich wiederzufinden. Es geht uns beiden so. Gott sei Dank! So konnten wir uns, ohne den anderen zu verletzen, auf dieser Ebene versöhnen. Endlich. Und jetzt soll ich sie wieder verlieren? Nein, das kann nicht sein!«

Seine Fröhlichkeit ist verschwunden.

»Kennt Ihre Frau die Wahrheit?«

Kurz schaut Emilio mich irritiert an.

Ich finde die Frage auch zu intim.

Emilio spielt unbewusst mit den Kopfhörerknöpfen.

»Ja, ich habe ihr davon erzählt. Als die Polizei mich mit ihrem Verdacht verfolgt hat.«

Nachdem Emilio offensichtlich beschlossen hat, mir zu vertrauen, denk ich nicht weiter über Indiskretion nach.

»Wie hat sie's aufgenommen?«, frage ich.

»Ich glaub, sie war enttäuscht, dass ich ihr nie die ganze Wahrheit erzählt habe. Den wahren Grund, warum ich ausgewandert bin. Aber sie hat mir verziehen und mich darin unterstützt, dass ich mich vollständig mit Antonietta aussöhne. Wir wollten uns in den nächsten Tagen zusammensetzen.«

Emilio haut mit der Faust auf den Tisch.

»Und das werden wir auch! Antonietta wird wieder gesund! Sie muss einfach«, flüstert er dann, und eine Träne läuft ihm über die Wange.

»Emilio, nehmen Sie eine Tablette von Ihrer Frau und legen sich ins Bett. Morgen wissen wir mehr. Und wenn Sie wollen, fahre ich Sie zum Krankenhaus. Das mach ich gern.« Und füge an: »Und nicht nur, weil ich neugierig bin.«

Emilio lächelt schwach.

»Danke, das ist lieb.«

»Gute Nacht, Emilio. Bis morgen.«

Ich will gerade die Treppe runter, als mir Vinc entgegen-kommt.

»Fertig? Ich dachte, ich schau mal rauf.«

»Bin gleich da. Ich zieh mir nur andere Schuhe an.«

»Alles klar, ich warte draußen auf dich, okay?«

»Eine Minute.«

»Lass dir Zeit und komm in einem Stück wieder.« Lautet Vinc' Kommentar darauf.

Es ist schon fast acht. Wir laufen los, das warme Abend-licht setzt eigene Farbakzente. Die Luft lau und mild. Es ist so schön hier. Ich drücke Vinc' Hand und grinse ihn glücklich an.

»Was ist denn mit dir los?«, fragt Vinc mit spöttisch ange-färbtem Unterton in der Stimme.

Ich sag nichts dazu.

Hand in Hand, die Arme im gemeinsamen Takt schlen-kernd, laufen wir gemächlich den Weg hinterm Hotel ent-lang der Weinberge. Nicht weit entfernt kommen wir an einem Gehöft vorbei. Ein größerer Hund kläfft uns an, Rasse indifferent.

»Da lebt ja noch einer«, spotte ich, ist aber natürlich nicht witzig.

Wir beschließen, heute weder über vergiftete Hunde noch über diverse Unfälle oder Nichtunfälle zu spekulieren. Wir reden über uns. Unsere Pläne.

»Ich suche immer nach *der* Idee, weißt du. So ein Lokal wie das von Paps ist mir echt zu stressig. Und absolut beschissene Arbeitszeiten.«

»Du suchst also nach einer Möglichkeit, mit deinem Hobby auf angenehme Art viel Geld zu verdienen. Ich glaub, da träumen viele Leute davon. Füll doch einen Lottozettel aus«, schlägt Vinc vor.

»Spielverderber. Aktivier lieber deine kreativen grauen Zellen. Oder willst du im verstaubten Büro irgendeiner langweiligen Firma vertrocknen?«

»Danke, jetzt hast du es mir aber gegeben«, lacht Vinc. »Ich dachte, wir wollten erst mal irgendwo ins Ausland? Oder zählt das hier für dich schon als Auslandsaufenthalt?«, kontert er.

»Nein ... obwohl ... Ausland ist es ja schon irgendwie ...« Ich winde mich ein bisschen. Das erste Mal im Leben bin ich richtig hin- und hergerissen. Keine Torschlusspanik, so alt bin ich noch nicht, aber mit Vinc ein Lokal – da würd ich vielleicht sogar aufs Ausland verzichten. Andererseits ... zu zweit wäre auch das eine interessante Option ...

»Also ich hab mehr an Australien oder Neuseeland gedacht«, klärt Vinc seinen Standpunkt.

»Weiß ich doch, war nur Spaß. Dein Traum von der Ferne. Find ich immer noch klasse, und das machen wir auch. Aber dann? Ich will nicht für immer wegbleiben.«

Nee, nicht mal in Italien möchte ich für immer leben. Saison ja, aber dann wieder zurück.

Eine Weile laufen wir stumm nebeneinander, Vinc hat den Arm um meine Schultern gelegt.

Ich hab ausnahmsweise keine Lust zu reden. Die ganzen Eindrücke des Tages schwirren in meinem Kopf herum. Womit ich wieder bei den Themen bin, die wir heute Abend meiden wollten.

KAPITEL 18

STORIA (GESCHICHTE)

Sabato (Samstag) – 16. August, 7 Uhr

Ist spät geworden gestern. War aber superschön, draußen im Dunkeln, nächtliches Picknick …

Ich dreh mich zu Vinc. Fünf Minuten gönn ich mir, den Abend nachwirken zu lassen. Bilder diverser Rezepte ziehen mich erbarmungslos in die Aktualität. Eigentlich müsste ich Paps gar nicht anrufen. Ideen für mindestens drei Menüs schwirren durch mein Hirn. Ich strecke mich ausgiebig, dann schwing ich beide Beine auf einmal aus dem Bett. Erst sieben. Um neun werd ich Paps anrufen, vorher ist er nicht ansprechbar. Während ich dusche, kristallisiert sich die Menüfolge glasklar heraus, will Paps allerdings ein paar Würzfeinheiten herauslocken. Da ist er Meister.

»Buon giorno, Maria«, ruf ich Maria zu, die in der Küche steht und in der Zeitung blättert.

»Ich komm gleich. Muss nur schnell was nachschauen.«

»Buon giorno, Doro. Du brauchst dich nicht zu beeilen. Das Frühstück ist fertig vorbereitet. Bis jetzt ist keiner da. Ich habe alles im Griff.«

»Weiß ich doch, du machst sonst auch fast alles alleine. Aber ich wollte deine Meinung zum Essen heute Abend.«

»Ich bin sehr gespannt.« Maria lächelt.

»Zwei Minuten.« Ich geh zur Bar rüber. Mir ist vorhin etwas eingefallen. Neben der Espressomaschine stehen tausend Flaschen – oder zumindest eine ganze Menge –, die kein Mensch je anrührt. Vor ein paar Tagen, als beim Bardienst nichts los war, hab ich die Flaschen abgestaubt und dabei einige interessante Tröpfchen in die Finger bekommen. Unter anderem zwei Portweine. Bin ja eigentlich kein Fan von Portweinen, aber mir war langweilig, also hab ich mir eine einsame Weinprobe gegönnt. Hat sich gelohnt. Damit will ich heute mein Menü eröffnen und beschließen. Der eine, White Port-Malvasia, ist wunderbar goldgelb und süß, zum Eingang genau richtig. Der zweite kräftig und süß, Royal Port Jahrgang 2003, passt zu der Nachspeise, die ich machen will. Kokoseis an Ananas-Basilikum-Weißwein-Kreation.

Basilikum ist auch der herausragende Geschmack bei der Vorspeise. Gabelfood. Wassermelone in mundgerechte Würfel geschnitten, dazwischen Würfel von Schafskäse, reichlich Basilikumstreifen und nicht zu dünn geschnittene Ringe einer roten Zwiebel, ein Spritzer Balsamico und Olivenöl. Dazu einen leichten Erdbeersekt.

Ich geselle mich zu Maria, setz mich auf den Hocker in der Ecke und stelle meine Kaffeetasse auf dem halbrunden Wandtisch daneben ab.

»Du arbeitest dich von außen nach innen«, bemerkt Maria, als ich ihr meine Vorstellungen erkläre.

»Und was gibt es in der Mitte?«

»Also da hab ich mir gedacht, nach der Melone gibt's Nudelblätter, gefüllt mit Ricotta und Räucherlachs, dazu einen leichten Blattsalat mit Sprossen. Hauptgang wird Fisch. Rotbarschfilet oder Kabeljau, und Garnelen gebraten, auf Tagliatelle mit Spinat. Dazu wahlweise einen leichten, kühlen Rotwein oder unseren eigenen Vino bianco frizzante.«

»Die Biertrinker kommen heute nicht zum Zug.«

»Stimmt. Aber Fisch liebt Wein. Und wir sind hier in Italien«, bestimme ich streng.

Maria lacht. »Da bin ich gespannt, ob alle mitspielen.«

»Ich auch. Wenn Papa kochen würde, würde sicher keiner widersprechen, aber bei mir?«, bin ich selber skeptisch.

»Egal. Banausen kriegen Bier. Alternativ zum Fisch gibt's Kalbsschnitzel in Weißwein-Balsamico-Schokosoße, dazu Rosmarinkartöffelchen und Fenchelgemüse. Dann kleines Käsebuffet. Brauchen wir überhaupt ein Salatbuffet?« Die Frage gilt mir und Maria gleichermaßen. Nee, wird zu viel, wir haben ja den Sprossensalat.

Maria ist der gleichen Meinung. Käse ist okay, den kann man gut aufheben. Espresso ist eh klar.

Maria nickt.

»Klingt gut, jetzt brauchen wir noch die Zutaten.«

Mein Handy klingelt. Ich glaub's ja nicht! Erst halb neun und Paps kommt mir zuvor. Er muss mindestens drei Wecker gestellt haben.

»Hey, mein Mädchen. Um neun kommt ein Zeitungsfritze zum Interview, deshalb ruf ich schon an.« Er gähnt hörbar.

»Hab mich schon gewundert.« Mein lakonischer Kommentar.

»Du willst also ein bisschen angeben mit deinem alten Vater, was?«

»Sei nicht so eingebildet! Und dass du alt bist, da soll ich wohl widersprechen, oder?«

»Wär nicht schlecht. Könnte sich durchaus auf meine Beratungsfreudigkeit auswirken.«

Ich lache. Seh ihn förmlich vor mir, wie er sich im Stuhl zurücklehnt und unser kleines Wortgefecht genießt.

Geht mir genauso.

Ich schildere ihm die Menüfolge.

»Keine Einwände. Ich sehe, du brauchst mich gar nicht.«

Ich grinse zufrieden.

»Ein paar Tipps wären nicht schlecht. Also zum Beispiel, welchen Weißwein würdest du für die Süßspeise verwenden? Und welchen für die Soße zum Fleisch?«

»Die Soße klingt gefährlich. Ist doch sonst nicht dein Stil«, bemerkt Paps trocken.

»Stimmt. Aber heute Abend macht das den Hauch Sascha Ritter aus. Die Leute wissen, dass du gerne exotisch um dich schlägst.«

»Also wie du das sagst, klingt das nach Schlachtfeld und nicht nach Gourmetküche«, beschwert sich eben genannter Herr Ritter, seines Zeichens mein Vater.

»Ähnlichkeiten sind nicht generell von der Hand zu weisen.« Sag ich ohne Mitleid.

»Sei froh, dass du so weit weg bist, sonst …«

»Über solch eine Drohung kann dein Töchterlein nur lächeln.«

Ping, Pong. Nachdem Paps die Auswahl für gut befunden hat, verabschieden wir uns, der Journalist wird jeden Moment eintreffen.

»Und vergiss nicht eine Prise Muskat für den Spinat«, fällt meinem Vater noch ein.

»Und Muskat für die Ricottafüllung und einen Hauch in die Ananas-Weißwein-Basilikum-Mischung. Jaja, ich weiß«, spotte ich, auf seine Muskatliebe anspielend. Muskat ist klasse, find ich ja auch, aber Paps übertreibt's manchmal damit. Liegt wahrscheinlich daran, dass Muskat im Volksglauben auch als Aphrodisiakum verwendet wurde. Diesen Hinweis kriegt er von mir des Öfteren umsonst – ich liebe die Gefahr!

Auf der Terrasse belebt es sich allmählich. Maria serviert frisch aufgebrühten Kaffee, schaut nach den Frühstückseiern und sorgt dafür, dass das Buffet immer aufgefüllt ist und appetitlich aussieht.

Das Telefon an der Rezeption klingelt. Mittlerweile trau ich mich, ein Gespräch entgegenzunehmen. Wahnsinn. Hätte nie gedacht, wie schnell sich die mageren Vokabelbrocken zu einem gewissen Sprachverständnis entwickeln.

Okay, ich versteh nicht alles, aber dass die Polizei Emilio Zarbo sprechen will, ist unmissverständlich. Ich hole ihn an den Apparat.

»Sie fahren später nach Treviso? Würden Sie mich mitnehmen?«, fragt Emilio mich.

»Klar, hab ich doch versprochen.«

»Ich muss aber noch auf die Polizei warten. Die wollen eine Aussage von mir.«

»Machen Sie sich nichts daraus«, tröste ich ihn, »das war zu erwarten.«

Hannah und Margaret möchten sich anschließen.

Ich überlege. Okay, wenn Vinc hierbleibt, geht's.

Die Australier wollen keinen Mietwagen. Emilio ist schon zu lange den Linksverkehr gewöhnt, sagt er. Den Frauen geht es nicht anders, außerdem ist es eine Frage des Geldes.

Für das Geld kann man ab und zu ein Taxi nehmen, meinen sie. Das mit dem Geld nehm ich ihnen nicht ab, wenn ich bedenke, was allein die Schiffspassage kostet – die verlangen fürs tägliche Trinkgeld schon horrende Preise, wie ich weiß. Momentan herrscht allerdings Ausnahmezustand. Emilio ist sichtlich angeschlagen, nicht annähernd so energiegeladen wie sonst. Ich kenn ihn noch nicht lange, gefühlsmäßig ist er mir aber sehr vertraut. War von Anfang an so, die Chemie stimmt zwischen uns.

Ich red mit Vinc. Der will mit Carlos sein »Projekt« beenden, wie er sagt. Also sind drei Plätze im Auto frei.

Um zehn Uhr betreten zwei Beamte die Hotellobby. Emilio zieht sich mit ihnen in die Computerecke zurück, dort sind sie ungestört. Auch meine Ohren reichen nicht so weit. Sehr bedauerlich. Aber was können sie wollen? Außer einem Alibi?

Der eine Beamte erkennt mich, schlägt vor, meine Anwesenheit auf dem Gut mit Emilios Angaben noch mal abzugleichen. Kein Problem. Hab ich zwar schon alles zu Protokoll gegeben, auch das mit dem Weinkeller – nur die Sache mit Mario hab ich nicht erwähnt. Sollte ich wohl, aber die Drohung, dass Vinc was passieren könnte, und auch die Angst vor dem, was eine Anzeige an Befragungen nach sich ziehen würde … lieber nicht. Aber wenn das Schwein andere Frauen begrapscht? Oder Schlimmeres? Das liegt mir im Magen. Der kann doch nicht einfach so davonkommen. Muss ich noch gründlich drüber nachdenken.

Fakt ist, Emilio ist kurz nach mir im Hotel gewesen, abzüglich Weinkeller und der Aussage des Taxifahrers schließt das aus, dass Antonietta in die Badewanne gestiegen ist und hinterrücks von Emilio unter Wasser gedrückt wurde. War für mich nie eine Frage, aber ein Beweis ist besser.

Um halb elf können wir fahren.

Wir gehen alle zusammen ins Krankenzimmer. Antonietta geht es schlecht. Sie spricht nicht, starrt nur vor sich hin.

Emilio hat sich einen Stuhl an ihr Bett geschoben. Er will eine Weile bei ihr bleiben.

»Ich fahr zum Supermarkt und besorge die Zutaten für heute Abend. Willst du mitkommen?«, frage ich Margaret.

Die nickt, wahrscheinlich froh, dieser bedrückenden Stimmung zu entkommen. Sie sieht fragend zu ihrer Mutter. Hannah stellt sich hinter Emilio und legt die Hände auf seine Schultern.

»Ich bleibe hier. Emilio braucht eine Stütze.«

Oh Gott, das hört sich sehr theatralisch an.

Margaret runzelt die Stirn. Sie sieht zu Emilio.

»Ist das okay für dich? Du hast meine Handynummer?«

»Mach dir keine Sorgen«, beruhigt Emilio sie.

»Und lasst euch Zeit. Hannah, du solltest mit den beiden fahren. Du kannst mir hier nicht helfen.«

»Kommt nicht infrage. Ich lass dich nicht alleine.«

Emilio schüttelt den Kopf.

»Wirklich, Hannah. Mir wäre es lieber.«

Hannah gibt sich geschlagen. Sie verlässt mit uns das Krankenhaus, sagt kein Wort, ist sichtlich verstimmt.

»Komm, Mama, du musst Onkel Emilio verstehen. Es sind alte Verbindungen, es ist nicht leicht für ihn. Es ist viel passiert. Vieles, was wir nicht verstehen.«

Hannah atmet heftig. Ihr liegt was auf der Zunge.

»Er braucht seine Familie. Und das sind wir. Nicht die Italiener. Nicht Antonietta. Eve ist seine Frau.«

»Mom! Du tust ja gerade so, als würde er Eve betrügen. Das ist doch Unsinn! Antonietta stirbt vielleicht, und sie ist ein Teil seiner Wurzeln.«

Hat sie schön gesagt. Genau so empfinde ich auch. Und ich glaube, Emilio ebenso.

Margaret steigt hinten in den Wagen, ihre Mutter vorne bei mir. Hannah verharrt einen Moment. Dann überlegt sie es sich anders. Sie beugt sich zu Margaret.

»Fahrt ihr mal alleine. Ich bleibe hier und warte auf Emilio. Falls er jemanden braucht.«

»Mom, du hast doch gehört, dass Emilio lieber alleine ist.«

»Ich störe ihn nicht. Und außerdem will ich nicht im Supermarkt einkaufen. Lieber sitze ich hier in der Sonne.

Da vorne ist ein Kiosk. Wenn mir langweilig wird, kaufe ich mir eine Zeitschrift. Zufrieden?«

Nervt sie die töchterliche Fürsorge?

Margaret hat die Ansage jedenfalls verstanden. Sie setzt sich nach vorne.

»Na, dann fahren wir eben alleine. Bis später, Mom.«

»Ja, bis später.« Hannah winkt uns hinterher, im Rückspiegel seh ich, wie sie zu der Bank geht.

Ich versteh Hannah Cullen schon. Sie fühlt sich verantwortlich für ihre Freundin, kann Emilios Verhältnis zu Antonietta nicht richtig einschätzen. Wie sollte sie auch. Ich glaube nicht, dass Emilio ihr alles so erzählt hat wie mir. Und Eve? Sie sollte mit Hannah reden und ihr alles erklären. Am besten klare Verhältnisse. Sieht man ja, was für fehlgeleitete Sorgen völlig umsonst aufkommen. Muss ich Emilio verklickern. Kann sein, dass er als Mann so verquere Ängste nicht versteht. Der Arme hat wahrscheinlich keine Ahnung, wie Freundinnen ticken. Ich muss lachen.

»Was ist?«, fragt Margaret neugierig. »Darf ich auch mitlachen?«

»Ich hab gerade darüber nachgedacht, wie völlig unterschiedlich Frauen und Männer manchmal ticken.«

»Was speziell meinst du?«

Meine Gedanken über ihre Mutter behalte ich für mich.

»Ach, ganz allgemein. Zum Beispiel Männerfreundschaften und Freundinnen. Ich mein, das ist was total anderes.«

»Meinst du? Männerfreundschaften halten oft ein Leben lang.«

»Ich sag ja nicht, dass sie weniger stark sind, aber … ach, das kann ich nicht erklären … ist nicht so wichtig … wir sind da.«

Ich biege rechts in den riesigen Parkplatz des Supermarktes.

»Die haben eine super Fischtheke, sagt Maria. Eine echte Alternative. Paps würde das natürlich anders sehen. Aber das ›La Quercia‹ ist auch kein Sternerestaurant. Obwohl ich persönlich lieber à la Quercia koche als à la Sternecuisine. Ich mein, so richtig zum Essen. Was ich meinen Dad lieber nicht hören lasse. Der spießt mich auf den Grill und serviert mich als Spanferkel, Hausmannskost mit Muskat!«

Wir lachen.

Dann konzentriere ich mich auf meinen Einkaufszettel. Ich brauche frische Petersilie, die ist im Garten gerade erst am Nachwachsen, ebenso Estragon. Alles andere haben wir vorrätig. Dann noch der Fisch. Rotbarschfilet. Und Garnelen. Das Angebot ist wirklich gigantisch. Und frisch. Müsste mich sehr täuschen, wenn die hier alten Fisch dazwischenschmuggeln würden. Riecht man.

»Sieht aus wie auf dem Fischmarkt«, ruft Margaret begeistert.

Stimmt. Sie ist ein Stück weiter und zeigt auf die Calamares, die glitschig glänzend und weiß-grau zwischen den Eisstücken liegen, die großen Köpfe in der Masse der verschlungenen Fangarme samt Saugnäpfen dem einzelnen Tier nicht zuzuordnen.

Wir schieben den Einkaufswagen zur Kasse. Ist schneller gegangen als gedacht.

»Trinken wir noch einen Kaffee, bevor wir zurückfahren?«, frag ich.

Gute Idee, findet Margaret.

Ich habe auf dem Weg vom Krankenhaus ein Straßencafé gesehen, da kutschiere ich uns hin. Während wir auf die Bestellung warten, lassen wir uns die Sonne auf den Pelz brennen.

»Hier kann man's aushalten, was?«

»Absolut!« Margaret nickt. »Die Temperaturen haben wir in Australien auch, aber ... wie soll ich sagen ... es ist einfach ganz anders. Schön. So viel Flair. Ich könnte hier durchaus leben.«

Ich lache und schau sie fragend an.

»Hab ich was verpasst?«

Ihrem Lachen nach zu urteilen, weiß sie, dass ich auf Paolo anspiele. Es ist ihr nicht peinlich.

»Nein, nein, da gibt es keine Geheimnisse.« Sagt sie, lächelt aber still in sich hinein.

Also das kann sie mir nicht verklickern, dass da nichts im Busch ist. Aber sie sieht's vermutlich realistisch. Ein Urlaubsflirt. Wegen dem man nicht sein ganzes bisheriges Leben über Bord wirft. Und wer weiß, ob es in Australien nicht einen Mann in ihrem Leben gibt. Sie ist Ende 20, und so unkompliziert und offen, wie Margaret ist, kann ich mir kaum vorstellen, dass sie Single ist. Ich bohr nicht weiter nach. Und sie erzählt nicht mehr.

Ich schau auf die Uhr.

»Lassen wir den beiden noch ein wenig Zeit? Oder sollen wir zurückfahren, dann können wir deiner Mutter so lange Gesellschaft leisten, bis Emilio kommt.«

»Ja, das ist eine gute Idee.«

Die Bank vor dem Krankenhaus ist leer.

»Vielleicht ist sie im Park«, rätselt Margaret und geht voraus.

Im Park keine Hannah. Sie wird zum Kiosk gelaufen sein, vielleicht auch Richtung Innenstadt, ein paar Läden findet man immer. Ihr Handy ist abgeschaltet.

»Was machen wir? Sie kann überall sein«, frag ich Margaret, ist schließlich ihre Mutter.

Die zuckt mit den Schultern. »Warten wir hier.«

Wir setzen uns auf die Bank, Margaret erzählt mir von ihrem Leben in Australien. Adelaide.

»Schon faszinierend.« Sie schaut in die Ferne. »Daheim ist Winter. Juli, August sind bei uns die kältesten Monate. Milder als hier. Wir frieren aber trotzdem. Vor allem haben die meisten Häuser bei uns keine Heizung.«

»Hier in Italien ist der Winter auch relativ mild, da gibt es wesentlich kältere Regionen in Europa«, erkläre ich. »Deutschland zum Beispiel. Was meinst du, warum so viele Deutsche im Urlaub in den Süden fahren? Der Sonne hinterher, ganz einfach.«

»Kann ich verstehen. Also ich könnte nicht in einem Land leben, in dem es das halbe Jahr schlechtes Wetter gibt. Und mir fehlt hier die Weite. Es ist romantisch hier, aber so voll. Wenn ich auf die Landkarte schaue, sehe ich überall Bevölkerung. Bei uns ist auf der einen Seite das Meer und sonst rundherum Natur. Wie soll ich sagen … es ist ein besonderes Gefühl, diese Weite um dich zu wissen.« Sie macht eine ausholende Bewegung mit den Händen. »Ich kann es schwer erklären.«

»Es ist immer ein Stück Gewohnheit, Wurzeln, eine Urverankerung. Wenn du auswanderst, flüchten musst oder was auch immer, du verlierst erst mal deine Verankerung. Und manche schaffen es nie, woanders richtig anzukommen. Sind halt nicht alle Menschen gleich, oder?«

Margaret nickt.

»Ach, da sind sie ja«, ruft sie und zeigt Richtung Haupteingang.

Emilio tritt aus dem Gebäude, gefolgt von Hannah.

Er schaut finster. Hannah zufrieden.

Wir gehen schweigend zum Auto.

»Komm, setzen wir uns nach hinten«, sagt Margaret zu ihrer Mutter.

Die beiden Frauen unterhalten sich leise auf der Rückbank, Emilio schaut stumm aus dem Fenster. Ich lass ihn in Ruhe.

Irgendwann dreht er sich um.

»Musste das sein, Hannah? Was wolltest du damit erreichen?«

Er fragt das ruhig, ohne Emotion in der Stimme.

Hannah legt ihm die Hand auf die Schulter.

»Keine Sorge, Emilio. Ich wollte es nur klarstellen, aber ich rede nicht mehr davon, versprochen!«

»Das würde ich dir auch nicht raten.« Jetzt ist Emotion in seiner Stimme, und die klingt nicht besonders freundlich.

Emilio entzieht seine Schulter ihrem Zugriff. Hannah lässt sich wortlos in ihren Sitz zurückfallen.

Was war das jetzt? Hannah hat sich offensichtlich in etwas eingemischt, was sie nichts angeht. Warum ist sie überhaupt wieder reingegangen? Wo Emilio doch deutlich gesagt hat, dass er sie nicht dabeihaben will. Ob Eve eine Ahnung hat, wie ihre Freundin versucht, Emilios alte Verbindung zu kappen? Wäre ihr das überhaupt recht? Glaub ich nicht. Emilio hat mir gesagt, dass Eve versteht, wie er zu Antonietta steht, und sie weiß, dass es nicht um Liebe geht, sondern um eine innere Verbindung, die in seiner Jugend wurzelt. Eve will ihm seine Wurzel lassen, Hannah sollte das akzeptieren. Ich werfe einen schnellen Blick zu Emilio, der Verkehr auf den italienischen Straßen erfordert meine ganze Aufmerksamkeit. Muss Emilio unbedingt einen Tipp geben, wenn wir allein sind.

Daheim verschwinden Hannah und Margaret auf ihrem Zimmer, Emilio findet Eve auf der Terrasse.

»Hello, my dear«, begrüßt sie ihn lächelnd. Er küsst sie auf die Wange und lässt sich in den Stuhl neben ihr sinken.

Eve reicht ihm ihr Glas Wasser, er trinkt es auf einen Zug leer. Ich hab mir an der Theke einen Barhocker und eine Flasche Wasser geschnappt und beobachte die beiden durchs Terrassenfenster. Ihre Flasche ist leer, ich bringe eine neue.

Unaufgeregte Stimmung am Tisch. Allerdings würde Eve vor mir bestimmt keine intimen Details besprechen.

»Ach Doro«, fällt ihr dann ein, »können wir heute Abend hier speisen?«

Da brauch ich nicht zu überlegen, wir haben genug Essen und Platz für ein paar weitere Gäste.

»Gerne. Mit wie vielen Personen sollen wir rechnen?«

»Wir sind zu viert. Geht das in Ordnung?«

»Das passt. Wir haben heute Abend ein sehr schönes Menü. Schließen Sie sich dem an?«

»Natürlich. Wir brauchen keine Extras«, bestätigt Eve in ihrer unkomplizierten, ruhigen Art.

»Sie können wählen – Fisch oder Fleisch. Das müsste ich so eine Stunde vorher wissen. Sagen Sie den beiden Damen Bescheid?«

»Machen wir. Danke, Doro«, sagt Eve und wendet sich Emilio zu.

Ich mach mich auf die Suche nach Vinc. Kann ihn nicht finden. Egal. Ein Blick auf die Uhr sagt mir, dass ich mich langsam an die Vorbereitungen für heute Abend machen muss. Salat putzen, Fenchel schneiden. Frischhaltefolie drüber und ab in den Kühlraum. Dann das Kokoseis. Dazu brauch ich kein Rezept, das mach ich aus dem Handgelenk. Kokosraspel, gönn ich mir aus der Tüte, wär für Dad ein absolutes No-Go! Für mich nicht unbedingt. Sahne/Kokosmilch – auch aus der Dose – eins zu eins, Rum, ein Hauch Zimt und Vanilleschote. Kleiner Schuss Zitronensaft. Und ab in die Eismaschine.

Okay, was noch? Mal überlegen. Die Kartöffelchen. Ich schau in der Speisekammer nach, ob Maria die richtigen bekommen hat. Passt. Kleine Knollen, schauen aus wie überdimensionale Erdnüsse. Die Schale bleibt dran, werden nur in wenig Olivenöl geschwenkt, grobes Meersalz und frischer Rosmarin als Würze und noch für 20 Minuten ins Rohr. Fertig.

Ach ja, die Ananas muss ich einlegen. Okay, wie war das noch? Weißwein mit Zucker und Zitronenscheiben aufkochen. Reichlich frisches Basilikum dazu. In dem Sud die Ananas ziehen lassen. Ich gönn mir den Spaß und gebe einen Hauch Muskat zu. *Für dich, Paps!* Und ab in den Kühlschrank. Alles andere dann heut Abend.

Ich schau an die Rezeption. Giulia ist mit Schreibkram beschäftigt. Sie sagt, Maria wäre um sechs da, spätestens. Giulia wird sich um die Tische kümmern, vielleicht ist Vinc bis dahin zurück.

Eine traurige Melodie zieht durch die Halle. Unverkennbar Emilio. Er lehnt draußen am Terrassengeländer und schaut in die Ferne. Heimweh? Nach Australien? Nach seiner heilen Welt dort? Oder Trauer? Über ein verpasstes Leben hier? Ich würd gerne wissen, was in seinem Kopf vorgeht. Ich stell mich neben ihn. Schau ihn von der Seite an. Er hat aufgehört zu singen. Ist dieser Mann fähig, einen Menschen umzubringen? Nicht Antonietta, nein, niemals, aber Salvatore? Ich könnt ihn sogar irgendwie verstehen, wünsche ihm aber, dass er es nicht getan hat. Das würde die Vergangenheit nicht auslöschen und die Zukunft mit Sicherheit vergiften.

»Entschuldigen Sie, Emilio, wenn ich mich schon wieder einmische, aber wie lief's heute mit der Polizei?«

»Mein Alibi hat sie überzeugt, glaube ich«, meint Emilio schlicht. »Schließlich bin ich noch vor Ihnen mit dem Taxi abgefahren.«

Aha. Ich schau ihn fragend an.

»Ich habe Ihr Mofa an der Weinhalle stehen sehen«, erklärt er.

Da hätte ich lange auf Hilfe hoffen können!

Konnte Emilio ja nicht wissen.

»Sie sind erst nach mir ins Hotel gekommen«, stelle ich die bereits bekannte Tatsache erneut fest.

»Das stimmt. Ich war die ganze Zeit mit dem Taxi unterwegs, was der Fahrer bestätigen kann. Ich habe für Eve Nougatpralinen besorgt. Vor einigen Tagen in Asolo haben wir welche mitgenommen, und die haben ihr so gut geschmeckt.«

Aha. So einfach!

»Und die halbe Stunde, die ich bei Antonietta war – wie hätte das gehen sollen?« Jetzt lacht er, sogar ein wenig verschmitzt, wie ich finde.

»Sie hätte ja wohl kaum ein Bad genommen, solange ich da bin. Absurde Vorstellung!«

Muss ich ihm zustimmen. Absolut.

Trotzdem. Kann ich ausschließen, dass dieser Mann bei den – ich nenn es mal »Unfällen« – seine Finger im Spiel hatte? Ich mag ihn, ja, aber ich muss es sicher wissen.

»Wir sehen uns heute Abend«, verabschiede ich mich.

Im Zimmer immer noch kein Vinc. Ich suche nach dem Handy. Auf dem Nachttischchen, vergraben unter Büchern, Papiertaschentüchern und Landkarte, werde ich fündig. Muss unbedingt mal aufräumen hier. Aber nicht jetzt. Rebeccas Handynummer hab ich zum Glück gespeichert. Und sie geht gleich ran.

»Buon giorno, Rebecca. Ich bin's, Doro. Du, Rebecca, kann ich dich was fragen?«

»Wie soll ich das wissen? Frag, dann weiß ich, ob ich dir eine Antwort geben kann.«

Sehr diplomatisch. Könnte von mir sein.

Okay. Dann frag ich mal.

»Es geht um die Vorfälle in den letzten Tagen. Ich weiß, es geht mich nichts an, aber …«

»Doro, du musst dich nicht entschuldigen. Ist schon in Ordnung. Es ist gut, wenn wir darüber sprechen.«

»Ja, finde ich auch. Die Polizei interessiert sich nur für Mord, aber es fehlen die Opfer. Alles erklärt sich logisch. Aber ich glaub, da ist mehr im Busch. Zu viele Zufälle. Zum Glück ist bis jetzt keiner richtig zu Schaden gekommen, aber …«

Mann Doro, wie blöd war das jetzt! Rebecca ist nicht gut weggekommen. Sie hat ihr Baby verloren. Sie hat ihren Verlobten zum Teufel gejagt. Lorenzo will nichts mehr von ihr wissen. Ihr Opa ist tot. Ihre Oma liegt im Krankenhaus, da weiß man nicht, wie das ausgeht.

Ich räuspere mich.

»Sorry, Rebecca. So hab ich das nicht gemeint …«

»Hör auf, Doro! Wir kennen uns noch nicht lange, aber ich weiß, dass du mir helfen willst. Also bitte – keine unnötigen Rücksichten. Ich bin nicht aus Zucker.«

»Danke. Also dann kurz und ohne Sentimentalitäten. Dein Unfall. Wie war das genau?«

»Was meinst du mit *genau*?«

»Warum bist du zur Kellertreppe gelaufen? Was wolltest du dort?«

»Der alte Favelli, du weißt schon, Lorenzos Vater, hat mir von Tommasos ›Aktivitäten‹ erzählt. Schon vor dem Abend. Er wollte mir Zeit lassen, mit Tommaso zu sprechen. Weil er nicht in Verdacht kommen wollte, nur aus billiger Rache am Rivalen seines Sohnes zu handeln. So ist er. Ehrenhaft, sagt man wohl. An dem Abend hat er mich aber gedrängt, Tommaso Grenzen zu setzen. Tommaso hat mich auch unter Druck gesetzt. Er wollte endlich den Hochzeitstermin festlegen. Bald. Schon wegen des Babys. Er wollte mit meinem Großvater einen Vertrag. Über seine Rechte auf dem Gut und in der Weinproduktion und im Vertrieb. Als Vater des künftigen Erben würde ihm das zustehen.«

Rebecca lacht leise. Traurig.

»Keine Ahnung, wie er auf die Idee gekommen ist. In unserer Familie sind noch nie solche Verträge gemacht worden. Wir sind eine Familie. Das reicht. Und dass er nicht machen kann, was er will, stand nie außer Frage. Da sind seine Träume mit ihm durchgegangen. Genau das hab ich ihm an dem Abend gesagt. Er war nicht sehr erfreut …«

»Das kann ich mir denken. Aber hat er etwas mit deinem Sturz zu tun?«

»Nein! Mir war nur alles zu viel. Keine Ahnung, warum ich in den Keller gehen wollte, wahrscheinlich lag das auf dem Weg, als ich vom Tisch geflüchtet bin. Ich wollte in Ruhe über alles nachdenken, vor allem über Tommaso und mich. Wenn ich nicht schwanger gewesen wäre, dann wäre meine Entscheidung klar gewesen, aber so?«

Rebecca schweigt. Ich kann sie schon verstehen. Du schickst den Vater deines Kindes nicht so einfach in die Wüste.

»Ich hab mich oben an die Treppe gesetzt. Tommaso hat mich gesucht. Da bin ich die Treppe runter und mit dem Absatz wo hängen geblieben. Keiner hat mich gestoßen. Definitiv.«

»Wenn du dir sicher bist …«

»Ganz sicher!«

Gut, das kann ich abhaken.

»Das Schlimme an dem Unfall ist gar nicht, dass ich das Baby verloren habe, sondern dass ich sogar erleichtert darüber bin.«

Eine Feststellung, wie sie das sagt. Trocken, lapidar. Ich verstehe Rebecca, und insgeheim habe ich ihr gewünscht, dass sie es als Befreiung sehen kann, aber ich habe nicht damit gerechnet.

»Mach dir kein schlechtes Gewissen! War eben Schicksal. Ich find's gut, dass du dir die Erleichterung zugestehst.

Das ist bestimmt nicht einfach. Weil es ja auch nicht die ganze Wahrheit ist.«

»So ungefähr, ja.«

»Rebecca, ich hab noch ein paar Fragen«, lenk ich auf mein ursprüngliches Thema zurück.

»Dein Großvater, wir haben ihn gegen Mittag gefunden. Da war er schon tot. Wann ist er genau gestorben?«

»Die Untersuchungen haben ergeben, dass er in der Nacht so um elf gestorben sein muss.«

»Und keiner hat was mitgekriegt«, halte ich fest.

»Kannst du dich an die Weinranke erinnern?«

»Du meinst das Stück, das um Großvaters Hals gewickelt war? Ja, ich seh alles genau vor mir.«

»Ich auch. Und ich hab das damals der Polizei geschildert, weil ich die Ranke weggezogen hab, als ich nach seinem Puls gefühlt hab.«

Mich schaudert immer noch bei dem Gedanken an das Gefühl, als ich den Toten berührt habe.

»Die Polizei hat das offenbar nicht ernst genommen. Aber es hat doch echt seltsam ausgesehen. Inszeniert. Findest du nicht auch?«, sinniere ich.

Stille.

»Was willst du damit sagen?«, flüstert Rebecca heiser.

»Wenn ich das wüsste. Keine Ahnung.« Erneut sehe ich die Szene vor mir.

»Ich mein – klar, er ist definitiv nicht damit erwürgt worden und ist an einem Herzinfarkt gestorben, aber mein Gefühl sagt mir, dass da mehr dahintersteckt.«

»Gut möglich, nur – wie willst du das herausbekommen?«

»Genau das ist mein Problem«, seufze ich.

»Vielleicht sollte ich ganz offen mit Emilio darüber sprechen?«

»Und du glaubst, er gesteht dir einen Mord, oder was?«

»Nein, das nicht. Aber er war an dem Abend nicht auf seinem Zimmer. Ich wollte ihm eine Minestrone bringen, und er war nicht da. Obwohl es ihm angeblich schlecht ging. Und am nächsten Morgen ist sein verhasster Bruder tot.«

Rebecca schaut mich seltsam forschend an.

»Dir ist schon klar, dass du ihn doch des Mordes bezichtigst, egal wie du es ausdrückst«, sagt sie dann.

Ich seufze wieder. Abgrundtief, bis in die Seele hinein.

»Will ich aber gar nicht. Ehrlich. Aber ich muss die Punkte klären. Auch wenn ich Emilio damit beleidige.«

Rebecca schweigt.

Ich auch. Aber ich seh keine Alternative. Anders komme ich nicht weiter. Ja, gut, ich könnte mich einfach raushalten, aber ich mach mir nichts vor, das geht nicht mehr.

»Okay, Rebecca, ich melde mich wieder bei dir.« Klingt nicht sehr optimistisch, ich hör's selber.

»Ciao, Doro.« Rebecca hat aufgelegt. Ihre Stimmung ist offensichtlich auch nicht besser.

Düster starre ich vor mich hin.

Bevor mich der Trübsinn total am Boden hat, geh ich runter an die Bar. Keiner da. Aber ich brauche sowieso Ruhe. Um nachzudenken. Wie's weitergeht. Ich schlürfe den Milchschaum vom Cappuccino weg.

Hannah und Margaret haben offensichtlich ihre Siesta beendet. Sie kommen aus Richtung des Aufzuges, ins Gespräch vertieft, und setzen sich an einen Tisch auf der Terrasse. Hannah. Ich massiere den Punkt zwischen meinen Augen. Ach verdammt, ich hab ganz vergessen, mit Emilio zu reden. Aber wahrscheinlich klären die beiden das selber. Die kennen sich schon so lange, da ist es besser, wenn sich kein Dritter einmischt. Aber ein Punkt, den ich im Auge behalten muss. Super. Erfahrungsgemäß bedeutet Abwarten Stillstand. Entspricht nicht meinem Naturell. Ich muss etwas unternehmen! Ich richte mich auf, schnüffle, nehme Fährte auf sozusagen. Hat Vinc mal zu mir gesagt. Dass ich dann so einen lauernden Ausdruck habe. Kann ich mir gut vorstellen!

Mit einem Zug kippe ich den Rest von meinem Cappucchino runter und rutsche vom Barhocker. Hannah hat mich gesehen.

Sie winkt. Ich geh zu ihr, immerhin bin ich nicht als Detektivin angestellt, sondern im Servicebereich tätig. Blitzschnell disponiere ich um. Wenn ich nicht mit Emilio gesprochen habe, kann ich ja Hannah auf den Zahn fühlen. Die Gelegenheit ist günstig. Margaret hat sich ein Taxi gerufen, sie will zu Paolo aufs Weingut.

»Emilio hat Glück. Dass er so gute Freunde hat und so eine tolle Frau«, eröffne ich mein Gefecht.

Hannah schaut mich verwundert an.

»Ach was«, winkt sie ab, in ihrem Gesicht lese ich aber, dass sie sich durchaus geschmeichelt fühlt.

»Doch, doch«, bestehe ich, »Sie haben schon so viel miteinander erlebt, da versteht man sich blind, kann ich mir vorstellen. Und das ist das Wichtigste im Leben. Dass man Freunde hat und eine Familie. Und Gesundheit natürlich«, greife ich noch tiefer in meine Geburtstagsglückwunschkiste. Ich muss aufpassen, Hannah ist eine intelligente Frau. Die lässt sich nicht um den Finger wickeln. Aber die angespannte Situation, die ungewöhnlichen Ereignisse der letzten Zeit haben auch auf Hannah Auswirkungen. Sie hat Redebedürfnis. Und ich bin nun mal ein idealer Ansprechpartner. Nicht zu eng mit der Familie und als Angestellte fast unsichtbar. Einfach da, wie ein Spiegel oder ein Barhocker.

»Familie, ja, wir sind eine Familie. Emilio, ich, Margaret und natürlich Eve. Aber die Familie hier, auf die kann Emilio verzichten. Eve ist blauäugig. Sie sieht nicht, was diese

Antonietta vorhat. Dass die sich Emilio wieder krallen will. Auf alte Liebe macht. Wahrscheinlich hat sie nur Angst um ihren Besitz. Schließlich gehört ja alles Emilio.«

Ich runzle die Stirn. Weiß Hannah mehr als ich? Hat Emilio nicht seinen Pflichtteil längst bekommen? Und damit keinen Anspruch mehr auf den Familienbesitz? Moralisch vielleicht, aber nicht dem Gesetz nach. Und ich glaub nicht, dass Emilio auf materielle Werte aus ist. Hannah ist richtig krätzig geworden, so kenn ich sie gar nicht. Sie merkt es offenbar selber. Verlegen streicht sie sich durchs Haar. Der Anflug eines Lächelns huscht über ihr Gesicht.

»Entschuldigen Sie meinen Ausbruch. Es ist alles ein wenig viel in letzter Zeit. Sie haben recht, es ist ein Geschenk, gute Freunde zu haben, und ich bin froh, dass ich hier bin. So kann ich auf Emilio und Eve aufpassen. Früher war es umgekehrt. Da hat Eve auf mich aufgepasst.« Sie zuckt mit den Schultern.

»Mit dem Alter relativieren sich die Jahre und den Altersunterschied merkt man nicht mehr.«

Stimmt. Hannah ist ein paar Jahre jünger als Eve. Wenn man's nicht weiß, sieht man's nicht. Sie sind wie Schwestern aufgewachsen – und leben auch so. Ich sag immer, der Vorteil von Freunden ist, dass du sie dir aussuchen kannst. Eve und Hannah haben sich sozusagen als Schwestern ausgesucht. Und es hat ein Leben lang gehalten. Beneidenswert. War nie meine Stärke, beste Freundin und so. Keine Ahnung, warum, hat sich einfach nicht ergeben. Vielleicht weil wir oft umgezogen sind, Paps und ich. Manchmal war ich neidisch und hätte gerne eine Seelenverwandte gehabt. Aber ich hab viele Freunde. Und jetzt hab ich Vinc. Und meine Arbeit.

Hannah ist nicht nur für Eve und Emilio ein Glück, umgekehrt ist es genauso. Hannah hat ihre Tochter, aber ihren Mann früh verloren und ist sicher froh, so enge Vertraute zu haben.

»… und muss ihr die Augen öffnen.« Hör ich gerade noch Hannah sagen. Ich reiß mich von meinen Gedanken los.

Was meint sie?

»Sie muss Emilio den Umgang mit dieser Frau untersagen!«

Hannah ist sichtlich aufgebracht.

»Soviel ich weiß, hat Emilio seiner Frau alles über sein Verhältnis zu Antonietta erzählt. Eve versteht das. Und ich finde es klasse, wie sie reagiert.«

»Sie haben leicht reden. Ich kenne die Männer und speziell Emilio. Die fühlen sich geschmeichelt, wenn eine Frau ihnen schöne Augen macht. Das hebt ihr Selbstwertgefühl.«

Hannah lässt ganz schön Dampf ab. Ich verkneife mir ein Grinsen. Würde wahrscheinlich nicht gut ankommen. Ich kann sie auch verstehen. Sie hat Angst, Emilio könnte Gefühle für seine alte Heimat wiederentdecken. Und Antonietta ist eben ein Teil davon. Hannah will zurück nach Australien. Und das nicht alleine. Noch dazu macht Paolo Margaret schöne Augen. Ihre Welt gerät aus den Fugen!

»Hannah, ich glaube, Sie sehen Gespenster. Emilio ist nur froh, dass Antonietta und er versöhnt sind. Freundschaftlich. Ich hab das selbst miterlebt. Das war echt, nichts Aufgesetztes oder Vorgespieltes. Haben Sie Vertrauen.«

»Vertrauen. Und wenn's doch nicht stimmt? Dann wäre das ein nicht wiedergutzumachender Fehler, dieses edle Vertrauen! Doro, Sie sind jung, Sie kennen die Welt noch nicht so wie ich, glauben Sie mir. Ich will nur das Beste für Emilio. Für uns alle. Bald sind wir auf dem Schiff, alles wird sich beruhigen. Bis dahin bin ich wachsam.«

»Tun Sie das, Hannah, aber passen Sie auf. Sie sollten auf keinen Fall Ihr Verhältnis zu Eve und Emilio durch vorschnelles Misstrauen strapazieren.«

Hannah schüttelt den Kopf.

»Nein, natürlich nicht. Ich verstehe, was Sie meinen. Es ist nett, dass Sie sich um uns Sorgen machen, aber ich schaffe das schon. Antonietta ist im Krankenhaus, und wir sind bald auf dem Heimweg. Dann wird alles gut.«

Hannahs Blick driftet in die Ferne, wahrscheinlich in Gedanken bei einem gemeinsamen Drink auf dem Deck der MS Princess.

Hannah hat vermutlich recht.

Und wie's aussieht, spricht nichts gegen den Abreisetermin. Emilio steht nicht unter Verdacht. Zumindest nicht für den zweiten Anschlag auf Antonietta. Und das mit den Tabletten hat Antonietta ja auf sich genommen. Hätte sonst knapp werden können für Emilios Abreise.

KAPITEL 19

CANI (HUNDE)

Domenica (Sonntag) – 17. August

Puuh! Der Tagesanfang war heftig. Die Radler sind pünktlich zum Frühstück erschienen. Großes Hallo wegen gestern Abend. Das Menü ist super gut angekommen. Unübersehbar Sascha Ritters Handschrift. Haha! Das muss ich schlucken, ist auch nicht das erste Mal. Klar hab ich viel von Paps gelernt, aber manchmal ärgert mich sein übermächtiger Schatten.

Schwamm drüber, war schließlich ein schöner Abend, und ich habe auch nicht zu knapp Lob abbekommen.

Ein doppelter Espresso läuft in die Tasse. Reichlich Zucker dazu, die Welt ist in Ordnung. Ich nehm die Tasse mit rüber zur grünen Couch. Fünf Minuten mit geschlossenen Augen, bin ja allein hier – das gibt mir die nötige Energie für den Tag. Der hat eindeutig zu früh angefangen, allein der Gedanke lässt mich schon wieder gähnen – von wegen Energie für den Tag. Nützt nichts, ich stemme mich hoch. Hab Stimmen gehört, die ersten Gäste werden gleich kommen. Die Franzosen, wenn ich mich nicht täusche.

Ich täusche mich nicht. Händchen haltend, flüsternd schlendern sie durchs Foyer, in Bademänteln, Richtung Pool. Sie sehen mich nicht, und ich will sie nicht erschrecken, also verhalte ich mich ruhig. Dann verzieh ich mich in die Küche, Frühstück für alle vorbereiten. Maria kommt um neun und übernimmt.

Vorhin hab ich Vinc durch die Halle kommen sehen, hat nicht mal 'nen Kaffee eingefordert. Keine Ahnung, wo er hin ist. Ich steh gerade unschlüssig herum, als er wieder reinkommt.

»Morgen, Spatz!« Gut gelaunt umarmt er mich.

»Hast du 'nen Kaffee für mich?«

Ich grinse. Na also. Hätte mich doch gewundert.

»Was steht heute an? Brauchst du mich?«, fragt er mich.

»Wenn du so fragst, soll ich dich wohl lieber nicht brauchen, stimmt's? Was hast du vor?«

»Na ja, ich wollte mit Carlos los. Aber das könnten wir auch morgen erledigen.«

»Quatsch. Macht euer Zeug, was auch immer, mir wird schon nicht langweilig.«

»Und du versprichst mir, keine Alleingänge zu riskieren, okay?«

Vinc schaut mir fest in die Augen.

»Versprochen! Höchstens noch mal den Weinkeller checken«, ich lache.

Aber Vinc findet das heute nicht witzig. Süß, wie er so besorgt um mich ist.

»Nee, im Ernst, Schatz, ich fahr vielleicht zu Rebecca, wenn sie da ist. Die Australier sind unterwegs. Venedig. Mit dem Zug. Das wird ein ruhiger Tag.«

»Na hoffentlich!«

Nach einer Zeit schäle ich mich aus Vinc' Armen. Bin froh, dass die Australier heut nicht hier sind. Es drückt das Stimmungsbarometer gewaltig, wenn der fröhliche Emilio traurig durch die Hallen schleicht. War wahrscheinlich Hannahs Idee, nach Venedig zu fahren. Emilio aus der gefährlichen Zone bringen. Wird ihnen allen aber guttun.

Ich geh aufs Zimmer, schnappe mir Buch, Handtuch und Bikini und leg mich an den Pool. Allerdings lasse ich mir mehr den lauen Wind ins Gesicht wehen, als mein Buch weiterzulesen. Nix denken, nix tun. Das Leben ist schön!

Zwei Stunden später holt Rebecca mich ab.

Wir fahren zu der Kellerei »Zingarelli«. Die lassen uns in ihre heiligen Hallen der Proseccoproduktion, Führung und Verkostung inklusive. Die Zingarellis sind seit ewigen Zeiten mit Rebeccas Familie befreundet.

Ganz nebenbei ist der Juniorchef des Unternehmens ein alter Schulfreund von Lorenzo, erzählt Rebecca.

»Umberto hat den Familienbetrieb vor ein paar Jahren übernommen, sein Vater ist gesundheitlich angeschlagen. Lorenzos Betrieb ist winzig gegen den der Zingarellis. Er und Umberto waren in der Schulzeit unzertrennlich und sind bis heute enge Freunde. Tauschen sich aus, beruflich und privat.«

Rebeccas Miene verdüstert sich.

»Umberto wäre unser Trauzeuge gewesen.« Sie seufzt.

»Kann gut sein, dass wir Lorenzo bei ihm treffen. Samstags trinken die beiden gern ein Gläschen zusammen.«

»Aha, deshalb der spontane Einfall, heute hierher zu fahren«, bemerke ich ein bisschen spöttisch.

Sie lacht.

»Vielleicht. Aber sie haben keine festen Zeiten. Wie sie gerade fertig werden. Du wirst sehen, Umberto ist ein Netter. Ich sehe ihn nicht oft, seit Lorenzo und ich uns getrennt haben, aber er lässt mich nicht spüren, dass er sauer auf mich ist, weil ich seinen Freund habe sitzen lassen.«

»Und wenn du ihn bittest, zwischen euch zu vermitteln?«

Rebecca schüttelt den Kopf.

»Nein, das will ich nicht. Und außerdem will ich Lorenzo nicht überreden müssen, zu mir zurückzukommen. Entweder er liebt mich noch, trotz allem, oder nicht. Damit muss ich leben.«

Ich weiß nicht, ob ich so ruhig sein könnte in ihrer Situation. Weil es die Spitze vom Eisberg ist. Die Entscheidung, wie sich ihr Leben weiter entwickelt. Von der alles abhängt.

Umberto ist wirklich ein Netter. Wir haben viel Spaß, sogar Rebecca, die vergeblich nach Lorenzo schielt. Ich kann's nicht mehr mit ansehen.

»Das hier ist echt eine Nummer größer als das Weingut von deinem Lorenzo«, bring ich das Thema auf den Tisch.

Mit meiner unschuldigsten Miene wende ich mich zu Umberto. »Und er ist ein guter Freund von dir? Hat Rebecca erzählt.«

Das mit dem »Du« haben wir sofort geklärt, so viel älter ist er ja auch nicht.

»Ja, wir kennen uns schon ewig. Gerade eine halbe Stunde vor euch war er kurz da, hatte aber nicht viel Zeit. Ich habe ihm angeboten, bei unserem Rundgang mitzugehen.« Umberto zuckt mit den Schultern.

»Aber er musste gleich weiter. Na ja, ist eine arbeitsintensive Zeit im Moment. Im Winter wird's ruhiger.«

Ich schau zu Rebecca rüber. Ist sie enttäuscht? Man sieht's ihr nicht an. Aber sie braucht sich wenigstens nicht mehr den Hals zu verrenken.

»Wie ist das eigentlich, wenn ich einen guten Wein strecken will, ohne es zu deklarieren, dann kann ich den Geschmack doch bestimmt faken, oder?«

»Du willst Weine fälschen?«, lacht Umberto.

»Nee! Ich verbrate höchstens mal ein gutes Tröpfchen in einer Soße, auch wenn das manchen Weinliebhaber schmerzt, aber da bin ich ganz bei meinem Vater. Der sagt, man soll zum Kochen den gleichen Wein nehmen, den man auch zum Essen trinkt. Vielleicht keinen Hundert-Euro-Barolo, aber eben auch keinen Billigwein aus dem Supermarkt.«

»Da ist was dran«, stimmt Umberto zu, »obwohl auch

im Regal vom Supermarkt durchaus ein guter Wein stehen kann.«

»Mag sein, aber da verlass ich mich nicht drauf. An der Fleischtheke gibt's bestimmt auch mal 'ne positive Überraschung und zwischen die Pressfleischpackungen schleicht sich ein passables Stück Fleisch, aber ... nein danke!« Mich schüttelt's allein bei dem Gedanken. Dann lieber wenig Fleisch.

»Und wenn du dir nichts anderes leisten kannst?«

Rebecca hat doch mitgehört und packt ihre soziale Ader aus.

»Ist ja auch egal«, geht Umberto nicht weiter darauf ein, »das muss jeder für sich entscheiden. Aber um auf deine Frage zurückzukommen, natürlich kannst du einen guten Wein mit einem minderwertigeren Produkt strecken und dann mit Chemikalien versuchen, den Geschmack einigermaßen hinzukriegen, aber das wird jeder wirkliche Weinkenner merken.«

»Und ist es gesundheitsschädlich?«

»Das kommt darauf an. Da hat es alles schon gegeben. In der Regel werden dazu aber Zusätze verwendet, die nicht gesundheitsgefährdend sind, nur den Prinzipien von Winzern wie Lorenzo und mir zum Beispiel widersprechen.«

Aha. Dann geh ich mal davon aus, dass Tommaso keine Massenvergiftung geplant hat, sondern einfach keine Prinzipien hat. Aber wie viel Skrupel hat er, wenn ihm jemand bei seinen Plänen im Weg steht? Ein oder zwei Menschen vielleicht? Die sowieso schon im hinteren Viertel des Lebens stehen? Und wenn – hat er jetzt aufgegeben? Werd ich wahrscheinlich nie erfahren.

Rebecca bleibt ziemlich still, sie hat keine Lust, etwas zu unternehmen.

Vinc ist nicht im Hotel.

Mir ist langweilig. Einfach nur in der Sonne chillen? Nee, ich will ja nicht meine ganze Freizeit verpennen. Mal sehen, ob Vinc sein Handy dabeihat.

Gleich beim ersten Klingeln geht er ran.

»Ist grad schlecht, Schatz«, flüstert er, »was Dringendes?«

»Akuter Sehnsuchtsanfall. Schlimm genug?«

»Sofort behandlungsbedürftig.« Ich hör ihn leise lachen.

»Bist du im Hotel?« Er flüstert immer noch.

»Ja.«

»Carlos und ich beobachten das Grundstück von Mazzini, du weißt schon, das ist der Neapolitaner, von dem ich dir erzählt habe. Aktion ›Lockvogel‹ ist angelaufen. Willst du dabei sein, wenn wir ihn überführen?«

»Klar! Wo seid ihr?«

Vinc beschreibt es mir, ist nicht weit weg.

Sie hocken hinter einem geparkten Auto, im Rücken eine riesige Thujawand. Vinc informiert mich über den Stand der Dinge. Der »neue Hund« in der Nachbarschaft von Mazzini hat pflichtbewusst sein Häufchen vor dem Tor zu Mazzinis Grundstück abgesetzt – ein kapitaler Haufen sogar, wie Carlos schadenfroh ergänzt –, und natürlich wurde es von Frauchen nicht ordnungsgemäß eingetütet.

Zufällig war natürlich Mazzini im Garten …

»Was hättet ihr eigentlich gemacht, wenn der Hund nicht punktgenau sein Häufchen fabriziert hätte?«

Interessiert mich echt.

Vinc lacht leise. »Nicht sehr appetitlich, aber wir haben vorgesorgt.«

»Aha! Und wie?«

»Ganz einfach. Frauchen hatte eine Tüte dabei. Aber nicht zum Aufsammeln.«

»Danke! Keine Details bitte!«

»War dann ja nicht nötig, und du glaubst nicht, wie Mazzini sich aufgeführt hat. Der hat fast 'nen Herzkasper bekommen.« Vinc und Carlos grinsen.

»Der ist mit dem Gartenschlauch auf Hund und Frauchen losgegangen.«

»Okay. Und auf was wartet ihr dann noch? Meint ihr, der zieht jetzt mit einer vergifteten Wurst los und legt sie denen vor den Garten? Damit dann der Beweis erbracht ist? So blöd ist doch keiner!«

»Und uns hältst du für so blöd, das zu glauben? Ist ja nicht gerade ein Kompliment.«

»Krieg dich wieder ein, mein armer missverstandener Schatz. Erklär mir deine geniale Theorie«, spotte ich ein wenig.

»Ganz einfach. Frauchen kommt bald wieder. Mit ihrem Schätzchen. Dieses Mal wird der Hund ganz schrecklich bellen. Mazzini hat nämlich gedroht, wenn das dämliche Vieh einen Beller von sich geben würde, käme er mit der Schrotflinte. Und er hat sich sehr glaubwürdig angehört.« Vinc zieht die Stirn in Falten und kratzt sich am Ohr.

»Das war echt ein Problem. Der Hund ist nämlich zu brav. Der bellt nicht einfach so auf Kommando. Zum Glück haben wir ein weniger ruhiges Exemplar gefunden, das jeden potenziellen Eindringling ganz ekelhaft verbellt.

Dem haben wir ein paar Minuten ein Mikro durch den Zaun vor die Schnauze gehalten. Frauchen hat ein Abspielgerät mit leistungsstarkem Lautsprecher in der Handtasche, im richtigen Moment abgespielt, und der Adrenalinspiegel von Mazzini ist am Limit!«

»Ja und dann?«

»Dann holt er die Schrotflinte, wir nehmen das mit dem Handy auf, dann wird er wenigstens eine Geldstrafe kriegen.«

»Das kratzt den doch nicht!«

»Schon klar. Aber es ist eine Genugtuung. Die Gesetze sind hier genauso lasch wie bei uns. Ein Tierleben ist nichts wert. Allerdings mit einer Waffe zu drohen und eventuell auch ein Menschenleben zu gefährden, so ganz locker wird er aus der Nummer nicht herauskommen.«

Könnte klappen. Ist aber gefährlich, gebe ich zu bedenken.

»Der schießt nicht auf eine Frau. Diese Typen haben doch alle einen Jagdschein. Ein Tier ist eine Trophäe, aber ein Mensch, nee, da macht der sich nicht die Finger schmutzig.«

»Und wenn ihr euch irrt?«

»Pst!« Vinc zeigt nach vorn.

Mazzini ist im Garten aufgetaucht. Er räumt den Schlauch weg, dann deckt er den Tisch. Für zwei Personen. Seine Frau bringt eine Platte mit Gebäck, sie sitzen friedlich auf der Terrasse. Wirken harmlos. Aber wir wissen es besser.

Carlos gibt Frauchen Bescheid.

Aktion Teil zwei kann beginnen. Verläuft alles nach Plan.

Das Gebell ist ohrenbetäubend. Ganz ehrlich, da würde ich auch ausflippen. Mazzini erstarrt förmlich mitten in der Bewegung. Seine Frau legt ihm beschwichtigend die Hand auf den Arm. Sie sagt was zu ihm. Dann steht sie auf und geht zum Zaun. Das Gebell verstummt. Würde ja auch komisch kommen, wenn der Hund ruhig danebensteht und verwundert sein bellendes Frauchen anstarrt.

Signora Mazzini redet mit Frauchen. Leider können wir nicht alles verstehen. Nach kurzer Zeit geht Frauchen weiter.

Wir warten einen Moment. Signora Mazzini redet auf ihren Mann ein, wir können uns unentdeckt entfernen. Nach der Straßenbiegung wartet die Dame samt Hund. Signora Rossero, stellt sie sich vor und reicht mir die Hand.

»Doro Ritter. Das war ein mutiger Einsatz«, gebe ich zur Antwort.

Carlos übersetzt, sie lächelt. Dann fragt er, was Signora Mazzini gesagt hat.

Vinc und ich verstehen nicht alles, Carlos schließt die Lücken für uns. Die Mazzinis bitten um Rücksicht. Ihnen sei durchaus klar, dass der Hund nichts dafür kann, aber sie als Besitzerin solle doch bitte Verantwortung zeigen und zumindest die Hinterlassenschaften ihres Lieblings entsorgen. Und mit dem Gebell empfehle sie dringend Erziehung, sie solle sich da professionelle Hilfe holen, weil sie ja auch gesehen habe, wie manche Menschen reagieren. Sie hat den ersten Hund gemeint, der vergiftet wurde. Das stimmt, der war wirklich manchmal nervtötend. Über den hat sich das ganze Viertel aufgeregt.

»Und einer hat dann die Nerven verloren und die Initiative ergriffen«, kommentiere ich abschließend.

Carlos zuckt mit den Schultern. Er sieht traurig aus.

»Mein Cesare hat keinem was getan.«

»Reden wir doch noch mal mit der Besitzerin von dem Kläffer«, schlägt Vinc vor. »Vielleicht gab's doch noch einen anderen Hundehasser außer Mazzini.«

Mir reicht's. Ich seile mich ab. Vielleicht fahre ich mit Maria zum Einkaufen oder back einen Kuchen fürs Frühstück morgen. Mal sehen.

Das Hotel wirkt wie ausgestorben. Lobby leer, Küche verwaist, keiner an der Rezeption. Von der Terrasse aus seh ich einen Mann im Pool, hängt mit aufgelegten Ellbogen am Beckenrand und genießt die Aussicht. Ist anscheinend nicht nur mein Lieblingsplatz. Ein paar Meter weiter, im schützenden Schatten eines Sonnenschirms, räkelt sich seine Frau auf der Liege. Im Designerbikini, mit Buch in der Hand. Ein Bild der totalen Entspannung, meine beiden Franzosen.

Ich verzieh mich in die Küche. Gut, dass keiner da ist. Das Radio lass ich aus, manchmal liebe ich die Stille beim Arbeiten. Man kann die Gedanken dabei wunderbar fließen lassen.

Hmm, was soll ich backen? Okay, mal schauen, was die Speisekammer hergibt. Meistens inspirieren mich gefüllte Regale, wobei am Ende oft nicht das herauskommt, was ich mir anfangs vorgenommen habe. Aber wenn es nichts Spezielles werden muss, spiele ich gerne mit den verschiedenen Geschmackskomponenten. Heute muss ich natürlich im Rahmen bleiben, soll ja zum mediterranen Frühstück passen.

Im Kühlschrank steht ein halber Apfelkuchen, der Focaccia Veneta Gustosa geht sowieso selten aus. Macht mich jetzt an. Ich schneid mir ein Stück ab und nehm's mit zur Bar, genauer gesagt zur Kaffeemaschine. Der entlock ich einen doppelten Espresso. Nach fünf Minuten sind Tasse und Teller leer, das Rezept für den Kuchen hab ich im Kopf.

Okay, heute ein Schokokuchen. So 'ne Art Linzer Torte, nur flach aufs Blech gestrichen, selber gemachte Zwetschgenbirnenmarmelade und mit Kaffee-Zimt-Geschmack. Genau. Bin fleißig am Rühren, als Maria hereinkommt.

»Was wird das?«, fragt sie, schnüffelt und steckt ihre Nase über den Schüsselrand. Vor dem laufenden Mixer hat sie Respekt, sonst hätte sie mit Sicherheit ihren Finger in die Masse gesteckt, das seh ich ihr an. Schadenfroh grinsend drücke ich den Schalter eine Stufe höher.

Maria weicht einen Schritt zurück.

»Schokoschnitten fürs Frühstück«, sag ich.

»Sehr lecker. Danke. Ein Rezept von deinem Vater?«

»Nee, Eigenkreation«, reagiere ich verschnupft.

Maria lacht. »Du musst nicht beleidigt sein, ich weiß doch mittlerweile, dass du dich nicht hinter Sascha verstecken musst. Du arbeitest übrigens genauso eigensinnig wie er, aber dabei sind oft die besten Ergebnisse herausgekommen. Sascha war immer für eine verrückte Überraschung gut, praktisch das Trüffelschwein unter uns Küchenschweinen.«

Bei diesem bildlichen Vergleich löst sich mein Anflug von Eifersucht in Heiterkeit auf. Ich kann mir gut vorstellen, wie mein lieber Dad seine Stellung genossen hat. Die Nummer eins unter vielen sehr guten Köchen, denn ich glaube nicht, dass ganz normale Küchenschweine die Einladung zu diesen Spezialkursen bekommen haben. Aber klar, es sind nicht alle Sterneköche geworden, Maria zum Beispiel. Aber ich behaupte, dass sich die Gäste hier im Umkreis in die Tasche ärgern würden, wenn sie einmal Marias Kochkünste genossen hätten und dann zurück zu ihrem eigenen Hotelessen müssten. Das sag ich dann auch, und sie freut sich. Nee, Maria ist echt in Ordnung. Schade eigentlich, dass aus dem erotisch angehauchten Miteinanderkochen mit meinem knackigen Dad nicht mehr geworden ist. Na ja, zumindest in der Küche wären sie ein perfektes Paar. Ich denk an Papas extravaganten Frauengeschmack und seufze ein wenig. Genauso wenig bodenständig wie beim Kochen.

Während der Kuchen eine halbe Stunde im Rohr verbringt, sitzen Maria und ich bei einem Glas eisgekühltem, spritzigem Mineralwasser mit Holunderblütensirup – selbstverständlich Eigenproduktion – an dem kleinen Küchentisch und landen unweigerlich beim Hauptthema der letzten Tage. Es gibt keine neuen Erkenntnisse. Maria hält Emilio auch nicht für einen Mann, der sich auf diese Art und Weise sein Leben zurechtbiegt.

»Glaub mir, Doro, ich bin heilfroh, wenn die Australier weg sind. Irgendwie werde ich sie zwar vermissen, aber diese dauernde Aufregung ist stressig. Nicht auszudenken, ein Mordversuch in meinem Hotel! Wenn sich das herumspricht – das ist nicht gut fürs Geschäft.« Sie schüttelt den Kopf.

»Schon komisch«, überleg ich laut, »jeder sagt zwar, Emilio hat nichts damit zu tun, und trotzdem redet man immer von Mordversuch und Verbrechen. Aber wer soll's gewesen sein? Es passt nie. Und eigentlich gibt's dann für alles auch zumindest die Möglichkeit eines Unfalls. Jeder will's glauben, aber jeder zweifelt auch.«

»Ja, Doro, so ist es. Und solange solche Gedanken in der Luft hängen, kann die Aura im Hotel nicht zur Ruhe kommen.«

»Mann, Maria, werd nicht esoterisch! Wir dürfen uns nur nicht alle verrückt machen lassen.«

Die Küchentür wird aufgerissen. Vinc stürmt herein.

»Du wirst es nicht glauben, Doro, die alte Hexe war's! Hat ihren Fiffi gerächt! Die ist völlig ausgeflippt ... hat alles zugegeben ...«

»Langsam, Schatz«, bremse ich Vinc' Redeschwall.

»Meinst du die Besitzerin dieses Kläffers, über den sich alle aufgeregt haben?«

»Genau! Die hat gleich alles zugegeben, ich glaub, die war froh, endlich ihren Triumph jemandem mitzuteilen. Keine Ahnung, wer ihren Hund vergiftet hat, das war auch echt Scheiße, aber die ist dann total ausgerastet. Hat alle Hunde in der näheren Umgebung umbringen wollen, weil alle nur immer auf ihren Hund losgegangen sind und die anderen Hundebesitzer, statt sie zu unterstützen, das Gebell auch auf ihren Liebling geschoben haben.«

»Was passiert jetzt mit ihr?«

»Keine Ahnung. Carlos ist noch dageblieben, aber ich glaube, dass die Gesetze bei so einem Vergehen hier genauso lax sind wie bei uns. Wird halt 'ne Ordnungsstrafe werden, schätz ich.« Vinc runzelt die Stirn.

»Trotzdem war euer Einsatz super«, tröste ich ihn, »ihr habt damit wahrscheinlich einigen Hunden das Leben gerettet.«

Der Kuchen ist fertig, Vinc und ich gehen aufs Zimmer.

»Übrigens, Doro, Carlos hat mit seinen Cousins geredet, und die haben mit Tommaso und Mario geredet. Carlos sagt, wir können völlig entspannt sein, weil seine Familie einflussreicher ist als die Biasinis. Und die zwei Brüder werden sich hüten, wegen einer Deutschen den Familienfrieden aufs Spiel zu setzen.«

Ich bin skeptisch.

»Nee, Doro, das kannst du ruhig glauben. Das läuft hier anders als bei uns. Also alles gut.«

Er umarmt mich.

»Soll Carlos die zwei nicht doch ein wenig … sagen wir mal … nachhaltiger an gewisse Benimmregeln erinnern?«

Verlockender Gedanke. Aber nein. Ich schüttle den Kopf.

»Nein, danke. Ich mein, es ist ja nicht so viel passiert, und ich bin kein Opfertyp. Mit 16 wär das noch anders gewesen. Hauptsache, dieser Mario vergreift sich nicht an einem jungen Mädel, das sich nicht wehrt, aber das haben wir wohl nicht in der Hand.«

Vinc streicht mir über den Rücken.

»Gehen wir eine Runde schwimmen?«, fragt er dann.

»Ja, Revanche!«, fordere ich und kneif ihn in den Po.

»Na warte!«

Wir packen unsere Badesachen und stürmen los.

Diesmal haben wir keine Zuschauer, die Franzosen sind schon weg.

KAPITEL 20

OSSERVAZIONE (BEOBACHTUNGEN)

Lunedi (Montag) – 18.8. ... – Die nächsten Tage
(18. August ff)

Die Australier sitzen an ihrem Tisch auf der Terrasse. Emilio strahlt. Gerade hat Rebecca angerufen. Antonietta geht es viel besser, war wohl hauptsächlich der Schock. Sie wird in den nächsten Tagen entlassen.

Margaret ist mit Paolo unterwegs, sie wollen zusammen einen Gottesdienst besuchen, hat sie mir vorhin im Hinausgehen mitgeteilt. Hannah verlässt ebenfalls die Runde, Körperpflege und Kosmetiktag, wie sie sich augenzwinkernd entschuldigt.

Emilio ordert eine Flasche Prosecco. Antoniettas Genesung muss gefeiert werden, meint er. Eve lächelt ihn liebevoll an und nimmt seine Hand.

»Trinken Sie ein Gläschen mit, Doro!«

Da ist er wieder, der alte Emilio. Charmant, fröhlich und seinen obligatorischen Knopf im Ohr. Nichts Melancholisches heute. *What a wonderful world.*

Stimmt! Ich setz mich zu den beiden.

»Wann genau fährt Ihr Schiff?«, frage ich.

»Am 27. August. Noch neun Tage also.« Eve drückt Emilios Hand. »Es war schön, deine Heimat kennenzulernen, Darling, aber ich bin sehr froh, wenn wir wieder zu Hause sind.«

Emilio lächelt.

»Das glaube ich, my dear. Für mich war es wichtig, hierherzukommen, auch wenn nicht alles so gelaufen ist wie geplant.«

»Es ist gut so, wenigstens gibt es zwischen uns keine Geheimnisse mehr. Und wissen Sie was, Doro?«

Sie schaut zu mir. Ich schüttle den Kopf.

»Ich freue mich sehr auf die lange Seereise. Es ist neutrales Territorium sozusagen, wir haben sechs Wochen Zeit zu reden, zu verarbeiten, uns zu erholen. Diese Zeit hier hat uns zusammengeschweißt, nicht wahr, mein Lieber?«

Emilio streichelt ihre Wange.

»Yes, my dear, ich habe mit der Vergangenheit abgeschlossen, meine Wut, meine Jugendliebe – alles ist an den rechten Platz gerückt, und was auch immer uns das Leben bringen mag, wir beide gehören zusammen.« Er küsst ihre Hand. »I love you«, flüstert er, aber ich hab's gehört. Ich krame in meiner Handtasche nach einer Zigarette und geh ein Stück beiseite. Will den beiden ihren Moment überlassen. Beneidenswert, in dem Alter und nach so langer Zeit noch so zärtlich sein zu können. Könnte ein Ziel für eine lebenslange Beziehung sein. Mit Vinc? Mir ist auf einmal ganz heiß. Gut, dass Emilio und Eve gerade keine Augen für mich haben.

Ich drücke meine Zigarette in der trockenen Erde des Blumenbeetes aus – was mich daran erinnert, dass die Pflanzen Wasser brauchen –, dann geh ich an den Tisch zurück.

»Sechs Wochen auf See«, knüpfe ich an das vorhergehende Thema an, »das wär mir, glaub ich, zu langweilig.«

»Ach, das hat was. Wenn man sich von überreichlichen Speiseangeboten nicht stressen lässt, kann man auf dem Schiff wunderbar entspannen. Gerade weil man nirgends hin kann. Da muss man ruhiger werden. Lesen, flanieren, wenn wir Glück haben, lernen wir nette Leute kennen.«

Hört sich gut an, aber ehrlich gesagt, nichts für mich.

Höchstens in der Bordküche. Und dann nur mit Vinc. Aber Festland ist mir trotzdem lieber.

»Und kostet eine Stange Geld, schätz ich. Allein die Trinkgelder sind phänomenal, hab ich gehört.«

»Ja, das stimmt. Aber das ist ganz gut geregelt. Jedenfalls bei dieser Reise. Es wird eine Pauschalsumme gleich mit dem Reisepreis verrechnet. Dann muss man auf dem Schiff nicht ständig aufpassen, wem man Trinkgeld gibt und wie viel und wie oft. Außer man braucht mal ein paar Dollar, um einen guten Platz zu bekommen«, erklärt Eve augenzwinkernd. »Aber das ist es uns dann wert.«

Ich seh schon, um ihre Finanzkraft brauche ich mir keine Sorgen zu machen. Wie ich vermutet habe, das Geld für den Mietwagen war ein vorgeschobenes Argument.

»Gestern in Venedig haben wir uns mit dem Wassertaxi ein wenig herumfahren lassen und uns zeigen lassen, wo die Princess liegen wird.«

»Durchaus ein Vorteil, wenn man am Abreisetag weiß, wo man hin muss«, sag ich und denk mir meinen Teil zum Kostenfaktor »Wassertaxi« für ein paar Stunden.

Nach ein wenig Small Talk über Venedig will ich in die Küche, Vorbereitungen für heute Abend treffen. Ich hab Maria durchschaut. Normalerweise bietet sie keine Halbpension. Nur ab und zu, bei größeren Gruppen. Aber weil ich da bin, nutzt sie die Gelegenheit. Das bedeutet weniger Stress und mehr Spaß bei der Arbeit, die Gäste freut's, und ich hab auch nichts dagegen, weil ich erstens Maria gerne mag und zweitens freie Hand für die Umsetzung meiner Vorstellungen habe, was bei Paps im Lokal nicht geht. Die Sterneküche muss höchste Anforderungen erfüllen, denn schließlich liegt sozusagen das Prestige meines Vaters auf dem Teller, und die Gäste zahlen horrende Preise dafür.

Wir alle genießen die Ruhe, die eingekehrt ist.

Für uns, das heißt die Hotelangestellten, gibt's wenig zu tun. Vinc und Carlos haben ihre Observationen abgeschlossen, Carlos konzentriert sich auf defekte Lampen, tropfende Wasserhähne und die Erziehung von Tini, Vinc hat Nachholbedarf bezüglich Studium und will außerdem seine Italienischkenntnisse verbessern.

Maria und ich experimentieren in der Küche, leidenschaftlich und durchaus erfolgreich, was unsere Testesser bestätigen.

Gerade hab ich Vinc zu einem Gläschen Prosecco überredet, unsere Tea-Time sozusagen, in der Hollywoodschaukel, und ich kuschle mich in seinen Arm.

Mir gehen ein paar Gedanken durch den Kopf, die schon eine Weile im Chaos meiner Zukunftspläne herumirren.

»Was Eigenes. Ein Restaurant. Irgendwas Besonderes, was es so noch nicht gibt, auf jeden Fall mein eigener Chef sein. Keine Abhängigkeiten«, versuche ich Vinc meine Ideen zu erklären.

Vinc drückt mich liebevoll.

»Klar, davon träumt jeder. Unabhängigkeit, Geld, Hobby als Beruf und noch genug Zeit für Familie und Freizeit«, spottet er.

»So wie du das sagst, klingt es unrealistisch, aber ich sag dir, man kann schon was tun, um so leben zu können, wie man will. Also gut, nicht in jedem Fall, aber wir haben doch ideale Voraussetzungen«, verteidige ich meine Träume.

»Ja, wenn deine Träume auch meine sind.« Vinc sagt das ernst.

»Sind sie das nicht?«, frage ich und hoffe, dass er nicht merkt, wie erschrocken ich bin. Das kenn ich nicht von mir. Ich sage immer, was ich denke und was ich will, und bei meinen Beziehungen war das nie anders. Nur hat es mich bisher nie so tief getroffen, wenn mein Partner mich infrage gestellt hat.

Ich schlucke.

Vinc nimmt seinen Arm von meiner Schulter und schaut mich an.

»Weißt du, was heute für ein Tag ist?«

Was meint er damit? Also Geburtstag hat er nicht. Namenstag? Ich schüttel den Kopf.

»Keine Ahnung, hab ich was verpasst?«, frag ich vorsichtig zurück.

»Heute ist unser Jubiläum. Drei Monate.«

Vinc spricht in Rätseln. Ich weiß echt nicht, was er meint.

»Wieso drei Monate? Wir sind fast ein Jahr zusammen, wenn du das meinst.«

»Ja, das stimmt. Aber seit drei Monaten weiß ich, dass ich dich liebe.«

»Seit drei Monaten erst?« Ich lache, bin ein wenig verunsichert.

Vinc lehnt sich ganz entspannt zurück und legt seinen Arm um mich.

»Genau. Du hast bei mir übernachtet, und als ich in der Früh aufgewacht bin, mit dir im Arm, da hab ich gehofft, dass das ganz lange so bleibt. Ich hab gespürt, dass das etwas Besonderes ist mit dir. Mit uns.«

Was soll ich dazu sagen. Nichts. Küssen ist aussagekräftiger.

Wir können unsere Teamfähigkeit in den nächsten Tagen gleich testen. Maria nimmt sich Zeit für ihre Familie und schaut nur zwischendurch kurz im Hotel vorbei, Samuele fällt diese Woche noch aus, Giulia übernimmt die Nachmittagsschicht an Rezeption und Bar.

Also managen Vinc und ich den Rest, inklusive Einkauf und Zimmerbuchungen. Nur das Auschecken macht Maria selber. Ab Donnerstag wird's dann wieder lebhafter. Vier Kanadier auf Kulturtripp und zwei italienische Familien mit Kindern, die sich nach dem Campingurlaub am Meer ein paar Tage im Hotel verwöhnen lassen wollen. Aber das ist erst in zwei Tagen.

Vinc ist mit Carlos in die Werkstatt gefahren, ein winziger Kratzer am mintgrünen Metalliclack seiner Luxuskarosse! Also bitte! Als ob es darauf noch ankommt – was ich natürlich für mich behalte –, die Werkstatt gehört einem Cousin von Carlos …

»Muss ich noch mehr sagen?«, frag ich Rebecca, die gerade bei mir in der Küche sitzt und mich von der Arbeit abhält. Wir kichern. Vogelgezwitscher. Rebeccas Handy.

»Papa?« Sie wirft mir einen Blick zu und hebt dabei die Schultern.

Dann verändert sich ihre Miene.

»Ich bin in 20 Minuten daheim!« Ihre Stimme circa eine Oktave höher und einige Dezibel lauter als eben noch.

Was ist passiert?

Rebecca fährt sich mit beiden Händen übers Gesicht. Ich zwinge mich, nichts zu fragen. Sie braucht gefühlte zehn Minuten, sich zu fangen. In Wirklichkeit lässt sie nach vielleicht einer halben Minute die Hände sinken und schaut mich an. Fassungslos, ernst.

Dann schüttelt sie den Kopf.

»Großmama …«

Mir läuft's eiskalt den Rücken runter.

»Sie ist wieder bewusstlos.« Rebeccas Stimme klingt hohl.

»Aber wieso? Sie sollte doch sogar entlassen werden.« Ich bin genauso schockiert über diese Wende.

Rebecca schüttelt den Kopf.

»Keine Ahnung. Unterzucker oder so. Haben die Ärzte zu Papa gesagt. Vermutlich. Kann passieren. Die Aufregung, Stress, der ganze Stoffwechsel entgleist – ich fahre nach Hause und dann mit Papa ins Krankenhaus.« Sie seufzt tief. Ich begleite sie zum Auto, dann geh ich zurück ins Hotel. Muss nachdenken. Ich hab Rebecca versprochen, Emilio zu benachrichtigen. War vielleicht voreilig, aber logisch, dass ich sie unterstütze.

Eve und Emilio sind auf ihrem Zimmer. Sie sind beide sehr erschüttert, Eve legt tröstend ihre Hand auf den Arm ihres Mannes. Er regt sich maßlos auf.

»Unterzucker! Im Krankenhaus. Das darf doch nicht passieren. Als ich sie letztens besucht habe, haben wir darüber gesprochen. Sie war stolz darauf, so gute Blutwerte zu haben, nur ihr Herz sei ein bisschen geschwächt, aber auch nicht besorgniserregend, wie sie mir versicherte. Ich habe Diabetes und habe meine Insulinspritzen und das ganze Set dabei, mit Kühlakku und allem. So kamen wir auf das Thema.«

»Das kommt vielleicht von dem ganzen Stress der letzten Tage«, versucht Eve, eine Erklärung zu finden. »Manchmal spielt da der Körper verrückt.«

Keine Ahnung, Medizin ist nicht mein Fachgebiet, aber gehört hab ich so etwas auch schon.

Emilio ist skeptisch, gibt aber zu, dass das möglich ist.

»Wenn Sie mögen, ich kann Sie ins Krankenhaus fahren.« Kann ich anbieten, da Vinc gerade mit dem Wagen auf den Parkplatz eingebogen ist.

Eine Stunde später sind wir auf dem Weg.

Eve und Emilio sitzen hinten im Wagen, Hand in Hand. Leise reden sie miteinander. Das heißt, Emilio redet und Eve hört zu. Was mir leider nicht gelingt. Ab und zu dringen ein paar zusammenhanglose Worte an mein Ohr, zu wenig für einen verlässlichen Überblick. Es fallen Namen. Francesca. Salvatore. Paolo. Rebecca. Antonietta …

Natürlich geht's um die Familie. Eve tätschelt beruhigend Emilios Hand. Gefühlsmäßig hab ich den Eindruck, die Stimmung ist liebevoll, aber ich muss mich zu sehr auf den Verkehr konzentrieren, um sicher zu sein. Die beiden legen heute ganz offensichtlich keinen Wert auf meine Meinung, sie sind sich selbst genug. Ein bewährtes Team. Das momentan ganz schön auf die Probe gestellt wird. Okay, wir sind gleich da. Soll ich im Auto warten? Unschlüssig bleib ich sitzen, Eve und Emilio sind schon weg. Ich steige aus und schaue die Fassade hoch. Geschlossene und gekippte Fenster ignorieren mich anonym. Ich gehöre nicht dazu. Das geht mich nichts an. Ja, okay, verstanden. Ich lauf den Parkplatz auf und ab …

Okay, ignorieren kann ich auch. Draußen stehen die Raucher, die Glastür schließt automatisch hinter mir. Es riecht nach Desinfektionsmittel und Abhängigkeit. So viele Schicksale liegen hinter den einzelnen Türen. Wenig beneidenswert in der Regel. Angenehme Kühle in der dämmrigen Eingangshalle, vereinzelte Bademantelträger, einer mit seiner gesamten Apparatur am Metallgalgen, mit dem Ohr am Handy, die Verbindung nach draußen. Ich setze mich auf einen mit Leder bezogenen Stuhl ohne Armlehnen. Nur italienische Magazine liegen auf dem Tischchen vor mir. Klar. Wir sind hier nicht in Deutschland und nicht am Gardasee. Aber Klatsch und Königshäuser sind überall gleich, da reichen meine Italienischkenntnisse locker. Interessiert mich aber gar nicht. Nicht jetzt. Der Stuhl ist unbequem. Zumindest für jemanden, der nur hin und her rutscht und eigentlich keine Muße zum Stillsitzen hat. Es reicht. Mir doch egal, wenn mich die anderen für neugierig halten. Ich grinse. Diesbezüglich ist mein Ruf eh schon ruiniert.

»Antonietta Zarbo, per favore«, sag ich zu der kleinen, runden Frau durchs Sprechfenster. Sie schaut mich kurz an, hat mich vermutlich nach diesen drei Worten als Deutsche identifiziert.

Antonietta liegt auf der Intensivstation, nur Angehörige dürfen sie besuchen. Oder Außenstehende mit der Erlaubnis des Patienten oder der Angehörigen. Ich geh trotzdem in den ersten Stock. Im Vorraum zur Intensivstation sitzt Eve. Sie scheint sich nicht zu wundern, mich hier zu sehen.

»Ich bin hiergeblieben, maximal zwei Personen dürfen nur rein, und es sind sowieso schon drei. Wegen Australien machen sie eine Ausnahme, sagt die Schwester, und weil Antoniettas Zustand äußerst kritisch ist. Zum Glück scheint sie eine gute Grundkonstitution zu haben, sonst hätte sie diesen Rückfall gar nicht verkraftet«, informiert mich Eve.

Hmm. »Aber sie kommt durch?«, frage ich.

»Die nächsten zwei, drei Stunden entscheiden. Sie ist bei Bewusstsein, allerdings schlägt ihr Herz unregelmäßig und sie spricht nicht. Möglicherweise ist die Hirnfunktion angegriffen.«

Oh shit! Das ist übel. Das wünsche ich echt keinem. Als Idiot aufzuwachen. Erschrocken schau ich zu Eve. Zum Glück kann sie keine Gedanken lesen. Manchmal bin ich ein bisschen derb, sagt Papa, und das versteht nicht jeder. Ich atme tief durch.

Durch die milchige Glastür nähert sich ein Schemen.

Von der Statur her könnte es Emilio sein.

Gleich darauf sitzt er bei uns. Eve reicht ihm einen Becher Acqua minerale. Gut gekühlt aus dem Automaten, der für die Wartenden bereitsteht. Ich nehm mir auch einen Becher. Con Gas.

Emilio reibt sich das Gesicht. Dann schaut er auf. Er wirkt verunsichert.

»Sie sagen, Antonietta ist gezielt Insulin zugeführt worden, und deshalb ist sie in die Unterzuckersituation gekommen. Sie haben eine Einstichstelle gefunden und Blut abgenommen. Das wird untersucht.«

Das glaub ich nicht! Aber eigentlich nicht überraschend, dass da wieder was nicht stimmt. So viele Zufälle gibt's gar nicht.

Ich schau zu Emilio. Er spürt mein Misstrauen, das sehe ich. Und er hat Angst. Weil ihm mit Sicherheit die Tragweite dieser ärztlichen Erkenntnis bewusst ist. Er ist ja nicht dumm. Und wenn er etwas damit zu tun hat, ist ihm die Brisanz sowieso klar. Wenn nicht, hat er trotzdem ein Problem. Auch wenn er bis jetzt immer glaubhaft versichern und beweisen konnte, dass er nichts mit den ganzen Unfällen zu tun hatte, nun ist er als Diabetiker mit Insulinspritzen und den nötigen Grundkenntnissen zu diesem Thema ein potenzieller Verdächtiger, gar kein Zweifel. Außer er hat ein wasserdichtes Alibi.

»Wann ist es denn passiert?«

Emilio zuckt mit den Achseln.

Na ja, für solche Informationen ist es noch zu früh, und wenn, dann wird die Polizei informiert und nicht ein ehemaliger Liebhaber aus Australien.

»Am besten gehe ich gleich zur Polizei und mache eine Aussage. Die kommen doch sowieso zuerst zu mir.«

Emilio sagt das ohne Emotion. Eve hat sich die Hände vor den Mund geschlagen und starrt ihren Mann an. Ich schau von einem zum anderen. Hätte Eve nicht auch ein Motiv? Und die Gelegenheit? Da kommt mir ein Gedanke.

»Die werden erst mal untersuchen, mit welchem Insulin überhaupt gespritzt wurde. Bestimmt kann man das feststellen. Da besteht doch eine reelle Chance, dass es nicht das gleiche Präparat ist, das Sie verwenden.«

Emilio schlägt sich auf den Schenkel. Seine Augen blitzen kämpferisch auf.

»Sie haben recht, Doro! Und wenn ich zur fraglichen Zeit ein Alibi habe, dann ist alles paletti.«

Er ist sichtlich erleichtert. Ich auch. Und Eve. Haben die beiden je daran gedacht, dass Eve auch ein Alibi brauchen könnte?

»Wollen Sie noch hierbleiben?«, frag ich nur.

»Nein, fahren wir zurück. Rebecca und ihr Vater sind bei ihr, wir können nichts für Antonietta tun, außer beten.«

Schweigen breitet sich im Auto aus. Jeder hängt seinen Gedanken nach. Als wir in Montebelluna an der großen, auffälligen Kirche vorbeikommen, fällt mir Emilios Ausspruch wieder ein. Eine gute Idee, find ich.

»Sollen wir kurz in die Kirche gehen? Ich zünde oft eine Kerze an. Für alle, die ich liebe. Nicht nur für die Toten, sondern gerade für die, die Beistand und Kraft nötig haben. Und wir können für Antonietta beten.« Unsicher, wie die beiden reagieren, fahr ich am Kreisverkehr in Richtung Kirche. Mir ist klar, dass Emilio vorhin nicht unbedingt so direkt vom Beten gesprochen haben muss, es kann genauso gut eine Floskel gewesen sein – in der heutigen Zeit wäre das eher normal. Emilio legt mir die Hand auf die Schulter.

»Lieb von Ihnen, Doro. Hört man nicht oft von jungen Leuten.« – *Meine Worte!* – »Wir würden sehr gerne in die Kirche gehen, nicht wahr, Darling?«

Eve nickt.

Also biege ich in den Parkplatz ein, in dem großen, eher schlichten Duomo setzen wir uns einige Minuten schweigend in eine Bank, jeder für sich mit seinen Gedanken.

Nach einer Weile steh ich auf und geh zu dem schwarzen Metallgestell, auf dem viele Kerzen brennen, und ich stelle meine dazu. Komischerweise denk ich an Vinc' Oma, die ich gar nicht gekannt habe, die aber da war für Vinc, und an Antonietta, der ich alles Gute wünsche. Schon wegen Emilio und Rebecca. Die zwei Menschen aus der Familie Zarbo, für die ich familiäre Gefühle hege. Eve und Emilio sind inzwischen auch da, und als wir dann auf der Heimfahrt sind, ist die Stimmung im Auto anders. Gelöster. Nicht fröhlich, aber beruhigt.

Die beiden wollen gleich aufs Zimmer. Aber in der Eingangshalle sehen wir, wie Hannah von der Terrasse aus winkt.

Emilio hält mich am Arm.

»Doro, ich weiß, dass wir Sie heute schon überstrapaziert haben, aber könnten Sie mir noch einen Gefallen tun? Würden Sie Hannah und Margaret die Lage erklären und ihnen sagen, dass wir uns erst mal ausruhen möchten?«

»Kein Problem, das mach ich gerne. Und Sie sollten sich wirklich hinlegen, Sie werden gute Nerven brauchen, wenn die Polizei kommt und ihre Fragen stellt. Aber vielleicht hat sich bis dahin alles geklärt. Wie auch immer, ich bin für Sie und Eve da. Egal, wann!«

Ich nehm Emilio an den Schultern und schüttel ihn ganz leicht.

»Wehe, ich krieg mit, dass Sie mir nur nicht lästig sein wollten.«

»Doro, Sie sind uns eine große Hilfe. Danke.«

Wenn mich nicht alles täuscht, hat Emilio feuchte Augen bekommen.

Als die beiden in Richtung Aufzug verschwunden sind, hol ich erst mal tief Luft, dann geh ich zu Hannah und Margaret, die uns neugierig durch die Scheibe beobachtet haben. Aus ihren leicht irritierten Blicken spricht die Ahnung schlechter Nachrichten. Ich spann die beiden nicht auf die Folter und erzähle in Kurzform, was geschehen ist. Hannah sitzt da wie vorhin Eve, die Hand vor den Mund geschlagen, Margaret springt aufgeregt hoch.

»Ist Paolo noch in Treviso?«, fragt sie als Erstes.

»Keine Ahnung. Als wir gefahren sind, waren er und Rebecca noch bei Antonietta.« Und mehr weiß ich ja wirklich nicht.

»Warum hat er nichts gesagt? Ich hätte ihn doch unterstützt«, jammert Margaret. Find ich ein bisschen übertrieben. Ich mein, Paolo ist Mitte 40!

»Rebecca ist bei ihm«, bemerke ich freundlich, ohne Kritik zu zeigen. Geht mich schließlich nichts an. Wieder mal.

»Ist ja irgendwie Familiensache, und sie wollen vielleicht möglichst wenig Wirbel verursachen ... andere nicht belasten ... äh ... ja ...«, such ich nach einer Erklärung.

»Emilio ist auch keine Familie. Was hat er da zu suchen? Er sollte endlich aufhören, sich lächerlich zu machen.«

Oha, da ist bei Hannah anscheinend was im falschen Hals gelandet.

»Eve hat ihn begleitet. Die beiden machen sich halt Sorgen um Antonietta. Und natürlich um Emilios Lage«, stelle ich richtig.

Margaret hebt die Augenbrauen.

»Wieso das denn?«

»Na was denkst du, wer als Hauptverdächtiger dasteht?«, frag ich und seh fast den Groschen bei Margaret fallen. Sie greift sich an die Stirn.

»Aber das ist doch Unsinn! Emilio würde Antonietta niemals etwas antun. Warum denn auch?«, ruft sie empört.

Das hoffe ich auch. Hannah sagt nichts dazu, ihre Miene ist verschlossen. Ist sie erschüttert? Ängstlich? Oder wütend? Sie sitzt da und zupft an ihrer Unterlippe. Irgendetwas geht ihr im Kopf um, aber sie lässt sich nicht in die Karten schauen.

»Ich lege mich ein wenig hin.« Sagt's und macht sich auf den Weg. Margaret will ihr hinterher, aber ich halt sie zurück.

»Margaret, wo hat Emilio eigentlich seine Insulinspritzen?«

»Ich weiß nicht genau. Wahrscheinlich auf seinem Zimmer. In der Minibar, denk ich. Manchmal hat er sie auch dabei. Er hat so eine kleine Tasche, mit Kühlakku.«

Und das weiß auch jeder, denk ich für mich. Zumindest genug, um eine Handvoll potenzieller Verdächtiger zusammenzukriegen. Zum Beispiel Tommaso. Den hab ich noch nicht von meiner Liste gestrichen.

»Kommst du, Margaret?«, fragt Hannah mit einem Blick über die Schulter.

KAPITEL 21

DECISIONE (ENTSCHEIDUNGEN)

Die letzten Tage

»Alle, die mit der Familie zu tun haben, kommen infrage«, überlege ich laut. Wir sind auf dem Zimmer, und ich versuche, Ordnung ins Chaos zu bringen.

»Die Polizei hat sich Emilio und Eve geschnappt, die haben ganz andere Möglichkeiten. Ich hab nur freiwil-

lige Informationen und das, was ich halt so nebenbei mit-
kriege ...«

»Und das ist eine ganze Menge«, kommt es trocken von
Vinc.

»He! Ich bin eben aufmerksam und sehe, was um mich
herum vorgeht«, wehre ich mich.

»Danke.« Vinc reibt sich die Stelle an seiner Schulter, an
der ihn mein nicht ganz sanfter Schlag getroffen hat.

»Selber schuld«, sag ich mitleidslos.

»Was soll ich denn machen? Emilio und Eve brauchen
Unterstützung. Stell dir vor, die Polizei hält die beiden fest.
Ihr Schiff geht in einer Woche. Klar kommen sie später
zurück, aber da hängen noch Hannah und Margaret mit drin!«

Vinc fährt sich durch die Haare.

»Du hast ja recht, Schatz. Mir fällt bloß nichts Intelli-
gentes dazu ein. Was ist eigentlich mit Margaret und Paolo?
Haben die nicht was miteinander?«

»Ja, ich glaub schon. Keine Ahnung, wie tief das geht.«

»Wär ja mehr als 'ne Fernbeziehung«, lästert Vinc.

Aber ich find's heut nicht witzig.

»Also mir tun die beiden leid. Ich mein, das ist echt
bescheiden, wenn du dich in jemanden verknallst, der genau
auf der anderen Seite der Erdkugel lebt.«

»Das mein ich ja, Schatz. Da musst du dich dann entscheiden. Irgendwann. Was für Margaret sicher schwer ist.
Einerseits wegen ihrer Mutter, andererseits wird sie sich
nicht so schnell von einem Mann abhängig machen wollen,
der auf einem anderen Kontinent lebt.«

Vinc hat recht. Oder interpretieren wir zu viel in diese
Beziehung rein? Weil wir selber gerade auf Wolke sieben
schweben?

»Auf jeden Fall wird es knapp mit der Abreise«, komm
ich auf Eve und Emilio zurück. »Emilio und seine Frau

haben sich gegenseitig ein Alibi gegeben, was die Polizei natürlich misstrauisch macht. Die werden akribisch nach Zeugen suchen.«

»Moment mal«, Vinc überlegt laut. »Du warst doch dabei, als der Anruf für Rebecca kam. Und dann hast du Eve und Emilio ins Krankenhaus gefahren, stimmt's?«

Ich nicke. Worauf will er hinaus?

»Wie sollen sie dann Antonietta Insulin gespritzt haben? Wenn sie hier waren? Das wirkt doch viel schneller!«

Vinc schaut mich triumphierend an.

»Gute Idee, aber da ist die Polizei auch schon drauf gekommen. Das Insulin wirkt verzögert, das heißt, wer auch immer es war, hatte durchaus Zeit genug, sich vom Krankenhaus zu entfernen. Weiß ich von Rebecca. Und Emilio und seine Frau waren noch nicht lange im Hotel, als Rebecca den Anruf bekam.«

Vinc' Miene verdüstert sich. »Sag ich doch. Eine vertrackte Situation. Was ist eigentlich mit dem Ex-Lover von Rebecca? Dieser Tommaso hält sich dezent im Hintergrund, aber der hat doch bestimmt eine Mordswut.«

Ich denk ein Weilchen trübsinnig drüber nach, aber es stellt sich kein Geistesblitz ein. Klar, das Alibi von Tommaso müssen wir prüfen, aber das hat die Polizei bestimmt längst getan. Die sind ja auch nicht blöd. Ist immerhin 'ne Möglichkeit …

Ich bin unruhig. Keine Muße, ein Buch zu lesen. Soll ich einen Kuchen backen? Nee, keine Lust.

»Lass uns irgendwohin fahren«, schlag ich Vinc vor, bevor der endgültig einschläft.

Er gähnt.

»Wohin willst du denn?«

Ich zucke mit den Schultern.

»Keine Ahnung. Nur so durch die Gegend.«

Vinc schaut nicht begeistert aus.

»Wir könnten bei Umberto Zingarelli vorbeifahren. Ist echt sehenswert. Und er hat super Weine. Ich fahre, du darfst probieren«, ködere ich ihn.

Vinc' Miene ist deutlich interessierter geworden. Ich grinse. Dacht ich mir's doch!

»Du musst mich beraten. Ich will einige Kisten bestellen, fürs Lokal daheim. Zwei Sorten find ich besonders klasse, bin gespannt, ob du das auch so siehst.«

»Ist das nicht sauteuer, wenn die bis nach Deutschland liefern?«

»Nee, ist absolut im Rahmen. Die haben in der Nähe noch andere Abnehmer. Ich mein, die Weine sind an sich nicht im unteren Preisniveau, aber in Papas Lokal spielt das keine Rolle. Da sind die Gäste eher beleidigt, wenn's zu billig wird.«

Wissend über die Psyche der manchmal doch leicht versnobten Gäste meines Vaters grinsen wir uns an.

»Du, Vinc, da ist noch was … du weißt ja, dass ich am liebsten ein eigenes Lokal hätte …«

»Mmh«, brummt Vinc – ein vorsichtiges Brummen, würd ich interpretieren.

»Ähm, ja, Dads Restaurant ist doch im Erdgeschoss des gelben Hauses, und im ersten Stock sind Mieter. Steuerberater und Hausverwaltung.«

Vinc nickt. Klar, kennt er ja.

»Die haben beide gekündigt, und Paps hat mich gefragt, ob ich da nicht mein Restaurant reinsetzen will.«

»Wie? Direkt über seinem? Und … das sind doch keine Räumlichkeiten für ein Lokal. Da müsste der Vermieter ja total umbauen. Das macht keiner, nicht für ein Lokal im ersten Stock. Viel zu riskant.«

Vinc schüttelt den Kopf. Seine Meinung, von wegen der

Apfel fällt nicht weit vom Stamm und so, steht ihm deutlich ins Gesicht geschrieben.

»Mein Vater tät's machen.«

Ich merk, wie ich knallrot werde. Definitiv, das fühlt sich nicht nur so an.

»Nicht mal für deinen Vater lässt sich ein Hausbesitzer auf so was ein. Das kann der doch nie mehr vermieten.«

»Dad würd's machen«, fang ich noch mal an, und mein Gesicht wird nicht kühler. Vinc schaut mich wortlos an. Hat er endlich verstanden?

»Das Haus gehört ihm?«

Ich nicke. Vinc sagt mindestens eine Minute gar nichts.

»Und warum die Geheimniskrämerei?«, fragt er dann.

Ohne Frage, Vinc ist echt getroffen. Ich will ihn umarmen, aber er schiebt mich weg. So unsanft war er noch nie. Ich schlucke.

»Ist das alles schon beschlossene Sache? Muss nur noch ich mit meinem brotlosen Studium wieder auf meine Wurzeln als Kellner zurückgebracht werden und dann geht's los? Aber du brauchst doch mein Einverständnis nicht!«

Er verschränkt die Arme vor der Brust. Abwehr auf der ganzen Linie. Warum hab ich bloß nie darüber geredet?

»Vinc, bitte! Es ist mir einfach peinlich. Ich wollte ins Ausland mit dir. Aber die Gelegenheit ist günstig. Dad hat mir erst vor zwei Tagen davon erzählt. Und dass du dein Studium abbrechen sollst, davon ist nie die Rede gewesen.«

Viel fehlt nicht mehr, und ich fang zu heulen an.

»Mir war's peinlich, mich einfach ins gemachte Nest setzen zu können, und ich hab eigentlich gar nicht ernsthaft daran gedacht, die Idee von Paps wirklich aufzugreifen. Das ist gerade in dem Moment entstanden, als wir über die Weinlieferung geredet haben. Auf einmal kam die Überlegung, ob der Wein nicht auch in meinem Lokal auf die

Karte sollte, und das Bild von Papas Haus am Sebastiansplatz stand deutlich vor meinen Augen.«

Vinc schaut mich immer noch an. Ich bin so blöd! Ich hab's völlig vermasselt! Wenn Vinc mir so was mal nebenbei verklickert hätte, wär ich wahrscheinlich total ausgeflippt.

»Na ja«, Vinc räuspert sich – seine Stimme steht noch unter Schock –, dann zuckt er mit den Schultern, »wenn dir die Nähe zu deinem Vater nicht zu eng wird ... ich mein, der Herr Starkoch wird sich doch garantiert nicht immer raushalten«, sagt's und grinst diabolisch.

Gut! Vinc hat die Kurve gekriegt und sich entschieden, die Sache nicht persönlich zu nehmen. Er lässt sich auch wieder umarmen. Mein versöhnlicher Schatz.

»Vinc, das ist alles noch gar nicht besprochen. Nur so eine Idee. Aber ich brauche deine Unterstützung. Nicht als Kellner, aber moralisch. So ein Projekt muss Spaß machen, und das tut's definitiv nicht, wenn du nicht hinter mir stehst.«

»Als Prinzgemahl?«

»Quatsch!« Dann muss ich lachen. »Vielleicht gar keine so schlechte Idee.«

Abends im Hotel gedrückte Stimmung. Eve und Emilio sind wieder zurück. Ihr Alibi kann erst mal nicht widerlegt werden. Sie könnten allerdings auch zusammengearbeitet haben, hat die Polizei als Möglichkeit in den Raum gestellt. Emilio legt tröstend den Arm um die Schultern seiner Frau. Eve schweigt, ihre sonst gesunde Gesichtsfarbe ist grau, der warme Glanz in ihren Augen stumpf. Sichtlich angegriffen, lehnt sie sich an ihren Mann.

»Lass uns aufs Zimmer gehen, Darling«, bittet sie ihren Mann leise.

Im Gegensatz zu ihr hat Emilio durchaus Mitteilungsbedürfnis. Er kommt nämlich eine Stunde später wieder
herunter.

»Eve hat eine Schlaftablette genommen. Morgen sieht
die Welt anders aus.«

Immer optimistisch, der Gute. Bewundernswert.

»Ein Gläschen Prosecco?«, biete ich an.

»Gerne. Wenn Sie sich ein wenig zu mir setzen.«

Er lächelt charmant. Aber ich hätte sowieso zugesagt. Die
Chance, News auf dem Silbertablett serviert zu bekommen,
lass ich mir auf keinen Fall entgehen.

Entspannt, soweit es die Situation zulässt, lehnen wir uns
in unseren Polstern zurück. Ein sanfter Wind bläst warme
Luft aus der Ebene zu uns hoch. Es riecht nach Freiheit
und Sommer. Kühl und prickelnd der Prosecco. Fast perfekt, wenn nicht die Ereignisse um uns herum das Gegenteil in den Vordergrund unseres Denkens schieben würden.

»Die Polizei hat uns gehen lassen, und das war nicht unbedingt sicher.« Emilio reibt sich am Kinn.

»Aber sie haben unsere Pässe einbehalten.«

Emilio sagt das so ruhig, als würde er von der Bepflan-
zung der Kräuterbeete sprechen. Im Gegensatz zu mir. Ich
bin nervös. Weil ich ihn einiges fragen muss und nicht will,
dass er an meiner Loyalität ihm gegenüber zweifelt.

»Gibt es irgendwelche Lücken in Ihrem Alibi? Sie waren
doch unterwegs, hat Sie da niemand gesehen?«

Ich weiß, dass die beiden eben erst kurz vor dem Anruf
bei Rebecca ins Hotel zurückgekommen sind. Sie haben
sich in der Früh ein Taxi kommen lassen und sind später
wieder mit dem Taxi vorgefahren.

»Eine halbe Stunde fehlt uns. Das wär nicht weiter
schlimm, nur waren wir leider in Treviso. Und nicht weit
vom Krankenhaus entfernt. Was Zufall war. Wir haben nicht

geplant, Antonietta zu besuchen. Wir wollten einfach ein paar Stunden für uns sein und haben uns ein Taxi nach Treviso genommen. Kein Stress, das war die Devise für den Tag. Tja«, Emilio lächelt und hebt die Schultern, »wir haben einen Cappuccino getrunken – dafür gibt es auch Zeugen –, dann haben wir uns auf die Suche nach einem Buchladen gemacht. Wir wollten einen Bildband von dieser Gegend und ein oder zwei Kochbücher mit regionalen Rezepten. Eve ist dann in einer Boutique hängen geblieben und ich bin ein paar Straßen weiter in einem Buchladen fündig geworden.«

»Na, dann haben Sie ja genügend Zeugen. Die müssen sich doch an Sie erinnern.«

»Tun sie ja auch. Aber nicht an die genaue Zeit. Fatalerweise waren wir relativ nah beim Hospital, sodass zumindest die theoretische Möglichkeit für jeden von uns bestanden hätte, zu Antonietta zu eilen und ihr die Spritze zu verpassen. Also da hätten wir schon verdammt schnell sein müssen. Wir waren vielleicht eine halbe Stunde getrennt, danach sind wir wieder mit dem Taxi zum Hotel gefahren, was zeitlich mit der Wirkung des Insulins durchaus passen würde. Sie sehen, unsere Lage ist nicht sehr erfreulich.«

Und das ist stark untertrieben, würd ich meinen.

Emilio betrachtet seine Fingernägel, dann schaut er hoch. »Was mich beschäftigt, ist der Anruf von Antonietta.«

»Welcher Anruf?« Antonietta hat ihn angerufen? Kurz vor dem Anschlag auf sie? Schon wieder so ein Zufall?

»Antonietta hat mich auf dem Handy angerufen. Ich war im Buchladen und hab ihr vorgeschlagen, mit Eve bei ihr vorbeizukommen, da wir ja in der Nähe waren. Das wollte sie aber nicht, sie müsse mich alleine sprechen und es wäre wichtig. Sie sollte am nächsten Tag aus dem Krankenhaus entlassen werden, dann wollten wir uns gleich treffen.«

»Hat sie irgendwelche Andeutungen gemacht?«

»Nein, nichts.«

»Und haben Sie der Polizei von dem Telefonat erzählt?«

»Ja, natürlich, aber das nützt nichts. Das ändert nichts an unserem Alibi.«

»Stimmt«, ich nicke. Schade, wäre zu schön gewesen.

»Und wie geht's weiter?«, frag ich. »Ihr Schiff geht am 27.« Emilio schnaubt, hört sich fast belustigt an.

»Keine Sorge, Doro, es gibt auch noch Flugzeuge.«

Jetzt beruhigt *er* mich. Ich glaub's nicht.

»Und Hannah und Margaret?«

»Also das tut mir am meisten leid. Dass die beiden in den ganzen Schlamassel mit reingezogen werden. Aber wenn es bis dahin keine Lösung gibt, werden sie wohl alleine mit der Princess zurückfahren müssen.« Emilio schaut wirklich betrübt aus.

Statt sich um seine Lage Sorgen zu machen, hat er Hannah und Margaret gegenüber ein schlechtes Gewissen – obwohl er nichts für die Situation kann. Wie so oft im Zusammenhang mit Emilio fällt mir ein altmodisches Wort ein: Gentleman. Genau das ist er. Auf der ganzen Linie. Wenn ich zehn Jahre älter wäre, könnt ich schwach werden – sagen wir, 40 Jahre älter und kein Vinc.

»Was amüsiert Sie so?«, fragt Emilio.

»Nicht wichtig, nur ein paar blöde Gedanken«, winke ich lapidar ab.

Emilio erhebt sich.

»Ich ziehe mich zurück. Eve schläft, aber trotzdem will ich sie nicht länger alleine lassen. Und mir schadet nach der ganzen Aufregung eine ausgiebige Nachtruhe auch nicht.«

»Buona notte, Emilio. Äh … hätten Sie noch etwas essen wollen?«

Er schüttelt den Kopf. »Danke, aber es ist schon spät … obwohl, wenn Sie mir ein bisschen Weißbrot und etwas Käse herrichten könnten, da würde ich nicht Nein sagen.«

»Und Hannah und Margaret?«

»I don't know. Machen Sie sich keine Gedanken, die werden sich selber versorgt haben.«

Stimmt. Die beiden Frauen sind unkompliziert, und ich will sie nicht mehr stören. Die letzten Tage waren für uns alle anstrengend.

»Danke, Emilio. Sie haben recht. Ich richte Ihnen eine kleine Brotzeit und bring sie Ihnen aufs Zimmer, okay?«

»Das brauchen Sie nicht. Ich warte solange.«

»Das macht keine Umstände. Ich geh doch dann sowieso auf mein Zimmer, ein paar Treppen mehr sind nur gut für meine Kondition.«

Emilio lacht. »In Ordnung. Vielen Dank, Doro.«

Der Geruch von Salami und Käse lässt meinen Magen knurren. Vinc ist schnell überredet. Ruhe im Hotel, romantisches Kuscheln in der Hollywoodschaukel.

»Vinc …«

»Hmm?«

»Ich hab noch mal drüber nachgedacht.«

»Über Emilios Alibi?«

»Nein. Die Idee mit dem Lokal. Wär ja super, aber einfach ein paar Jahre zu früh. Du hast schon recht. Wir wollen noch was sehen von der Welt. Und wenn ich das Lokal so aufziehe, wie ich es mir vorstelle, dann bin ich die nächsten Jahre ausgebucht. Und das will ich nicht.« – *Noch nicht. Ich bin noch nicht mal 30 und hab noch alle Zeit der Welt!*

Vinc sagt nichts, aber er drückt mich zärtlich, und wenn mich nicht alles täuscht, ist ihm ein riesiger Stein von der Seele gefallen.

»Wenn Emilio will, fahr ich morgen mit ihm und Eve

nach Treviso. Ortsbegehung. Genaues Zeitfenster erstellen und so. Kommst du mit?« War ja klar, dass das aktuelle Thema nicht lange auf sich warten lässt. Ist Vinc sauer? Ich zieh seine Hand an mein Gesicht. Er streicht mit den Fingerkuppen über meine Lippen.

»Hört sich gut an. Ich mag die beiden auch und würde ihnen gern aus der Patsche helfen.«

»Genau! Du hast ja auch den Hundemörder gestellt, da musst du deinen kriminalistischen Spürsinn halt noch mal aktivieren. Vielleicht bist du erfolgreicher als ich, wer weiß.«

Vinc lacht leise in sich hinein.

»Stimmt schon, aber glaub nicht, dass du mir die Nummer mit der Neugier in die Schuhe schieben kannst. Das bleibt dein Ressort.«

»Bla, bla, bla«, tu ich beleidigt und nippe am Proseccoglas. »Hab ich gar nicht nötig.«

Wir knabbern eine Weile an den restlichen Salamischeibchen. Mann, bin ich müde. Die Aufregungen stressen mich mehr als ein langer Abend in der Küche. Ich gähne unentwegt.

»Bevor du mich auffrisst, gehen wir lieber ins Bett.«

Vinc steht auf und zieht mich hoch. Am liebsten würd ich hier liegen bleiben, aber ich raffe mich auf, Vinc trägt das Tablett mit den Gläsern und allem.

»Stell's einfach in der Küche ab, das mach ich morgen«, bring ich mühsam zwischen zwei Gähnern raus.

»Doro, hör auf, sonst fang ich auch noch an«, lacht Vinc und schiebt mich Richtung Treppe.

Im Zimmer knabbert er dann an meinem Ohr. So müde bin ich eigentlich gar nicht.

Mitten in der Nacht wach ich auf. Hab ich die Espressomaschine abgeschaltet? Na ja, wenn nicht, wär's auch nicht schlimm, aber mit so 'nem Gedanken im Kopf kann ich nicht schlafen, ich hab dann lauter blöde Träume und wach dauernd auf. Außerdem muss ich aufs Klo. Dann kann ich auch schnell nach oben. Natürlich ist die Espressomaschine aus.

Im Hotel rührt sich nichts, ich geh kurz raus. Vorsichtshalber hab ich Handy und Zigaretten dabei – und die Schlüsselkarte, nicht dass ich ausgesperrt werde. Vereinzelt zirpen Zikaden, die Luft lau und windstill. Nur ganz langsam ziehen die Rauchschwaden Richtung Ebene. Sogar unten auf den Straßen ist kaum mehr ein Auto unterwegs. Drei Uhr nachts, die Sterne am Himmel funkeln mit den Lichtern der Stadt um die Wette. Ich genieße die Stille. Lass mich von keinen Zukunftsplänen und keinen Familientragödien stören. Ein Stern leuchtet heller als die anderen. Antoniettas Stern. Ich reibe meine Stirn. Von wegen, keine negativen Gedanken. Was soll's, ich geb nach und schicke ein Gebet für Antonietta nach oben. Natürlich sitzt Gott nicht einfach so auf 'ner Wolke, aber irgendwohin muss ich meine Gedanken schicken, und völlig abstrakt zu denken, schaff ich nicht. Unwichtig. Ich glaub an die Kraft der Gedanken, ob sie Gott heißen oder Telepathie, ist mir egal – es gibt einfach vieles, was wir Menschen nicht verstehen, ist halt so.

Eine zweite Zigarette verkneif ich mir, die Nacht ist kurz genug. Auf dem Weg zum Eingang streift mein Blick den Parkplatz. Der ist die ganze Nacht beleuchtet. Ich bin schon in der Eingangshalle, als ich umdrehe und vor die Tür geh. Nur wenige Autos stehen zurzeit hier, ab übermorgen wird es wieder lebhafter. Eine Familie aus Stuttgart. Zwei Kinder. Die können unsere Erwachsenenwelt ziemlich durcheinanderwirbeln. Ich seh schon Wasserbomben auf der einen Seite und durchnässte Romane und Zeitschriften auf der anderen Seite ... Shit ...! Mir fährt's heiß durch den ganzen Körper. Das gibt's doch nicht. Ich geh weiter vor, damit ich den gesamten Parkplatz im Überblick habe. Jetzt weiß ich, was mir im Unterbewusstsein aufgefallen ist. Vinc' Auto. Ich bin mir sicher, dass es am Abend neben dem schwarzen Volvo eines Gastes stand. Der Volvo ist noch da. Und Vinc liegt im Bett und schläft … er ist doch nirgends mehr gewesen. Ich komm mir vor wie bei der »Versteckten Kamera«. Soll ich Vinc wecken? Langsam wird er es sich überlegen, ob es nicht zu stressig ist mit mir. Nützt nix, da muss ich durch. Wenn er mir erklärt, dass ich doch dabei war, als er sein Auto woanders abgestellt hat, dann bin ich halt verrückt. Oder dement. Unter seniler Bettflucht leide ich ja sowieso schon.

Oh Mann, komm ich mir blöd vor, als ich Vinc vorsichtig an der Schulter rüttle.

»Hey, Schatz«, flüstere ich ihm ins Ohr.

Vinc grunzt unwillig und dreht sich auf die andere Seite.

»Das nützt dir nichts, mein Lieber«, murmle ich und schüttle ihn an der anderen Schulter. Kein leichtes Unterfangen, ihn wach zu kriegen, aber ich schaff es dann doch. Erst schaut er mich verwirrt an, dann greift er zum Wecker. Schaut wieder mich an.

»Halb vier. Was ist los?«

»Tut mir leid, Vinc, aber ich find dein Auto nicht mehr.«

»Was?« Vinc taxiert mich, als würde ich ihn jeden Moment mit einem Säbel lynchen wollen.

»Dein Auto ist weg. Tut mir leid …«

Vinc ist endgültig wach. Allerdings ein bisschen begriffsstutzig.

»Was heißt, mein Auto ist weg? Hast du schlecht geträumt?«

»Nein, kein Traum. Ich war oben, weil ich die Espressomaschine vergessen habe, dann hab ich eine Zigarette geraucht und wollte zurück aufs Zimmer, und da hab ich es dann gesehen.«

»Und das alles um halb vier in der Nacht? Doro, entschuldige, aber ... spinnst du?«

»Der Gedanke ist mir auch schon gekommen«, geb ich etwas kleinlaut zu.

Das findet Vinc dann wieder witzig. Er lacht mich aus. Na ja, kann ich ihm im Moment nicht verdenken.

»Doro, du machst mich fertig«, stöhnt er nach einer Weile. »Aber so wie ich dich kenne, gibst du eh keine Ruhe, bis das Problem gelöst ist, das heißt konkret, bis mein Auto, metallicgrün, vor dir steht.«

Dazu muss ich nix sagen, er hat recht.

Da nicht zu erwarten ist, um diese Uhrzeit jemandem zu begegnen, gehen wir in Shorts und T-Shirt zum »Tatort«.

Draußen auf dem Parkplatz verschränke ich zufrieden und – ich gebe es zu – ein bisschen besserwisserisch die Arme vor der Brust. Vinc steht da und sagt erst mal nichts. Wahrscheinlich hab ich vorhin genauso dumm aus der Wäsche geschaut. Natürlich wär ich froh, wenn das Auto da wäre, andererseits verspür ich eine gewisse Genugtuung. Wär schon blöd gewesen, wenn ich ein Auto übersehen hätte.

»Was bedeutet das? Wieso klaut einer so 'nen alten Hobel?«, denk ich laut.

Vinc zuckt ratlos mit den Schultern und bringt seine Schlaffrisur noch mehr in Unordnung. Dann schaut er mich skeptisch an.

»Verarschst du mich gerade?«

»Nein, echt nicht«, wehre ich empört ab und heb die Hand. »Ich schwöre!«

»Hmm«, kommt's nicht sehr aussagekräftig von Vinc.

»Was jetzt?«, frag ich, in der Hoffnung, dass er eine Idee hat.

»Keine Ahnung. Maria anrufen? Oder Carlos? Die kennen sich hier aus.«

Das wird das Beste sein, beschließen wir, suchen aber vorher alles rund ums Hotel ab. Vinc kann's genauso wenig glauben wie ich. Auf dem Zimmer sucht er auch noch vergeblich nach seinen Autoschlüsseln.

»Definitiv hab ich die gehabt, als ich das Auto heute abgestellt habe. Und ich hab keinem das Auto ausgeliehen.«

»Emilio!«

Vinc nickt. »Könnte sein. Nur – was will er mitten in der Nacht mit dem Auto?«

»Keine Ahnung, aber wir müssen Gewissheit haben. Ich hol mir die zentrale Zimmerkarte, die liegt immer in einer Schublade an der Rezeption. Dann schau ich nach, ob Emilio weg ist.«

Bei dem Gedanken an diesen Übergriff in Emilios Privatsphäre wird mir schlecht. Nützt aber nix. Wir müssen es wissen, bevor wir überreagieren.

Die Treppe nach oben ist mir noch nie so steil vorgekommen. Und die Stufen haben noch nie so laut geknarrt. Dann steh ich vor der Tür zu Zimmer 21. Tief durchatmen, die Karte in den Schlitz. Das Klicken des Mechanismus hallt viel lauter als sonst. Ein Adrenalinstoßgedanke treibt mir den Schweiß auf die Stirn. Löst der Kartenmechanismus den Lichtschalter aus? Egal – wenn, dann ist es eh schon passiert. Hektisch schau ich mich um. Notfalls renn ich die Treppe runter, schneller als Emilio oder Eve bin ich auf jeden Fall. Vorsichtig drücke ich die Klinke nach unten. Kein Licht fällt durch den schmalen Spalt. Gut. Ich drücke die Tür ein bisschen weiter auf und schleiche mich durch den kleinen Vorraum ins Schlafzimmer. Erst hör ich gar nichts, dann leise Atemgeräusche. Gleichmäßig. Und doch nicht im Takt. Ich schnauf leise durch. Unwillkürlich hab ich selber die Luft angehalten. Aber ich bin mir sicher. Da liegen zwei Personen im Bett. Definitiv. Mann, bin ich froh. Damit ist Emilio aus dem Rennen.

Leise verlass ich das Zimmer, dann renn ich nach unten, um Vinc nicht länger auf die Folter zu spannen. Der ist allerdings nicht ganz so euphorisch wie ich.

»Und wo ist mein Auto?«, fragt er.

Eine berechtigte Frage, muss ich zugeben.

Ich setz mich zu ihm aufs Bett.

»Willst du die Polizei rufen?«

Vinc schüttelt den Kopf.

»Wenn, dann könnten wir das sowieso erst morgen früh machen. Außerdem glaub ich nicht, dass das viel Sinn macht. Wann habe ich das Auto das letzte Mal benutzt? Oder du?«

»Du warst am Nachmittag bei Carlos. Später sind wir beim Weingut gewesen. Das war's. Eve und Emilio sind nach uns zurückgekommen, Fremde waren nicht hier. Vielleicht hast du den Schlüssel verlegt und dein Auto ist schlicht und einfach geklaut worden. So ganz klassisch, Kabel zusammen, Kurzschluss und ab. Nebenan beim Lokal lungern doch oft Jugendliche rum … so aus Langeweile entstehen schon mal blöde Ideen.«

Erst schaut Vinc mich ungläubig an, dann schüttelt er den Kopf und grinst.

»Danke, dass du mich auf den Boden der Realität zurückholst. Ich war schon fast von deinen Verschwörungstheorien angesteckt.«

»Das sind keine Hirngespinste! Auch wenn dein Auto nur geklaut worden ist, die anderen Vorfälle werden dadurch nicht harmloser.« Ich bin sauer. Hilflos. Weil ich nichts tun kann. Jetzt noch das Auto. Ich brauche Vinc! Wenn er mit Carlos auf Autodiebjagd geht, ist er nicht für mich da.

»Sag ich doch gar nicht«, Vinc rückt zu mir und zieht mich zu sich. »Natürlich steht Emilio vor dem Auto auf der Rangliste der Dringlichkeiten. Versprochen, ich helf dir.« Vinc küsst mich.

Beruhigt lehn ich mich in seinen Armen zurück.

»Außerdem lass ich dich nicht mehr aus den Augen, das wär mir viel zu riskant. Ich kenn dich doch. Einer muss auf dich aufpassen.«

»Sag ich doch!« Zufrieden dreh ich mich zu ihm. »Dein Auto finden wir«, versprech ich großzügig.

»Vielen Dank, sehr aufmerksam«, spottet Vinc. Er schaut mir in die Augen.

»Hast mal wieder gewonnen, was? Das kann ja heiter werden mit dir.«

Na ja, da sag ich nichts dazu, aber wo er recht hat. Ich kuschel mich wieder in seine Arme. Aber nicht lange. Bin viel zu unruhig. Vinc auch. Würde sagen, unsere Nachtruhe ist vorbei. Ich setze mich auf.

»Irgendwie hab ich ein verdammt ungutes Gefühl. Ich kann's nicht erklären, aber … ach, keine Ahnung, ich ruf Rebecca an.«

»Doro, krieg dich wieder ein! Was willst du von Rebecca? Es ist mitten in der Nacht, die erklärt dich für verrückt.«

»Ist mir echt egal. Sie muss im Krankenhaus anrufen, ob mit Antonietta alles in Ordnung ist.«

»Und du meinst, Rebecca ruft im Krankenhaus an? Um diese Uhrzeit?«

Vinc schüttelt den Kopf.

Während ich auf das Freizeichen von Rebeccas Handy lausche, beobachte ich Vinc' Miene. Er sieht aus, als müsste mich nicht erst Rebecca für verrückt halten.

»Sie geht nicht ran.«

»Ach nee! Sie geht um fünf Uhr in der Früh nicht ans Telefon? Find ich eigentlich ziemlich normal.«

»Bei dem Zustand ihrer Großmutter? Das glaub ich nicht.«

Ich probier's noch auf dem Festnetz. Keiner geht ran.

Rebecca und ihr Vater scheinen einen gesunden Schlaf zu haben.

»Hast du den Roller von Carlos hier?«

»Ja, aber was willst du damit? Jetzt ...« Vinc ahnt vermutlich, dass meine Frage einen Grund hat. Hat sie ja auch.

»Ich fahr zu Rebecca. Ist doch egal. Schlafen kann ich eh nicht mehr, und es wird bald hell.«

»Okay, wenn du meinst. Aber ich komme mit.«

Vinc hält Wort. Ich widerspreche nicht, bin froh, wenn er dabei ist. Wortlos ziehen wir uns an.

»Nimm dein Handy mit«, fällt mir noch ein.

»Schon dabei.« Vinc klopft sich auf die Hosentasche.

»Der Schlüssel hängt am Schlüsselbrett an der Rezeption.«

Wir gehen nach oben, holen den Schlüssel. Die Helme hängen am Roller. Ich mach den Reißverschluss von meiner Sweatshirtjacke zu, die Luft ist ziemlich kühl.

Trotz Tuning tuckern wir mit maximal 25 Stundenkilometern los, das arme Vehikel ist altersschwach und mit uns beiden eindeutig überladen. Besser als gelaufen, tröste ich mich. Mich schüttelt's, tausend Minikrater auf meiner Haut. Gänsehautalarm. Es ist nicht nur die Kälte. Eher Schlafmangel und latente Angst. Aber Angst wovor? Emilio liegt friedlich in seinem Bett. Nur weil bei Rebecca keiner ans Telefon geht ...

»Wahrscheinlich steht dein alter Opel längst wieder auf dem Parkplatz, wenn wir zurückkommen«, schrei ich Vinc ins Ohr. Der lacht nur, seine Bauchmuskulatur vibriert. Ich schlinge meine Arme fester um ihn. Schön, dass er so locker ist und mir meine kleinen Verrücktheiten nicht ausreden will. Hab ich schon anders erlebt.

Da vorne liegt das Zarbosche Anwesen. Ich kneif die Augen zusammen. Abrupt stoppt Vinc, ich kann mich gerade noch an ihm festkrallen. Er stellt beide Füße auf den Boden und nimmt den Helm ab.

»Das gibt's doch nicht! Doro, siehst du das?« Er dreht sich zu mir um. Ich nicke nur. Deutlich sichtbar in der morgendlichen Dämmerung, steht Vinc' metallicgrüner Opel am Straßenrand, ein Stück vor dem Haus. Das war's dann mit der Theorie von jugendlicher Langeweile. Wie kommt Vinc' Auto hierher? Das ist echt crazy. Hat Rebecca vielleicht …? Quatsch!

»Und nun?«, fragt Vinc, der mir die Führung überlässt. Wenn ich das wüsste. Eins ist auf jeden Fall klar: Ich muss wissen, was los ist – was bedeutet, dass ich zu Rebecca muss. Ich steig ab.

»Stell den Roller ab, wir laufen den Rest. Ist besser, uns hört keiner.«

Vielleicht drei- oder vierhundert Meter trennen uns vom Haus.

»Mann, was soll das alles«, murmel ich vor mich hin, in der Hoffnung, ein Geistesblitz streift mich. Tut er aber nicht. Gähnende Leere im Gehirn. Gleich wissen wir mehr. Aber will ich's wissen? Vinc sagt nichts. Er ist genauso angespannt wie ich, ich spür's.

Ein Blick auf Vinc' Auto, der Schlüssel steckt. Vinc zieht ihn aus dem Zündschloss und steckt ihn in die Hosentasche.

Intuitiv gehen wir auf dem gepflasterten Rand des Hofes, um möglichst wenig Geräusche zu verursachen.

Ich fahr zusammen. Mann! Was ist das? Ein paar schrille Schreie aus der Vogelvoliere zerschneiden die Stille. Dann ist alles ruhig.

»Shit, bin ich erschrocken«, flüstere ich gestresst zu Vinc, der fast auf mich aufgelaufen ist.

»Alles gut«, flüstert er und schiebt mich weiter.

An der Haustür bleib ich stehen.

»Sollen wir einfach reingehen?«, frag ich unsicher.

»Wenn nicht abgesperrt ist, würd ich sagen, ja«, meint Vinc leise.

Ist es nicht. Die Tür schwingt leise nach innen, ich lausche, nichts zu hören. Wir schlüpfen rein.

»Rebeccas Zimmer ist oben«, klär ich Vinc mit gesenkter Stimme auf. »Aber wenn ich sie ohne Vorwarnung wecke, kriegt sie 'nen Herzinfarkt. Probier noch mal ihr Handy.«

Vinc fischt es aus der Hosentasche und drückt ein paar Tasten. Ich hör ihren Klingelton. Mindestens zehnmal lässt Vinc es läuten. Nichts.

Wir schauen uns an.

»Ich geh hoch, du bleibst hier unten«, schlag ich flüsternd vor, »Paolo schläft im Erdgeschoss. Wohnzimmer, Büro, Küche, Schlafzimmer Paolo«, zeig ich auf die verschiedenen Türen. Vinc nickt. Ich bin gerade ein paar Stufen nach oben geschlichen, als mich Vinc' eindringlich geflüstertes »Doro. Wart mal« stoppt. Ich dreh mich um.

»Was ist?«

»Komm her, riechst du das?«

Ich schnuppere. Stimmt. Riecht komisch. Chemisch irgendwie. Der Geruch liegt überall in der Luft. Ist mir vorher nicht aufgefallen, war zu sehr auf Rebecca konzentriert.

»Was ist das?«, frag ich Vinc.

Der zuckt mit den Schultern. »Keine Ahnung. Gas?«

»Nee ... Paolo?« Ich spüre, wie sich jedes Härchen an meinem Körper aufstellt. Wir zucken unisono zusammen. Das Läuten des Telefons lässt förmlich die Luft vibrieren. Es klingelt lange. Dann ist es still.

»Soll ich erst hier?« Ich deute auf Paolos Zimmertür.

»Okay. Wir gehen zusammen.«

Vinc geht vor, drückt vorsichtig die Klinke runter und öffnet die Tür. Der Geruch wird intensiver. Unheimlich. Ich schlucke. Weiter. Wir nähern uns dem Bett. Paolo liegt auf der Seite, mit dem Rücken zu uns. Er rührt sich nicht, ich hör ihn nicht atmen. Ich stolpere hastig zur anderen Seite vom Bett. Paolos Gesicht halb verdeckt unter einem Handtuch. Was ist das? Panik schnürt mir die Kehle zu. Vorsichtig greif ich nach dem Handtuch und zieh es von seinem Gesicht. Das Tuch riecht penetrant.

»Ich glaub, das ist Chloroform oder so was«, flüstere ich zu Vinc. Paolo rührt sich immer noch nicht. Ich stupf ihn mit dem Finger, erwarte, dass er vor Schreck hochfährt. Passiert aber nicht. Er macht keinen Mucks. Vinc packt ihn bei den Schultern und dreht ihn auf den Rücken. Schlaff fällt er herum, keine Regung.

»Ist er tot?«, frag ich panisch. Sofort hab ich das Bild von Salvatore Zarbo im Kopf.

»Ich glaub nicht. Schaut eher nach Bewusstlosigkeit aus.« Vinc tastet nach Paolos Puls.

»Rebecca!«

Panik! Ich vergess jede Vorsicht und stürme los.

»Warte, Doro! Vielleicht ist noch jemand im Haus«, ruft mir Vinc hinterher. Er rennt hinter mir die Treppe hoch, ich reiß schon die Tür zu Rebeccas Zimmer auf. Wie erstarrt bleib ich an der Schwelle stehen. Was ich sehe, dringt erst langsam in mein Bewusstsein. Über Rebecca gebeugt, ein Kissen auf ihr Gesicht gedrückt, kniet …

»Hannah! Was tun Sie da?«, hör ich mich selber hysterisch schreien, gedämpft wie durch einen Wattebausch. Vinc drängt mich zur Seite, mit einem Satz ist er bei Hannah und reißt sie von Rebecca weg. Hannah wehrt sich, will sich losreißen. Ich spring zu Rebecca, schüttle sie. Genauso schlaff wie Paolo hängt sie in meinen Armen.

»Wir brauchen einen Krankenwagen!«

»Das wird nichts mehr nutzen. Sie ist tot. Die ganze Brut

ist tot!« Hannah lacht irre. Die ist völlig abgedreht. Egal jetzt. Ich halte meine Wange an Rebeccas Mund.

»Sie atmet.« Vor Erleichterung kickst meine Stimme weg.

»Mach das Fenster auf«, presst Vinc stoßweise hervor. Er hält Hannah umschlungen und hat damit sichtbar alle Mühe.

»Und nimm mein Handy aus der Hosentasche.«

Notruf 112. In ganz Europa, das weiß ich. Sie kommen sofort, sagen sie.

»Ruf noch Carlos an. Er ist eingespeichert.«

Vinc keucht, aber seine Anweisungen kommen erstaunlich ruhig, bringen auch mich von meiner Panik runter. Und Carlos fragt nicht lange, verspricht, sofort zu kommen.

»Was soll ich tun?«

»Keine Ahnung«, quetscht Vinc zwischen seinen Bemühungen, Hannah zu bändigen, raus.

Erste Hilfe, aber wie sieht die in so einem Fall aus? Ich fühle den Puls, ich glaub, ganz leicht was zu spüren, am Hals, stimmt das? … Atmung … Herzschlag … Paolo … nein, erst Rebecca. Herzdruckmassage. Hab ich vor kurzem gelernt … mehr als sterben kann der Patient nicht, aber ohne Hilfe stirbt er sicher … hat der Ausbilder gesagt. Okay, ich fang an. Schneller Rhythmus, keine Beatmung. Ich hör auf, Rebeccas Herz schlägt von alleine, das hab ich gerade sicher gespürt. Und sie atmet. Schwach, aber doch.

»Geht's noch?«, frag ich Vinc. »Ich schau nach Paolo.«

»Ich werd mit ihr fertig«, beruhigt mich Vinc, und ich stürm nach unten.

Paolo sieht schlecht aus. Bleich und irgendwie … tot. Fenster auf.

Okay. Toter geht's nicht, also kann ich auch nichts vermasseln. Anstrengend, aber ich zwing mich weiterzumachen. Ich hör Polizeisirenen oder Krankenwagen, keine Ahnung. Auf jeden Fall jemand, der helfen wird.

Eins … zwei … drei … in schnellem Stakkato … ich stell mir vor, ich hab nicht viel Zeit und muss den Hefeteig kneten … eins … zwei … drei … das ist auch anstrengend, nur ohne Panik … ich schaff das … Paolo rührt sich noch immer nicht … ich muss fester drücken …

»Tutto bene.« Jemand schiebt mich zur Seite. Ein Sanitäter.

»Oben ist noch eine Frau«, sag ich auf Deutsch und zeig zum ersten Stock.

»Si«, der Sanitäter nickt, konzentriert sich auf Paolo. Er tätschelt ihm energisch die Wange. »Signore … Signore … mi sente?« Er legt sein Ohr an Paolos Nase, lauscht. Legt ihm eine Sauerstoffmaske über Nase und Mund. Fühlt an der Halsschlagader nach dem Puls. Zeigt mir den Daumen nach oben. Mann, krass! Am liebsten würd ich einfach liegen bleiben, aber Vinc braucht mich. Und Rebecca. Ich rappel mich auf.

Vinc sitzt oben im Flur am Boden, sieht so platt aus, wie ich mich fühle. Zwei Beamte mühen sich mit Hannah ab, ein Wunder, wie Vinc das so lange geschafft hat.

Ich krieche zu Vinc, wir umarmen uns fest.

Aber nur kurz, ich muss zu Rebecca. Sie lassen mich nicht ins Zimmer, aber die Tür steht offen. Das gleiche Bild wie unten. Immerhin wird Rebecca auf eine normale Trage gelegt, das hätte auch anders aussehen können … und sie wird festgeschnallt. Die Treppe ist eng, das wird schwierig. Die zwei Beamten mit Hannah sind schon vorausgegangen, die Handschellen haben Hannah erheblich in ihrer Bewegungsfreiheit gebändigt.

Unten wartet Carlos auf uns.

Die Polizei will uns ein paar Fragen stellen, dann können wir gehen. Carlos lädt den Roller auf die Ladefläche von seinem kleinen Vespa Dreirad, diesem unheimlich wendigen Minitransporter, Baujahr 1960, und wir quetschen uns zu dritt in die Fahrerkabine.

Innerlich muss ich Tommaso Abbitte leisten. Ich war so fixiert auf Emilios Unschuld, und Tommaso als Täter hätte mich kaltgelassen. Mein Wunschtäter, wenn's schon einen geben muss. Aber Hannah? Ein größeres Fragezeichen gibt's für mich gar nicht. Was hat sie denn mit dem Ganzen zu tun? Es ist ja nicht mal ihre Familie. Sie kennt die Menschen erst seit ein paar Wochen. Also, wo liegt ihr Motiv?

Vinc und Carlos haben darauf auch keine Antwort. Wie sollten sie auch ...

KAPITEL 22

PRESUNZIONE (VERMESSENHEIT)

Die letzten Tage

Die Sonne steht bereits am Himmel, als wir ins Hotel zurückkommen. Acht Uhr.

»Ich muss mich ums Frühstück kümmern. Immerhin gibt's noch ein paar andere Gäste außer den Australiern.«

Carlos beruhigt mich. »Ich hab Maria Bescheid gegeben. Sie ist bestimmt schon da.«

»Danke, Carlos. Du bist echt ein Schatz.« Ich umarm ihn schnell, dann stürm ich Richtung Küche. Tatsächlich hör ich Geschirrgeklapper, Kaffeeduft steigt mir in die Nase, Emilio sitzt auf der Terrasse. Allein. *Nicht jetzt gleich.* Erst in die Küche zu Maria. Die drückt mich wortlos und streicht mir tröstend über den Rücken.

»Weiß Emilio schon Bescheid?«, frag ich Maria hoffnungsvoll.

Sie schüttelt den Kopf.

»Was hätte ich ihm sagen sollen? Ich weiß ja selber nichts Genaues.«

Ich seufze. »Dann muss ich wohl ...«

Maria schiebt mich aus der Küche.

»Si. Und mir erzählst du anschließend alles, d'accordo?«

»Hmm«, brumm ich.

Emilio sitzt stumm da. Blass. Ich hab's ihm gesagt, erklären kann ich es aber auch nicht. Warum Hannah die drei umbringen wollte. Emilios Familie.

»Hannah ...« Er verstummt wieder, schüttelt den Kopf, dann schaut er mich an.

»Doro, wie sind Sie auf die Idee gekommen, Hannah zu verfolgen? Woher haben Sie überhaupt gewusst, dass sie mitten in der Nacht wegfährt?«

Mir wird heiß. Mit rotem Kopf geb ich ihm die Schnellversion meiner nächtlichen Aktion. Zimmerbesuch bei ihm inklusive. Keine Halbwahrheiten, die Sache ist kompliziert genug.

»Das mit Hannah hab ich nicht mal im Entferntesten geahnt. In ihrem Zimmer hab ich gar nicht nachgeschaut.«

Emilio schaut mich lange an.

»Ich versteh Sie schon, Doro, obwohl ich auch ein bisschen enttäuscht bin.«

Ich schlucke. Jede Munterkeit und Souveränität ist von ihm abgefallen. Vor mir sitzt kein gut gelaunter Gentleman, sondern ein alter, müder Mann.

Es tut mir weh, ihn so zu sehen.

»Ach Emilio, was hätt ich denn denken sollen? Ich versteh's ja immer noch nicht. Warum hat Hannah das getan?«

Da fällt mir noch was ein.

»Glauben Sie, Hannah hat Ihren Bruder umgebracht?«

Emilio schüttelt den Kopf.

»Das kann nicht sein. Salvatore ist an einem Herzanfall gestorben. Das hat die Untersuchung ergeben.«

»Aber da war diese Weinranke um Salvatores Hals. Das ist mir von Anfang an komisch vorgekommen. Ich weiß nicht, warum, aber wahrscheinlich hatte Hannah da auch ihre Finger im Spiel. Das wird die Polizei sicher genau unter die Lupe nehmen, hoffe ich.«

Auf Emilios Stirn bilden sich zwei tiefe Falten.

Durchs Fenster sehe ich zwei Beamte festen Schrittes ins Foyer eilen. Sie schauen sich suchend um. Zu mir oder zu Emilio? Ich geh rüber zu ihnen.

Sie wollen zu Emilio. Der hat die Szene offensichtlich beobachtet und ist bereits auf dem Weg zu uns.

Sie bitten ihn mitzukommen. Wegen einer Aussage, und sie hätten etwas für ihn.

»Doro, würden Sie meiner Frau Bescheid sagen?«, bittet Emilio mich. »Sie ruht noch, wegen ihrer Kopfschmerzen. Ich hoffe, dass ich wieder zurück bin, bevor sie herunterkommt.«

Ich nehme seine Hände und drücke sie.

»Ist doch klar, Emilio. Ich bin sowieso hier, und wenn Ihre Frau früher herunterkommt, werde ich sie schonend über die Ereignisse in Kenntnis setzen. Sie sind ja nur als Zeuge bei der Polizei. Dass Hannah die Täterin ist, steht außer Frage. Der Schock für Margaret wird wesentlich größer werden.« Ich seufze.

Emilio nickt betrübt.

»Sie haben recht. Hannah ist ihre Mutter, sie wird wohl nicht so schnell in ihre Heimat zurückkehren können.«

»Und ihre Mutter wollte den Mann töten, in den sie sich verliebt hat. Der vielleicht sogar stirbt. Das steht noch in den Sternen. Wie soll ich ihr das nur erklären?«

»Doro, das brauchen Sie nicht zu tun. Das mache ich, sobald ich zurück bin. Es wird nicht lange dauern, hoffe ich.«

Das hoff ich auch, glaub aber nicht so recht daran. Außerdem wird Margaret bald aufkreuzen, und wie soll ich das alles vor ihr verheimlichen? Wär auch nicht fair. Wenn Emilio weg ist, rede ich mit Maria. Und dann wecke ich Margaret. Sie hat ein Recht darauf, nicht alles als Letzte zu erfahren. Oder von der Polizei. Hat mich sowieso gewundert, dass sie Emilio mitgenommen haben und nicht die Tochter von Hannah.

Unser Franzosenpärchen schlendert herein, Hand in Hand, wie soll's anders sein. Schön, zwei ganz normale Menschen zu sehen, die in ihre Zweisamkeit versunken sind und die Probleme um sich herum nicht in ihr Vakuum lassen. Hätte ich vielleicht auch tun sollen … Nee, mal ehrlich, Liebesurlaub mit Vinc, Venedig, Verliebtsein, Zukunftspläne träumen – alles super, plus – kein Aber, nur ein Plus – plus kochen plus Maria plus unsere Australier, einfach plus Menschen, die ich mag. Das ist die perfekte Mischung. Gut, abgesehen von den Unfällen natürlich.

Oh Gott, verdammt! Margaret steuert direkt auf mich zu. Tief durchatmen, Doro, da musst du jetzt durch.

»Buon giorno, Doro!«, ruft sie fröhlich auf Italienisch – *das wird sie in naher Zukunft brauchen. Ich kann nur hoffen, dass vielleicht doch jemand auf sie wartet.*

Margaret fasst sich an den Kopf.

»God! My head! Do you have some medicine for me? Some Aspirin perhaps?«

»Hallo, Margaret, Moment, ich komm gleich. Ich bring eine Aspirin und Kaffee mit, okay?«

Sie nickt mir zu, schiebt sich die Sonnenbrille ins Gesicht, ihre kurzen dunkelbraunen Locken fallen ungebändigt in die Stirn. Tut mir so leid, was ich ihr gleich sagen muss. Über ihre Mutter. Ich schlucke und verschwinde in der Küche. Ich geb Maria Bescheid, dass ich die nächste Zeit nicht zur Verfügung stehe, notfalls kann sie ja Vinc rufen, seine Nummer hat sie.

Noch mal durchschnaufen.

Die Aspirin löst sich brausend in einem Glas Wasser auf, eine Kanne Kaffee und zwei Tassen aufs Tablett, damit geh ich rüber zu Margaret.

»Ich glaube, die Vitamintablette, die mir Mama gestern Abend verpasst hat, war eher eine Schlaftablette. Ich hab geschlafen wie ein Stein.« Sie lacht und greift nach dem Glas mit der Aspirin.

Da hast du wahrscheinlich gar nicht so unrecht, denk ich.

»Wo ist sie eigentlich? Ich hab gar nicht mitbekommen, dass sie aufgestanden ist.«

»Margaret, ich muss dir was sagen.«

Das Lachen bleibt ihr im Hals stecken.

»Was ist los? Ist etwas passiert?«, fragt sie erschrocken.

Na ja, so kann man's auch sagen.

Eine Kanne Kaffee und einen knappen Bericht später sitzt sie am Tisch und schaut mich an wie ein Kaninchen, das gerade vom Adler geschnappt worden ist. Sie sagt nichts, starrt mich an. Dann geht ein Ruck durch sie.

»Du bist ja komplett übergeschnappt! Wie kommst du

auf so eine wahnsinnige Idee? Meine Mutter tut niemandem etwas.«

Margaret starrt mich böse an. Ich versteh sie. Ist echt eine extreme Situation.

»Margaret, glaub mir, ich hab's mit eigenen Augen gesehen. Eindeutiger geht's nicht.«

»Aber warum?« Margarets Stimme kippt.

Shit! Hoffentlich dreht sie nicht durch. Wär ja kein Wunder.

»Ich hab keine Ahnung. Sie war hysterisch, hat getobt. Aus irgendeinem Grund hat sie eine Mordswut auf diese Familie. Emilio musste zur Polizei, aber er wird bald wieder da sein. Vielleicht wissen wir dann mehr.«

Margaret sitzt da wie ein Häufchen Elend.

»Wo ist Mom? Kannst du mich zu ihr bringen?«

Ihre Wut auf mich hat sich in Resignation gewandelt. Natürlich ist ihr klar, dass ich nichts dafür kann.

»Lass uns auf Emilio warten. Er weiß vielleicht, wo deine Mutter ist. Und wie's weitergeht.«

Um halb elf ist Emilio zurück. Bei Eve hab ich zu einer Notlüge gegriffen und ihr gesagt, ihr Mann sei spazieren gegangen. Er brauchte Bewegung. Eve ist wieder aufs Zimmer, die Kopfschmerzen würden am besten zurückgehen, wenn sie das Rollo runterlässt und sich ins Bett legt, sagt sie.

Heute bin ich ehrlich gesagt froh drüber. Noch mal Hiob zu spielen, pack ich fast nicht. Und wenn sie Margaret gesehen hätte, wär sowieso alles aufgeflogen.

Ich geb Emilio eine Kurzfassung über den Informationsstand von Eve und Margaret.

Er nickt.

»Ich schau nach Eve.«

Er sieht bedrückt aus.

»Was ist? Noch mehr schlechte Nachrichten?«, frag ich, eine böse Ahnung im Nacken.

Aber Emilio schüttelt den Kopf.

»Nicht direkt. Ist so schon alles schlimm genug. Ich gehe zu meiner Frau.« Er tätschelt meine Wange und schlurft zum Aufzug.

Was mach ich jetzt? Ich kann Margaret nicht alleine lassen. Sie sitzt unverändert auf der Terrasse und knetet ihre Hände, wartet wahrscheinlich darauf, von Emilio oder der Polizei mehr zu erfahren.

Vinc geht nicht an sein Handy. Mal sehen, ob Maria mich braucht. Ich sag Margaret Bescheid, dass ich gleich wieder da bin. Und dass Emilio nachher runterkommen wird.

»Und?« Maria sieht mich fragend an, als ich in die Küche komme.

Ich zucke mit den Schultern.

»Ich weiß noch nichts. Emilio ist bei Eve. Er will nachher alles erzählen. Wie ist das eigentlich bei euch? Muss man für Hannah einen Anwalt besorgen?«

Das ist mir schon durch den Kopf gegangen, als sie Hannah in den Polizeiwagen verfrachtet haben. Ich meine, man kann sie doch nicht ganz allein lassen.

»Die Polizei wird sich darum kümmern. Oder sie kommt in die Psychiatrie, denn normal ist das ja nicht, was sie gemacht hat.« Maria ist da schmerzfrei. Mitleid scheint sie mit Hannah nicht zu haben.

»Stimmt schon, aber mir tut sie trotzdem leid. Es muss doch einen Grund dafür geben, warum sie einen solchen Hass auf Antonietta und Rebecca hat. Und auf Paolo. Möglicherweise hat sie auch Salvatore auf dem Gewissen.« So aufgelistet, minimiert sich auch mein Mitleid Richtung null.

Maria tut mir den Gefallen und ruft bei der Polizei an. Margaret darf momentan nicht zu ihrer Mutter, sie würden sich bei ihr melden. Okay. Ich geh wieder raus. Margaret schaut mich verzweifelt an.

»Aber sie müssen mich doch zu meiner Mutter lassen! Sie ist ganz alleine in diesem fremden Land. Wer weiß, wie sie behandelt wird. Als Ausländerin, die Italiener ermorden wollte.«

Ich kann sie nicht trösten, aber es bringt mich zum nächsten Punkt. Zur wichtigsten Frage überhaupt: Wie geht es Rebecca, Antonietta und Paolo? Margaret hat anscheinend gerade den selben Gedanken, sie will im Krankenhaus anrufen – wobei ich vermute, dass es ihr dabei in erster Linie um Paolo geht.

»Ich kann Maria bitten, das für uns zu tun«, schlage ich vor, »ich denke, bei ihr besteht eher die Chance, eine Auskunft zu bekommen, als bei uns. Oder natürlich Emilio, wenn er runterkommt. Er ist der nächste Verwandte.«

Margaret nickt.

Maria tut uns den Gefallen und wird tatsächlich weiterverbunden.

Ihr Gesichtsausdruck kann alles bedeuten. Sie spannt uns nicht lange auf die Folter.

»Rebecca und Paolo geht es so weit ganz gut. Sie sind beide bei Bewusstsein, müssen aber im Krankenhaus bleiben. Aber Antonietta hat es nicht geschafft.« Maria schluckt schwer.

»Heißt das …?«, flüstere ich heiser.

Maria nickt.

»Leider ja. Sie ist heute ganz in der Früh gestorben.«

Margaret sagt nichts dazu. Muss schlimm für sie sein zu wissen, dass ihre eigene Mutter für diese ganzen schrecklichen Ereignisse verantwortlich ist. Und ein Mensch ist gestorben, das ist eine andere Dimension.

Wahrscheinlich kam der frühe Anruf bei Rebecca und Paolo zu Hause vom Krankenhaus, um ihnen die Mitteilung von Antoniettas Tod zu machen. Vinc und ich waren zu dem Zeitpunkt im Haus. Ich schicke einen kleinen Dank nach oben, Dank für das Bauchgefühl und dafür, dass ich ihm gefolgt bin.

Zwei Stunden später stößt Emilio zu uns. Margaret springt auf, er nimmt sie in die Arme.

Er drückt sie an sich und streicht ihr über den Rücken.

»Mein armes Mädchen, meine arme Kleine«, murmelt er gebetsmühlenartig. Nach einer ganzen Weile löst er sich von Margaret und bittet mich, ein Tablett für seine Frau zu richten, das er ihr aufs Zimmer bringen will.

»Nicht viel, ein bisschen Weißbrot, eine leichte Suppe vielleicht? Ein Kännchen Kaffee, Zucker und Milch.«

»Gerne, kein Problem. Ich kann es auch hochtragen«, biete ich an. Aber Emilio will es ihr lieber selber bringen. Auch recht.

»Ich bin gleich wieder da. Eve möchte allein sein, und ich muss mit dir reden, Margaret. Bitte bleiben Sie bei uns«, sagt er zu mir, als er mir das Tablett abnimmt, »Sie sind uns eine große Stütze.«

Okay. Wenn er das so sieht. Bin wirklich gespannt, was Emilio in petto hat.

»Setzen wir uns um die Ecke, da sind wir ungestört.« Emilio deutet in die Richtung der Hotelterrasse, die auf der Eingangsseite westlich liegt.

Ich stell unsere Getränke auf ein Tablett, und wir ziehen um. Margaret und ich sitzen nebeneinander auf der Hollywoodschaukel, Emilio uns gegenüber. Dann zieht er ein paar Blätter aus der Hosentasche, die eng mit einer filigranen Handschrift beschrieben sind. »Das ist eine Kopie«, sagt er, »von einem Brief von Antonietta an mich.«

Dann weiß er es also schon. Gott sei Dank!

»Das Original hat die Polizei behalten, aber sie haben gemeint, dass der Fall oder die Fälle ja jetzt gelöst wären und ich den Brief lesen könne.«

Emilio schaut auf. Natürlich hat er unsere volle Aufmerksamkeit.

»Ein Abschiedsbrief? Hat Antonietta gewusst, dass sie sterben wird? Hat sie sich selber etwas angetan?«, fragt Margaret entsetzt – und ein bisschen hoffnungsvoll.

Emilio schüttelt den Kopf.

»Antonietta wollte mich sprechen. Alleine. Aber Eve war mit dabei. Deshalb hat sie die ganzen Gedanken aufgeschrieben. Wie sie in dem Brief betont, fällt ihr das Schreiben sowieso leichter, als darüber persönlich zu sprechen. Aber ich rede nicht lange herum. Margaret, ich möchte dir einige Passagen aus dem Brief vorlesen. Dann hast du ein Bild von dem, was ich dir sagen muss. Ich versuche es für dich gleich zu übersetzen.« Er räuspert sich, überfliegt das Papier, dann fängt er an.

»… *muss ich dir etwas über Hannah Rodari berichten. Sie war bei mir und hat mir von eurem Verhältnis erzählt und dass ihr Eve nie etwas davon erzählt habt. Emilio, die Frau ist voller Hass, ich glaube, sie hat den Tod ihres Mannes nicht verkraftet und euch seitdem euer Glück missgönnt. Als wir beide uns versöhnt haben, hatte sie anscheinend Angst, unsere alte Jugendliebe würde wiederaufflammen. Meine Versicherung, dass wir wirklich nur in tiefer Freundschaft verbunden sind, ist an ihr abgeprallt. Bei Eve ist sie, glaube ich, hin und her gerissen. Eve ist ihre Freundin, ist wie eine Schwester für sie, aber auf der anderen Seite ist sie mit dem Mann verheiratet, auf den sie selber Anspruch erhebt. Ich dagegen bin eine unberechenbare Bedrohung, die sie vorsichtshalber eliminieren muss. Ja, mein Lieber, ich glaube,*

Hannah wollte mich umbringen. Und ich bin sicher, das will sie immer noch. Ich werde sehr aufpassen müssen und mit der Polizei sprechen. Aber erst mal möchte ich mit dir reden. Bis dahin pass auf deine Frau auf, denn ich glaube, dass sich Hannahs Wahn vertieft. Und sag Eve die Wahrheit. Das ist ein dringender Rat von mir. Sie wird dir verzeihen, aber sie muss es von dir erfahren. Warte nicht, bis Hannah sich überlegt, dich ganz für sich gewinnen zu wollen, um mit dir und Margaret eine Familie zu bilden. Bis jetzt bin ich, glaube ich, die Einzige, die weiß, dass Margaret deine Tochter ist.«

Margaret versteift sich neben mir.

Emilio blickt hoch.

»Margaret, ich bitte dich, hör dir alles bis zum Ende an, dann reden wir.«

Margaret räuspert sich, als wolle sie etwas sagen, dann nickt sie nur.

Emilio liest schnell weiter.

»Ja, mein Lieber, wenn es stimmt, was Hannah mir erzählt hat, hat sie dich ganz gezielt dafür auserwählt, nachdem sie so lange nicht schwanger wurde. Hannah hat lange nicht gewusst, wer der Vater von Margaret ist, Luigi oder du, aber das war ihr egal. Hauptsache, sie hatte ein Kind, und ansonsten war sie froh, dass du die Affäre nie wieder erwähnt hast. Sie hat ihren Mann geliebt, aber als er dann gestorben ist, hat sie sich Gewissheit verschafft. Die Blutgruppen und ein paar typische Merkmale, die aber nicht so ausgeprägt sind, dass sie auffallen, haben in ihr langsam den Gedanken reifen lassen, dass du als Vater für Margaret sorgen musst. Und Rebeccas Unfall und Salvatores Tod haben sie auf die Idee gebracht, dein italienisches Erbe für Margaret zu sichern.«

Emilio hört auf zu lesen.

»Das war der entscheidende Teil.« Er sieht auf.

»Margaret, ich weiß nicht, ob es stimmt, dass ich dein Vater bin. Aber ich hatte ein Verhältnis mit deiner Mutter, das ist richtig. Ich habe alles schon mit Eve besprochen. Was soll ich sagen – es war eine kurze Affäre, wegen der ich immer ein schlechtes Gewissen meiner Frau gegenüber hatte. Aber ich will die Schuld nicht Hannah in die Schuhe schieben. Es war einfach so, wie es war.« Er seufzt, dreht am Ehering.

»Ich bin nie auf den Gedanken gekommen, dass Hannah von mir schwanger wäre. Das war vielleicht naiv, aber ich hatte wirklich keine Ahnung.« Emilio schaut Margaret an, er hebt die Hände, als wolle er sie umarmen, lässt es aber dann.

»Margaret, wirklich, ich habe von Herzen gerne die Patenschaft für dich übernommen, ich war froh, dass alles wieder so zu sein schien, wie es sich gehörte. Und warum Eve oder Luigi mit einem Geständnis verletzen, das keinem genutzt hätte?«

»Weil es ehrlich gewesen wäre vielleicht?«, wirft Margaret bitter ein. Das Erste, was sie sagt.

»Ehrlich ja, aber zu welchem Preis? Deine Eltern haben dich geliebt, Eve und ich haben dich geliebt, wir haben dich als Alleinerbin in unserem Testament eingesetzt. Nichts wäre besser gelaufen, wenn wir ehrlich gewesen wären. Vielleicht hätten unsere Ehen das überstanden, unsere Freundschaft aber sicher nicht. Und Hannah und ich wären niemals zusammengekommen. Weil ich sie nie geliebt habe und sie mich auch nicht.«

»Und woher weiß Antonietta das alles so genau?«

Margaret ist skeptisch. Ich glaube, sie weiß nicht mehr, was wahr ist und was nicht. Wem kann sie noch vertrauen? Ihr ganzes Lebensgefüge hat einen Riss bekommen.

»In dem Brief stehen noch einige Dinge, die nur Antonietta und mich betreffen. Da schreibt sie, wie Hannah bei ihr zu Besuch war, damals vor ihrem Unfall im Bad. Hannah hat gewartet, bis ich gehe, dann ist sie rein, hat gehört, dass Antonietta sich ein Bad einlaufen lässt, und sie dann dort abgepasst, ihr die Geschichte erzählt. Antonietta wollte das nicht hören, aber sie hatte keine Wahl. Sie ist aufgestanden, wollte aus der Wanne steigen. Als sie ausgerutscht ist, hat Hannah die Gelegenheit genutzt und versucht, Antonietta zu ertränken, was sie aber letztendlich nicht konsequent ausgeführt hat. Antonietta wollte mit mir darüber sprechen, aber das hat nicht geklappt. Bis dahin hat sie allerdings gedacht, dass ihr Sturz im Bad ein unglücklicher Unfall war. Dass Hannah sie unter Wasser gedrückt hat, war ihr nicht bewusst. Das ist ihr erst später in den Sinn gekommen. Sie hat aber alles in eben diesem Brief festgehalten, weil sie kein Risiko eingehen wollte. Ich sollte auf jeden Fall die Wahrheit erfahren, auch wenn ihr etwas passieren sollte. *Das Leben ist endlich, mein Lieber*, hat sie geschrieben, *ich habe gesehen, wie schnell etwas Unvorhergesehenes geschehen kann.* Freilich hat sie da nicht an Mord gedacht. Und dann ist ihr Hannah tatsächlich zuvorgekommen. Sie hat sich ins Krankenhaus geschlichen und ihr die Spritze verpasst. Als das immer noch nicht den gewünschten Erfolg hatte, das ist meine persönliche Interpretation, ist sie heute Nacht ins Krankenhaus zurückgekommen. Sie kennt sich in Krankenhäusern ganz gut aus, sie hat ja eine Ausbildung als Krankenschwester, und alle Krankenhäuser ähneln einander irgendwie.«

Emilio stutzt, als würde ihm gerade was einfallen.

Er streicht sich übers Kinn. Überlegt.

»Vielleicht hat sie Antonietta bereits mit der Tablette vergiften wollen. Von Medikamenten hat sie Ahnung.«

Wir sitzen alle drei da, fassungslos. Aber es passt alles zusammen.

Nach einer Weile steh ich auf.

»Ich lass euch alleine.«

Beide nicken, ohne mich richtig wahrzunehmen. Abwesend starren sie vor sich hin, jeder in seine eigene Gedankenwelt versunken. Ich geh in die Küche und klär Maria auf. Wird sowieso alles in naher Zukunft kein Geheimnis bleiben, also hab ich kein schlechtes Gewissen, ihr die Details zu erzählen. Immerhin ist ihr Hotel teilweise Tatort.

Es gibt eigentlich nichts mehr zu tun, außer – ja, genau! Ich mach mich auf die Suche nach Vinc, der weiß bestimmt, wo Carlos ist. Womit ich nicht falsch liege. Die beiden schrauben an Vinc' altem Opel oder putzen vielleicht auch nur den Motor, wie ich spöttisch bemerke, was mir zwei vernichtende Männerblicke einbringt.

»Spaß beiseite, Carlos«, muss ich die Stimmung gleich wieder dämpfen, »könntest du mir einen Gefallen tun? Der alte Favelli, du weißt schon, der Vater von Lorenzo, Rebeccas Ex ...«

»Ich weiß, wen du meinst«, unterbricht Carlos meine umständlichen Beschreibungen. »Was soll ich ihm sagen?«

»Favelli soll wissen, was mit Rebecca passiert ist. Und wo sie ist. Vielleicht kann er es seinem Sohn weitergeben, der kann dann entscheiden, ob er Rebecca besuchen will oder nicht. Ich glaube, Rebecca kann jede Hilfe brauchen. Der Tod ihrer Großmutter und die ganzen Umstände.«

Okay, alles ist gesagt, mehr kann ich nicht tun.

»www.partnervermittlung-doro-ritter.de«, weht mir Vinc' Spott hinterher. Kein Kommentar!

KAPITEL 23

MENUE FANTASTICO –
WER JETZT NICHT WEISS, WO ER STEHT …

Lunedì (Montag) – 25. August, 9.30 Uhr

Übermorgen ist es so weit. Der Tag der Abreise. Heute Abend gibt's ein Megaabschlussessen für unsere Australier. Zumindest für die, die übrig sind. Emilio und Eve. Die beiden werden am Mittwoch die MS Princess besteigen, Abfahrt oder Auslauf oder wie auch immer 14.30 Uhr in Venedig.

Margaret bleibt hier. Bis entschieden ist, wie es mit ihrer Mutter weitergeht. Und mit Paolo. Ich glaub, das wird was mit den beiden. Jedenfalls sind er und Rebecca wieder zu Hause und werden zum Abschiedsessen kommen. Margaret und Emilio hängen viel zusammen, im Grunde ist zwar nichts anders als vor ein paar Tagen, nur dass sie jetzt Vater und Tochter sind! Was Eve von dieser Entwicklung hält, weiß ich nicht. Sie ist sehr ruhig, freundlich, wirkt eigentlich nicht verzweifelt. Aber auch nicht glücklich. Verständlicherweise redet sie nicht gerade mit mir darüber. Zu Emilio habe ich einfach den besseren Draht.

Maria ist kurz nach Hause gefahren, und ich sitze in der Küche und plane die Details. Nebenbei bin ich für die letzten Frühstückswünsche der Gäste zuständig, sind aber nur zwei Wanderer, die gestern spät eingecheckt haben und heute am frühen Nachmittag weiterziehen. Alle anderen sind durch. Läuft unter »Geschlossene Gesellschaft« heute

Abend, ist aber kein Problem, das Restaurant nebenan hat geöffnet, und wir sind ja eigentlich ein Frühstückshotel, halt mit gelegentlichen Ausflügen in Marias kulinarische Ecke.

Vorhin hat Rebecca angerufen, sie will auf einen Espresso vorbeikommen. Hat eine Neuigkeit, sagt sie, na ja, davon reicht's mir erst mal, andererseits hat sie recht aufgekratzt geklungen. Außerdem hat sie mir gar keine Alternative gelassen.

Was soll's! Also Einkaufszettel. Die meisten Zutaten haben wir vorrätig. Ein Punkt, den ich bei der Planung gern berücksichtige. Nicht zu viele Zutaten, die man zukaufen muss, außer den frischen Bestandteilen wie Fleisch, Gemüse oder Obst natürlich. Aber seltene Gewürze oder Rezepte, die sehr ausgefallene Zutaten erfordern, die dann kein Mensch mehr braucht, die Platz fressen und vergessen vor sich hin gammeln, die versuche ich so gut es geht zu meiden. Papa ist da anders. Für ihn gibt es nichts, was man nicht braucht. Er schmeißt aber auch gnadenlos alle Reste in den Müll. Sein Motto: Alles schon bezahlt – vom Gast, der bereit ist, für kulinarische Höchstleistungen tief in die Tasche zu greifen.

Die Eingangstüre fährt mit leisem Schleifen auf. Ein paar Sekunden später stürmt Rebecca weit weniger leise in die Küche.

»Ciao, Doro!«, begrüßt sie mich mit strahlender Miene und umarmt mich stürmisch.

»Hey, Rebecca! Was ist denn mit dir los?«, frag ich, als sie mich loslässt.

»Weißt du, wer mich gestern besucht hat?«

Wissen tu ich's nicht, aber ahnen.

»Wer denn?«, tu ich ihr den Gefallen und frag nach.

»Lorenzo!«

Aha. Genau.

»Du bist ja nicht sehr überrascht«, beschwert sich Rebecca.

»Tut mir leid«, sag ich und kann mir ein Grinsen nicht verkneifen, »aber ich hab mir schon gedacht, dass die Nachricht von dem Anschlag auf dich und deinen Vater ihn in die Gänge bringen wird.«

Rebecca schaut auf einmal ganz traurig.

»Er ist nicht nur deshalb gekommen. Er hat mir auch sein Beileid aussprechen wollen. Wegen Großmama. Lorenzo und meine Großmutter hatten ein sehr gutes Verhältnis. Sie war damals richtig wütend, als ich mich für Tommaso entschieden habe.« Rebecca lächelt. »Und es war nicht angenehm, wenn sie wütend war.«

»Ja, das kann ich mir gut vorstellen. Sie war eine beeindruckende Persönlichkeit. Es tut mir so leid, dass sie gestorben ist.«

Ich habe Rebecca zwar kondoliert, aber bisher hatten wir keine Gelegenheit zu einem richtigen Gespräch.

Ihr läuft eine Träne über die Wange.

»Sie hat als Erste Bescheid gewusst. Sie wusste, dass sie in Gefahr war, aber sie hat nicht damit gerechnet, im Krankenhaus angegriffen zu werden. Sie hatte keine Chance. Emilio hat mir alles erzählt. Er hat mich ihren letzten Brief lesen lassen. Der war sehr persönlich, und ich bin ihm dankbar dafür. Dadurch kann ich wenigstens verstehen, warum das alles geschehen ist. Nein, verstehen nicht, ich weiß, was passiert ist, aber verstehen kann ich nicht, wie Hannah Rodari so weit gehen konnte.«

Wir schweigen beide eine Weile.

»Margaret ist also Emilios Tochter«, sagt Rebecca dann. »Damit würde sie natürlich Emilios Anteil erben, nur gibt es da keinen Anteil. Nicht hier. Seine Ansprüche hat er ausbezahlt bekommen, und er will gar keine weiteren Rechte einfordern. Das Ganze hatte also niemals einen Sinn.« Traurig schüttelt Rebecca den Kopf.

»Alles wäre perfekt, wenn Großmutter noch leben würde.«

Ich kann sie nicht trösten. Nicht einmal damit, dass ihrer Großmutter mit dem Tod Schmerzen oder Leid erspart geblieben wären, denn Antonietta war ziemlich gesund gewesen.

Rebecca seufzt. »Ich habe ein richtig schlechtes Gewissen. Großmama ist gestorben, ermordet, und ich freue mich, wieder mit Lorenzo zusammen zu sein.«

»Ach, seid ihr das?«

Sie nickt. »Sieht so aus.«

Ich muss sie umarmen. Wie sie so dasitzt. Ein bisschen rot im Gesicht. Glücklich und deswegen voller Schuldgefühle.

»Ich versteh dich«, sag ich und mein das auch so, »aber glaub mir, Antonietta hätte sich riesig gefreut. Und für Hannahs Wahnsinn bist nicht du verantwortlich.«

»Das weiß ich ja. Aber trotzdem. Dass sie nicht mehr erleben darf, dass Lorenzo und ich wieder zusammen sind – das ist so traurig.«

Rebecca starrt auf ihre Hände.

Ich leg den Arm um ihre Schultern.

»Hey, jetzt erzähl mal. Lorenzo und du, wie war das?«

Rebecca lächelt.

»Da gibt's nicht viel zu erzählen. Als Verwalter und Verantwortlichen für das Weingut in diesen Tagen haben die Polizei und das Krankenhaus Lorenzos Vater kontaktiert. Der hat alles seinem Sohn erzählt, und Lorenzo hat mich sofort im Krankenhaus besucht. Aber da ist er nur ganz kurz geblieben. Schauen, ob ich noch lebe, sozusagen. Und Papa und ich durften das Krankenhaus bald wieder verlassen. Gestern war Lorenzo dann bei mir zu Hause. Wir haben uns ausgesprochen. Ich glaube, dass er mir wirklich verziehen hat.«

Rebecca schaut mich an, als müsse ich diese Feststellung unbedingt bestätigen.

»Hab ich dir doch längst prophezeit, dass Lorenzo dich noch liebt.« Da muss ich nicht mal lügen.

»Und ich liebe ihn! So sicher war ich mir früher nie. Wir sind so in unsere Liebe reingewachsen, dass ich nie wusste, ist es wirklich Liebe und Leidenschaft oder ist es das, was alle von uns erwarten. Jetzt weiß ich, dass ich mit Lorenzo leben will. Und das macht mich einfach glücklich. Trotz allem, was passiert ist.«

»Das sollst du auch. Ich mein, glücklich sein. Damit nimmst du deiner Oma nichts, im Gegenteil, sie wäre froh.«

»Ja, das glaube ich auch.« Rebecca seufzt, aber sie wirkt gelöster als vorhin.

»Kann Lorenzo heute Abend mitkommen?«

»Nein.«

Rebecca schaut mich entgeistert an.

Ich grinse.

»Nein, er *kann* nicht nur, er *muss*! Und sein Vater natürlich auch. Damit wäre die Runde vom großen Familientreffen vor einigen Wochen fast komplett. Bis auf Antonietta. Und Salvatore und Tommaso samt seinem Bruder. Und Hannah.«

Um die Stimmung nicht in den Keller fallen zu lassen, lenk ich mit ein paar Details aus meinem »Menue fantastico« ab.

Rebecca ist allerdings so in ihrer Welt versunken, dass ich kaum brauchbare Antworten von ihr bekomme. Ich schmeiß sie raus, es gibt noch viel zu tun, und wir sehen uns ja heute Abend. Außerdem bleiben Vinc und ich auf jeden Fall bis zum Ende der Sommersaison, vielleicht sogar länger. Mal sehen.

Jetzt brauch ich Vinc. Wie vermutet, find ich ihn draußen. Bei seinem Auto. Mit Carlos. Die Reparaturarbeiten sind offensichtlich abgeschlossen, sie lehnen am Wagen, eine Zigarette in der Hand.

Ich geh zu den beiden rüber.

»Hast du auch eine für mich?«, frag ich Vinc.

Der streckt mir sein Päckchen entgegen.

»Und, steht die Planung?«

Ich nicke.

»Ja schon, aber ich könnte deine Hilfe brauchen. Seid ihr fertig?«

Vinc schaut undefinierbar, Carlos, als könne er kein Wässerchen trüben.

»Schatz, ich bin nur geflohen. Wenn du ein Menü planst, bist du … sehr anstrengend. Da verzieh ich mich lieber. Ich weiß eh, dass was Geniales dabei rauskommt.«

Statt einer Antwort box ich ihn kräftig, aber darauf war er vorbereitet. Er packt mich am Handgelenk und leitet meinen Schwung in eine andere Richtung, sprich in seine Arme. Und er verspricht mir, ab jetzt für den Rest des Tages mein untertänigster Helfer zu sein. Was ich gnädig annehme.

Zuerst die Tischdeko. Olivenzweige. Und Weinreben. Schlicht, mit Stil. Dann brauch ich noch diverse Kleinigkeiten vom Supermarkt. Und frische Kräuter aus dem Garten. Zur Feier des Tages hätte ich gerne eine Menükarte, die soll Vinc am Computer gestalten.

»*Menue fantastico* klingt schon sehr hochtrabend, was meinst du?«, frag ich ihn.

»Vielleicht nenn ich es anders. Sonst werden die Erwartungen zu hochgeschraubt.«

»Quatsch! Woher auf einmal dieser Mangel an Selbstbewusstsein?«

Vinc nimmt den handgeschriebenen Zettel und überfliegt ihn.

»Sag ich doch«, er legt das Blatt auf den Tisch und klatscht bekräftigend mit der flachen Hand drauf, »das ist super. Ist für jeden was dabei und nicht nur zum Sattwerden.«

»Danke, du bist ein Schatz! Dann lass ich also den Titel. Und du fasst mir das Ganze zu einer ansprechenden Speisekarte zusammen und druckst für jeden eine aus, ja?«

»Mach ich. Deko und alles andere auch. Abends Service und nachts Begleitservice für alleinstehende Jungköchinnen.«

»Was man verspricht, muss man halten, hab ich gelernt. Also enttäusch mich nicht!« Folgende Minuten fallen unter »Persönliches«, Carlos hat in weiser Voraussicht das Feld längst geräumt ...

Sechs Uhr abends, alles steht bereit. Die Zutaten sind geschnippelt, Nachspeisen im Kühlschrank, die Vorspeisenteller fertig hergerichtet. Carpaccio vom frischen Räucherlachs an saisonalen Blattsalaten, darüber kommt ein Hauch von Aceto balsamico, Salz, frischer Pfeffer aus der Mühle, ein paar Tropfen Zitrone und Olivenöl. Dazu Focaccia mit schwarzen Oliven, selbstgebacken. Den Teig hab ich schon in aller Früh geknetet, ganz wenig Frischhefe, Hefeweißbier und die richtige Mehlmischung. Braucht unbedingt den ganzen Tag zum Gehen, ist dann aber die Wucht! Jetzt drücke ich Oliven in die fingerdicken Fladen, Olivenöl, grobes Meersalz und frische Rosmarinnadeln drüber und ab in den Ofen. 250 Grad, 20 Minuten. Pizzaofen wär natürlich besser, aber wer hat den schon.

Maria kommt herein und übernimmt.

»Die Getränke sind temperiert, das Brot nehm ich gleich heraus. Schneiden tun wir es später, wir lassen es vorher auskühlen. Gut«, sie stemmt die Hände in die Hüften, »geh du jetzt und zieh dich um.«

Ich schau an mir runter. Okay, schadet auf jeden Fall nicht. Ich zieh selten richtige Kochklamotten an, am liebsten arbeite ich in alten Jeans und Schlabber-T-Shirt. Die sind natürlich entsprechend fleckig, Tomatensoße und Öl haben die lästige Eigenschaft, sich für immer ins Gewebe reinzufressen. Egal. Sind nicht die teuersten Teile, die ich in der Küche trage – selbstredend nicht in Papas Gourmet-Tempel. Zur Feier des Abends wird's heut das kleine Schwarze, schwarzer Minirock, schwarzes T-Shirt und ein Küchentuch rumgewickelt. Ein Outfit, das kleine Kochsünden verzeiht.

»Ah, Doro, komm mal kurz mit. Vinc hat die Tische wirklich schön dekoriert, das musst du dir anschauen.«

Maria hat recht. Hat er echt klasse gemacht. Genau so hab ich's mir vorgestellt. Die Tische zusammengestellt zu einer großen Tafel. Weiße Tischtücher, Olivenzweige, sogar mit Oliven dran, Reben mit Weintrauben.

»Könnten wir fast Erntedank feiern«, bemerk ich spöttisch.

»Also Doro, sei nicht so bös! Vinc hat sich solche Mühe gegeben. Und es ist so schön geworden.« Maria ist richtig empört. Ich muss lachen.

»Ist ja gut, Maria. Ich find's auch toll. Sehr edel. Schöner Rahmen für unser Essen. Vinc kann das, hat er ein Händchen dafür.«

Maria schüttelt den Kopf.

»Alora, ab mit dir, mach dich frisch! Ich kümmer mich ums Brot«, jagt sie mich aufs Zimmer.

Vinc ist gerade beim Duschen.

Um halb neun geht's los, wir haben noch jede Menge Zeit.

Wenn ich mir vorstelle, wie entspannt so ein Arbeitsleben sein könnte, ich mein, so wie hier – mal abgesehen von Hannah und ihren kranken Aktionen –, dann könnt ich dabei bleiben. Aber klar, das ist kein Job, von dem wir leben könnten, es ist eher wie Urlaub. Und ein eigenes Restaurant, da hängt man ganz anders drin, braucht Personal,

Ideen, Ausdauer. Wenig Urlaub, viel Idealismus. Ganz ehrlich, ich weiß nicht, ob das was für mich ist. Ich glaub, da muss ich noch mal ernsthaft drüber nachdenken. Ich will Zeit für Abstecher wie diesen hier haben, will mein Leben genießen, mit Vinc. Und nicht nur Kohle ranschaffen. Gut, dass Vinc auch nicht der Bausparertyp ist.

»Was ist? Nervös?« Vinc schaut mich fragend an. Anscheinend ist mir mein gedanklicher Seufzer real rausgerutscht.

»Nee, nichts«, wink ich ab. Ist kein Thema für jetzt.

»Komm, gehen wir noch 'ne halbe Stunde in den Garten, eine Entspannungszigarette wär nicht übel, okay?«

Um diese Zeit sind fast alle auf den Zimmern, wir haben den Garten für uns. Am Pool hätten wir zwar die schönere Aussicht, dafür aber Gesellschaft von zwei lebhaften, kreischenden Kindern, die ihre Wasserbomben natürlich viel interessanter finden, wenn ein paar Erwachsene in der Nähe entspannen wollen. Nee, muss ich nicht haben. Vinc lacht, als ich ihm das sage.

»Schatz, du sprichst mir aus der Seele. Die zwei sind echt süß, aber ein ruhiges Plätzchen im Garten ist mir entschieden lieber.«

Der Rauch unserer Zigaretten zieht nur langsam weiter. Warme, fast windstille Luft umgibt uns, aus der Ferne dringt das Lachen der Kinder zu uns rüber. Ich denk an heute Abend.

»Komische Situation, das Ganze.«

»Was meinst du?«, fragt Vinc.

»Na, alles eben. Das Essen heute, die Personen, die fehlen. Zwei Tote und eine Mörderin, ein entlobter Weinpanscher samt seinem widerlichen Bruder. Dafür ein Ex-Verlobter und zugleich Neu-Verlobter als Ausgleich. Wie wird die Stimmung? Immerhin ist in den vergangenen Wochen ziemlich viel passiert.«

Vinc nickt. »Emilio hat sich die nostalgische Rückkehr in das Land seiner Jugend mit Sicherheit anders vorgestellt. Wenn er vor ein paar Wochen gewusst hätte, was er heute weiß, dann wäre er niemals hierhergekommen.« Vinc zuckt mit den Schultern. »Was soll's, es ist passiert. Wirklich tragisch ist, dass Antonietta gestorben ist.«

»Und dass Hannah zur Mörderin geworden ist. Keine Ahnung, wie sich ihr Wahn in Australien ausgelebt hätte, aber wahrscheinlich wär sie nie auf die Idee gekommen, Eve zu töten. Die Vorstellung von Margaret als Alleinerbin des Zarboschen Familienbesitzes ist erst durch Rebeccas Unfall zur fixen Idee geworden.«

»Nee, Doro, ich glaube nicht, dass ihr ganzer Wahnsinn erst hier entstanden ist. Sie hätte mit Sicherheit in Australien auch versucht, Emilio für sich zu gewinnen. Ob sie sich an Eve vergriffen hätte, kann man nicht wissen, Margaret ist ja eh die Erbin von Eve und Emilio. Aber seit dem Tod von Luigi hat Hannah die Bodenhaftung verloren. Sie hat sich in die Vorstellung hineingesteigert, wieder eine Familie haben zu wollen. Und die war ihrer Meinung nach ja vorhanden. Es musste nur die Personenaufstellung leicht verändert werden. Hier hat sie auf einmal eine Rivalin gewittert, die sie nicht einschätzen konnte. Antonietta hätte Emilio wieder für sich beanspruchen können, und Hannah hat Emilios Standhaftigkeit nicht vertraut. Immerhin hat er seine Frau schon einmal betrogen.«

»Vielleicht hat sie ein Trauma, von damals noch, als sie ausgewandert ist. Alles hinter sich lassen, ein neues Land, da kann man schon Angst kriegen. Sie wollte sicher vorsorgen, dass Margaret abgesichert ist. Auch dadurch, dass sie ihr einen neuen Vater besorgte.«

»So kann man es auch sagen«, Vinc zieht spöttisch die Augenbrauen nach oben.

»Vielleicht sollten wir kein Restaurant eröffnen, sondern eine Psychopraxis. So gut, wie wir Bescheid wissen.«

»Hahaha! Ist ja nicht nur auf meinem Mist gewachsen. Ich hab mit Emilio geredet. Er ist echt ein Schatz. Er akzeptiert, dass Margaret seine Tochter ist, ohne einen Beweis zu verlangen, aber er sagt, Margaret will einen Bluttest. Sie will es sicher wissen. Das Verhältnis zu ihrer Mutter ist sehr angekratzt. Logisch! Sie misstraut momentan allem und jedem, speziell ihrer Mutter, weiß nicht, was sie glauben soll. Und sie will nicht möglicherweise Luigi, ihrem Vater, Unrecht tun. Emilio versteht das. Er sagt, er liebt Margaret so oder so. Sie war immer wie eine Tochter für ihn. Irgendwie waren sie wie eine Familie, Eve, Hannah, Luigi, Margaret und er. Partnertausch natürlich ausgeschlossen – bis auf den kurzen Ausrutscher damals. Und das ist der Punkt, den ich nicht verstehe. Das passt gar nicht zu Emilio.« Ich muss erst mal tief Luft holen.

Vinc nutzt die kleine Atempause.

»Ja, kann ich mir eigentlich auch nicht vorstellen, aber wir kennen ihn noch nicht sehr lange. Und er wird dir nicht alles erzählen.«

»Schon klar. Aber das können wir als Psychoanalytiker doch treffsicher interpretieren …« – kann ich mir den Seitenhieb auf Vinc' spöttischen Kommentar von vorhin nicht verkneifen – »… Hannah hatte damals schon ein klares Ziel vor Augen. Sie wollte unbedingt ein Kind, und da es mit Luigi nicht klappte, hat sie halt Emilio ausprobiert. Dann hat sie so getan, als wäre nichts geschehen, was Emilio nur recht war. Der Seitensprung hat nie stattgefunden. So einfach war das für Hannah.«

Vinc stimmt mir zu.

»Okay, ich muss los. Maria wartet bestimmt auf mich. Drück mir die Daumen, dass alles schmeckt. Aber die

Beschwerden kriegt ja eh erst das Bedienungspersonal ab«, schieb ich Vinc als kleine Aufmunterung rüber. Dann rette ich mich in die Küche.

Maria ist in ihrem Element und ich gleich darauf auch.

In einer halben Stunde sollen die Gäste eintreffen.

Als Aperitif haben wir was Leichtes, Prosecco fantastico – schließlich soll heute nicht zu viel Alkohol fließen, morgen muss gepackt und sonstige Kleinigkeiten erledigt werden.

Ein Basilikumblatt im gekühlten Weißweinglas, ein Ministück frische Ananas, ein Eiswürfel aus Weißwein mit eingelassenen Zitronenstückchen, darüber Marias Prosecco della casa – da schmeiß ich jeden Hugo weg!

Und zur Einstimmung auf den Abend gönnt sich das Küchenpersonal auch ein Glas, wozu sich Vinc sofort anschließt.

Mit Maria ist es eigentlich nie stressig, und Vinc weiß auch, wann er mich besser mal alleine lässt. Perfekt.

»Was grinst du so hintergründig?«

War ja so was von klar, dass Vinc das sofort merkt.

»Geht dich gar nichts an, mein Lieber!«

Dann drück ich ihm das Tablett mit den Gläsern in die Hände und ein Küsschen auf die Wange und schieb ihn aus der Küche.

Draußen wird er mit erfreuten Ausrufen begrüßt. Es sind alle da, Maria und ich lassen uns kurz blicken, wünschen guten Appetit und verziehen uns in die Küche. Sie studieren neugierig die ausgedruckten Speisekarten, Vinc hat sie sehr fantastisch kreiert, passend zum heutigen Menü.

Am Anfang drehen sich die Gespräche wie meistens ums Essen, aber irgendwann werden die Brennpunkte auf den Tisch kommen. Beim ersten Familientreff waren Emilio und Salvatore die Pole, dazwischen Antonietta. Und heute?

Wir holen das Räucherlachscarpaccio aus dem Kühlraum. Der frische Blattsalat mit ein paar Spritzern vom Balsamicodressing, seitlich angerichtet. Salz, Pfeffermühle, Balsamicoessig und Olivenöl stehen auf dem Tisch, da bin ich nicht so streng. Wer nachwürzen will, der darf. Dazu reichen wir grüne und schwarze Oliven und das Olivenfocaccia.

Eine Weile ist's ziemlich still draußen. Alle haben Hunger und genießen die ersten Geschmackserlebnisse konzentriert.

In der Zwischenzeit ziehen die Babysemmelknödelchen à la Doro im Salzwasser.

Immer wenn Vinc in die Küche kommt, quetsch ich ihn aus. Wer mit wem und wie und so ...

Maria schüttelt den Kopf.

»Sag mal, Doro, kriegst du nie genug? Ich dachte, du bist froh, dass alles gelöst ist? Und jetzt willst du wissen, ob Margaret mit Paolo und Rebecca mit Lorenzo und Margaret und Rebecca ...«

»Logisch! Ich mag sie alle, und da interessiert mich natürlich, ob meine Vermutungen eintreffen.«

Mein Risotto fantastico – Risotto war der ausdrückliche Wunsch von Emilio – köchelt geduldig vor sich hin. Leicht in Olivenöl angebratener Speck und Reis, ganz wenig geriebene Perlzwiebeln, aufgegossen mit einem schönen trockenen Vernaccia, saugt sich mit der nach und nach zugegebenen Brühe voll. Ich rühre gewissenhaft, und – ich gestehe – auf eine Prise Muskat hab ich nicht verzichtet. Zehn Minuten vor Garende geb ich eine Handvoll kleingeschnippelten Radicchio dazu, eine Minute vor Schluss noch mal einen Schwung davon und geriebenen Parmesan. Hmmh, fast perfekt, vielleicht noch ein ganz klein wenig Pfeffer. Umgerührt und fertig.

Die Teller garniert mit einem Blatt Radicchio, eine kleine Kelle Risotto kuppelartig daneben und ab.

Während ich bereits meinem Cinghiale fantastico den letzten Schliff gebe, streckt Vinc den Kopf zur Küchentüre rein.

»Zwischenstand: Fantastico! Sie wollen wissen, ob sie das Rezept von deinem Vater haben könnten?«

Ich werf imaginär mit dem Soßenlöffel nach ihm.

Vinc amüsiert sich sichtlich über meinen wunden Punkt.

»Sag ihnen, noch so 'ne Bemerkung, und es gibt Känguruhoden statt Wildschweinbraten«, drohe ich. »Dann wissen sie, was ein Sternekoch serviert.«

»Das sagst du ihnen lieber selber. Wie du vorhin bemerkt hast, das Servicepersonal lebt gefährlich. Und ich muss mich fit halten, ich habe heute noch einen Termin mit einer begnadeten Köchin.«

»Ich kenn die Frau, echt 'ne Sensation, da kann ich dir nur gratulieren. Und jetzt muss ich mich ums Wildschwein kümmern.«

Kein Braten, eher Steak. Bin einfach Fan von scharf angebratenem Fleisch. Innen natürlich maximal hellrosa. Wenig Gewürz, für mich oft gar kein Salz und Pfeffer, nur ein paar Kräuter. Rosmarin, Salbei, Thymian, Lorbeerzweig, Wacholderbeeren, zwei Gewürznelken mitbraten. Riecht fantastisch und zieht in die Poren des Fleisches. So schmeckt Fleisch nach Fleisch, mein absoluter Favorit! Das Fleisch dann im heißen Kar zugedeckt bei 80 Grad im Rohr garen, den Fond mitsamt den Kräutern mit Rotwein aufgießen, gefrorenen Bratenfond aus Marias Eigenproduktion dazu – bin kein Fan von Fertigfonds, lieber ehrlich gefroren als mit konservierten Geschmacksverstärkern chemisch totgekocht. Meine Meinung. Eine Prise Muskat frisch gerieben. Aufkochen, fertig.

Als Beilage zwei Babysemmelknödel – mein bayerischer Beitrag – und grobe, rösche Kartoffelraspel mit Kräuterquarkdip und frischer Kräuterbutter, dazu Zucchinischeiben, gegrillt, mit Thymianzweig und Grilltomate mit Zucchini-Thymian-Mus gefüllt.

Vinc bringt die Teller vom Risotto.

Ein paar Minuten Pause wird ihnen guttun.

Maria legt die Beilagen auf die Teller, zwei Esslöffel Soße drüber. Fleisch dazu. Perfekt.

Acht Personen schafft Vinc spielend zu bedienen. Eve und Emilio, daneben Margaret, Paolo, Rebecca, Lorenzo, sein Vater, der alte Favelli, und dessen Mutter, Maria Favelli. Rebecca nennt sie Maria-nonno. Sie war immer schon bei der Familie Zarbo, so wie auch ihr Sohn. Für Rebecca war sie so was wie eine Urgroßmutter. Hat sie oft getröstet, wenn sie traurig war, wie Antonietta, ihre Großmutter. Die beiden Frauen haben versucht, den frühen Tod von Rebeccas Mutter auszugleichen. Wie bei Emilio. Zwei ineinander verwobene Familien. Typisch italienisch? Nee, glaub ich nicht. Eher Zufall. Aber auf keinen Fall typisch Deutsch, würd ich sagen.

Die Meute ist ziemlich satt, meldet Vinc.

»Käse schließt den Magen«, kommentiere ich, als ich ihm einen großen Teller mit Bergkäse, natürlich fantastico, in die Hand drücke, Salz, Pfeffer und Olivenöl stehen noch auf dem Tisch.

Und/oder Espresso, Ramazotti oder Portwein noch im Angebot.

Kein Menü ohne Süßes. Dolce fantastico. Panna cotta auf Himbeerspiegel und glasierten Waldbeeren, Kokoszimtparfait auf Schokospiegel, vereint zu einer fantastischen Nachspeise. Und als Traumschiff-Fan und zum Abschied für Eve und Emilio, die übermorgen ihre lange Heimreise antreten, das Ganze mit einer funkensprühenden Wunderkerze! Vinc findet das kitschig, Maria auch ein bisschen, aber ich besteh drauf.

Zufrieden und ein bisschen stolz nehm ich das über-
schwängliche Lob der Gäste an, gemeinsam mit Maria, klar.

KAPITEL 24

VERITÀ (WAHRHEIT)

Martedi (Dienstag) – 26. August

Der letzte Tag. Ich häng ein bisschen durch. Der Abend gestern war super, alles hat geklappt, die Gäste waren begeistert. Allerdings macht mich der Anlass traurig. Emilio ist
nicht nur ein Gast für mich, er ist ein Freund geworden. Von
Anfang an hat die Chemie zwischen uns gestimmt. Und der
Gedanke, dass ich ihn nicht wiedersehen werde, ist fast so,
als würde er sterben.

»Werd mal nicht dramatisch, Doro! Emilio ist
Anfang 70 und super drauf. Und wir wollen doch sowieso
mal nach Australien. Dann gehen wir eben nach Adelaide
und nicht nach Sidney. Ist bestimmt ’ne schöne Ecke … und
irgendeinen Job werden wir da auch finden. Emilio hilft uns
sicher«, tröstet mich Vinc.

»Stimmt.« Mir geht’s gleich besser. Ich muss ihn einfach
umarmen.

»Du bist echt ein Schatz, Vinc«, flüstere ich ihm ins Ohr. Dann reiß ich mich los.

»Ich suche Emilio. Er soll sich schon mal ein paar Gedanken machen.«

»Doro, übertreib nicht! Dieses Jahr wird das nichts mehr. Wir sind noch 'ne Weile hier, und mein Studium läuft auch noch … ja gut«, er grinst, »das liegt irgendwie auf Eis, seit ich dich kenne.«

»Ach, jetzt bin ich schuld. Nee, mein Lieber, du bist einfach genauso freiheitsfanatisch wie ich momentan. Rein reisetechnisch gesehen.«

»Das will ich hoffen. In anderen Punkten bin ich nämlich total konservativ.«

»Ja, ja, ich weiß, mein kleiner Pascha!«

»Pascha! Jetzt muss ich echt lachen. Du weißt schon, wer von uns beiden manchmal Paschaallüren hat?«

So unschuldig wie möglich heb ich in vollständigem Nichtverstehen seiner Anspielung meine Augenbrauen. Einer muss ja manchmal entscheiden, wo's langgeht, oder? Leise pfeifend, schlendere ich in Richtung Terrasse, mal sehen, ob sich Emilio da herumtreibt.

Ich hab Glück. Er sitzt draußen, bei einer Tasse Espresso.

»Na, Emilio, ganz alleine?«

»Hallo, Doro. Ja, meine Frau hat mich rausgeschmissen.« Er zwinkert mir zu. »Natürlich nur aus dem Zimmer. Ich bin ihr beim Packen im Weg, sagt sie.«

»Und Margaret?« Unwillkürlich schau ich mich suchend um, da sie in den letzten Tagen kaum von seiner Seite gewichen ist.

»Sie ist mit Paolo unterwegs.«

»Aha.«

»Morgen um diese Zeit sind wir schon in Venedig. Wird eine lange Reise.«

Ich nicke nur.

»Die Zeit auf dem Schiff wird uns guttun, Eve und mir. Eve ist großartig, sie verzeiht mir meine Affäre mit Hannah und dass ich sie all die Jahre belogen habe. Dass ich von Margaret nichts wusste, glaubt sie mir.«

Emilio lacht leise.

»Sie freut sich sogar, dass Margaret sozusagen unsere Tochter geworden ist. Ist das nicht paradox? Ich glaube, Eve bedeutet das mehr als mir. Nein, das ist falsch. Margaret bedeutet mir natürlich genauso viel, nur die Tatsache, dass ich ihr biologischer Erzeuger bin, ist für mich nebensächlich. Wir sind deswegen doch dieselben geblieben. Und Luigi war ihr Vater, nicht ich. Wie auch immer, es ist bedauerlich, dass Margaret nicht mit uns zurückfährt.«

»Sie bleibt nicht nur wegen Hannah, stimmt's?«

»Da sprechen Sie ein wahres Wort, Doro. Aber sie hat recht. Sie ist jung und ungebunden. Wenn nicht jetzt, wann dann etwas wagen? Eine Garantie gibt es nie für die Liebe. Da brauche ich nur mein eigenes Leben anzuschauen. Hätte ich damals Antoniettas Liebe vertraut, wäre vieles anders gekommen.«

Gedankenverloren schaut er in die Ferne. Am Horizont sieht man im Dunst schwach die Silhouette der Lastkräne von Venedigs Industriehafenanlagen.

»Aber dann hätte ich Eve nicht getroffen.« Er zuckt mit den Schultern.

»Ich werde nie erfahren, welches Leben das bessere gewesen wäre. Aber eins steht fest. Ich hatte ein gutes Leben und das Glück, zwei Frauen wirklich geliebt zu haben. Und Eve ist ja noch da.«

Emilio verstummt und schaut mich lange an. Was geht ihm durch den Kopf? Er sieht so … so nachdenklich aus.

Vinc hat recht. Emilio gibt nicht alle seine Geheimnisse preis.

Irgendetwas liegt ihm auf der Seele. Ich will nicht schon wieder neugierig sein. Wenn er was sagen will, wird er es tun.

Er räuspert sich.

»Da wär noch eine Sache, Doro.«

Er stockt wieder.

»Nein, erst noch was anderes. Als der Ältere von uns beiden darf ich dir das Du anbieten. Wir haben einiges miteinander durchgemacht in den letzten Wochen, das ist überfällig, finde ich.«

Das finde ich auch.

»Einverstanden, Emilio. Darauf müssen wir anstoßen.«

Ich spring schnell zur Bar und hol zwei Gläser Prosecco für uns.

Emilio steht auf, wir stoßen an.

»Also dann, Doro, Prost! Auf unsere Freundschaft«, sagt er.

»Prost, Emilio. Auf unsere Freundschaft.«

Wir umarmen uns, Küsschen auf beide Wangen. Ich freu mich. Bedeutet mir wirklich viel, weil er mir zeigt, dass meine Zuneigung nicht einseitig ist.

Emilio zieht fragend die Augenbrauen hoch. Hab meine Gedanken wohl wieder mal im Gesicht stehen.

»Ich hab nur grade gedacht, wenn nicht ein paar Jährchen dazwischenliegen würden, wären Eve und Vinc bestimmt eifersüchtig auf unsere Freundschaft.«

»Da könntest du recht haben.« Emilio schaut schelmisch, wie damals, als wir uns kennengelernt haben.

»Du wolltest noch etwas anderes sagen?«, nehme ich den Faden von vorhin wieder auf.

»Ja, ich …«

Es fällt ihm sichtlich schwer.

»Salvatore?«, frag ich intuitiv.

Emilio nickt.

»So sehr ich es verabscheue, was Hannah getan hat, mit Salvatores Tod hat sie nichts zu tun.«

»Ja, das ist klar. Salvatore hatte einen Herzinfarkt. Das hat die Untersuchung bestätigt.«

Worauf will Emilio hinaus?

»Trotzdem warst du sofort misstrauisch«, bohrt Emilio nach.

Stimmt. Bilder von Hannah ziehen in meinen Gedanken auf. Sie hat einen nachhaltigen Eindruck bei mir hinterlassen, Emilio soll das verstehen.

»Vinc und ich haben Hannah erlebt. Es war schrecklich, wie sie ausgerastet ist. Und es ist doch ein komischer Zufall, dass Salvatore gerade jetzt einen Herzinfarkt hatte. Einfach so. Und wie er dalag. Sie hat ihn nicht ermordet, aber irgendwie hängt sie mit drin, da bin ich sicher.«

»Siehst du, Doro, genau das ist der Punkt. Hannah hat nichts mit Salvatores Tod zu tun, trotzdem wird sie damit in Verbindung gebracht werden. Und das ist nicht fair. Man könnte zwar meinen, das sei egal, ein Toter mehr oder weniger auf ihrem Konto, aber es ist nicht gerecht.«

Emilio knetet seine Hände. Warum ist er so nervös?

Er räuspert sich.

»Du hast deine Zweifel offen geäußert, und das hat mir bewusst gemacht, dass Hannah in ihrer Lage ganz schnell Dinge zugeschrieben werden, mit denen sie nichts zu tun hat.«

»Hast du Mitleid mit ihr? Oder was willst du mir sagen, Emilio?«, dräng ich ihn, auf den Punkt zu kommen.

»Doro, ich weiß das so genau, weil ich bei Salvatore war, als er gestorben ist. Ich und Paolo.«

Wow! Da fällt mir erst mal nichts mehr ein.

»Ich habe lange mit mir gerungen. Ob ich dir die Wahrheit sagen soll. Damit ziehe ich auch Paolo mit hinein, aber er ist einverstanden.«

Mir wird schlecht. Emilio und Paolo haben Salvatore … Ich trau mich nicht weiterzudenken.

»Schau nicht so geschockt, Doro. So schlimm ist es nicht. Wir haben uns damals getroffen. Salvatore, Paolo und ich. Es ging um Geld, um Antonietta und um Antoniettas Tochter Francesca, Paolos Ehefrau. Sie ist bei der Vergewaltigung gezeugt worden. So ein Schwein Salvatore auch war, er hat seine Tochter sehr geliebt. Und als sie bei einem Autounfall ums Leben gekommen ist, war Rebecca sein Ein und Alles. Paolo hat mir das erzählt. Aber auch wie er Salvatore verachtet. Salvatore hat nämlich nicht nur Antonietta und mich entzweit, er hatte damals ein Verhältnis mit Paolos Mutter Rosalia. Die beiden wollten heiraten, aber dann hat Salvatore sich in den Kopf gesetzt, mir meine Braut wegzunehmen. Er hat Antonietta geheiratet, aber nach der Hochzeit noch eine ganze Weile mit Rosalia geschlafen. Sie hat ihn trotz allem geliebt, und als er sie dann irgendwann abgelegt hat wie einen alten Schuh, hat er ihr das Herz endgültig gebrochen. Paolos Vater hat sie geheiratet, ein lieber Mann, sie haben einen Sohn bekommen, Paolo, aber sie wurde nie glücklich. Paolo war erst zwölf, als sich seine Mutter das Leben genommen hat. Er hat ihr Tagebuch gefunden.«

Emilio stockt, mir fehlen ausnahmsweise die Worte. Wie soll ein Kind mit so etwas fertig werden?

Emilio schluckt, dann fährt er fort.

»Paolo hat Salvatore dafür gehasst. Er hat Francesca geheiratet, Salvatores Augapfel. Nicht aus Rache. Er wollte Francesca beschützen, wenigstens *eine* Frau aus den Klauen dieses Monsters retten. Sie kannten sich schon als Kinder, und obwohl Paolo ein paar Jahre jünger war, wurde es eine gute Ehe. Es war eine stille Liebe. Francesca wusste nichts von den Verfehlungen ihres Vaters. Sie nahm die Kälte zwischen ihren Eltern wahr, aber da sie es nie anders kennengelernt hatte, stellte sie es nie infrage. Und Paolo belastete sie nicht mit der Wahrheit.

Salvatore war sich nie sicher, ob und was Paolo von damals wusste, hat ihn aber nie angesprochen. Wahrscheinlich sah er gar keine Notwendigkeit, sein Unrechtsbewusstsein in diesem Punkt ging gegen null. Allerdings war er nicht begeistert von der Wahl seiner Tochter, die blieb in dem Punkt aber stur.

Durch das Tagebuch wusste Paolo natürlich von Antonietta und mir, und als ich zurückgekommen bin, konnte er endlich mit jemandem darüber reden.«

Emilio seufzt.

»Wir waren uns einig. Salvatore sollte leiden. Wir haben uns mit ihm verabredet, und ich hab ihm gesagt, dass Francesca nicht seine Tochter war, sondern meine. Und damit Rebecca meine Enkelin. Was ich durch einen Bluttest bewiesen hätte, und das würde ich Rebecca mitteilen. Und was für ein Schwein er ist. Noch nie habe ich ihn so betroffen gesehen, und dann … hat er den Herzinfarkt bekommen. Ich hab ihn auf dem Gewissen.«

Emilio starrt auf den Boden, er will mir nicht in die Augen sehen.

»Stimmt das mit dem Bluttest?«

Emilio schüttelt den Kopf.

»Nein, das war gelogen. Genauso wie das mit Francesca. Sie war Salvatores Tochter. Definitiv. Aber ich wollte ihn verletzen. Nicht töten. Allerdings habe ich ihm nicht geholfen, als er am Boden lag. Er ist schnell gestorben, selbst ein Hubschrauber wäre vermutlich zu spät gekommen. Tatsache bleibt aber, dass wir ihn einfach liegen ließen, es hat mich kaltgelassen. Die Weinranke hab *ich* ihm um den Hals gelegt. Ich weiß nicht mal, warum. Paolo und ich waren im Grunde froh, dass Salvatore weg war.«

Emilio zuckt mit den Schultern.

»Ehrlich, Doro, ich wollte ihn nicht umbringen, trotzdem, es tut mir nicht leid, dass er tot ist. Paolo und ich sind uns aber einig, dass Hannah dieser Tod nicht angelastet werden darf. Und wenn es vor Gericht dazu kommen sollte, wird Paolo die Wahrheit berichten. Du hast wieder mal prompt deinen Finger in die Wunde gelegt, deshalb musste ich dich einweihen. Es liegt an dir, was du damit anfangen wirst.«

Da hinterlässt er mir ja ein schönes Abschiedsgeschenk! Wahnsinn. Ja, was fang ich damit an?

Emilio beobachtet mich. Ich könnte ihm Ärger bereiten, wenn auch unterlassene Hilfeleistung der maximalste Vorwurf wäre, den man ihm machen könnte. Seine Abreise morgen dagegen steht auf einem anderen Blatt.

»Also weißt du, Emilio, da muss ich erst drüber schlafen. Ich weiß echt nicht, was ich davon halten soll. Aber eins ist sicher. Ich bin froh, dass du mit mir gesprochen hast. Diese Weinranke hat mich die ganze Zeit beschäftigt. Und ich befürchte, ich hätte keine Ruhe gegeben.«

»Das glaube ich allerdings auch«, meint Emilio lächelnd.

Ich schau ihn an.

»Wann wird Salvatore beerdigt?«

Emilio zuckt mit den Schultern.

»Keine Ahnung. Eigentlich ist die Leiche freigegeben.«

»Okay, egal. Ich weiß Bescheid, und ob ihr Schuld habt oder nicht, das muss nicht ich entscheiden. Damit müsst ihr leben. Aber ehrlich, Emilio, sag das nicht Eve. Oder weiß sie es schon?«

»Nein, das ist der einzige Punkt, den ich ihr nicht erzählt habe. Noch nicht. Das mach ich auf der Heimreise. Keine Geheimnisse mehr. Paolo wird es für sich behalten. Vorerst. Außer vor Gericht wird eine Aussage nötig. Ansonsten bist du die Einzige, die die Wahrheit kennt.«

Okay. Genug gesprochen. Wir schweigen, aber es ist ein gutes Schweigen.

KAPITEL 25

PARTENZA (ABFAHRT)

Mercoledi (Mittwoch) – 27. August

Es ist so weit. Vinc und ich haben es uns nicht nehmen lassen, zum Abschied mit nach Venedig zu fahren.

Komische Stimmung irgendwie. Hannah fehlt. Und wenn ich sie nicht selber in ihrem Wahn erlebt hätte, könnte ich mir immer noch nicht vorstellen, dass diese liebenswerte Frau sich in so eine wahnsinnige Idee verrennen konnte.

Margaret steht ein bisschen verloren herum. Sie hat sich schon in der Früh von Eve und Emilio verabschiedet – was nicht ganz tränenlos vorübergegangen ist, wie ich mitbekommen habe. Zwar hält sie Paolos Hand zur Unterstützung, aber ich glaub, wir können alle nur ahnen, was in ihr vorgeht.

Eve und Emilio werden sich gleich aufs Schiff begeben.

Wahnsinn, dass die riesigen Schiffe bis hierher in die Lagunenstadt einfahren. Faszinierend, aber tödlich für die Stadt. Ökologie gegen Tourismus!

Ein letztes Mal umarme ich Emilio, und auch Eve drückt mich.

»Wir freuen uns, wenn das wirklich klappt mit eurem Australientrip nächstes Jahr«, meint sie herzlich.

»Und ich schau mich um. Weingut, Schaffarm, Restaurant – ihr seid ja flexibel, habt ihr gesagt.« Emilio bekräftigt seine Unterstützung augenzwinkernd.

Ein letztes Mal drücken die beiden Margaret, dann gehen sie Händchen haltend an Bord. Ich glaube, trotz allem, was geschehen ist, werden sie ihre Zeit zusammen genießen. Und das gibt mir ein gutes Gefühl.

EPILOG

Eve und Emilio stehen an der Reling.

Ich kneife die Augen zusammen. Endlich. Ich winke erleichtert. Justitia lächelt milde. Emilios kräftiger Tenor dringt durch den ganzen Lärm zu mir. »What a wonderful world«. Warm und stark.

ENDE

PERSONEN:

Doro Ritter, 25 Jahre, Tochter von Sterne- und Fernseh-koch Sascha Ritter, leidenschaftliche Köchin, und neugie-riger, als es für sie gesund ist
Vincent Wolkenberg, genannt Vinc, Doros Freund
Maria Liccardi, Hotelchefin des La Quercia
Carlos, Mädchen für alles im La Quercia

DIE AUSTRALIER

Emilio Zarbo, ist als junger Mann von Italien nach Aust-ralien ausgewandert
Eve Zarbo, seine Frau
Hannah Rodari, Witwe von Luigi Rodari, der mit Emilio zusammen ausgewandert ist
Margaret Rodari, Tochter von Hannah und Luigi

DIE ITALIENER

Salvatore Zarbo, Emilios älterer Bruder
Antonietta Zarbo, Salvatores Frau
Rebecca Colucci, Salvatores und Antoniettas Enkelin
Tommaso Biasini, Rebeccas Verlobter
Mario Biasini, Tommasos Bruder
Paolo, Rebeccas Vater
Andrea Favelli, Verwalter auf dem Zarbo'schen Weingut
Maria Favelli, Mutter von Andrea Favelli
Lorenzo Favelli, Andrea Favellis Sohn und Rebecca Coluc-cis Exverlobter

ABSCHLUSSMENÜ – MENUE FANTASTICO

Erster Gang

Prosecco fantastico della casa

Ein Basilikumblatt im gekühlten Weißweinglas, ein
Ministück frische Ananas, ein Eiswürfel aus Weißwein
mit eingelassenen Zitronenstückchen, darüber Marias
Prosecco della Casa – da schmeiß ich jeden Hugo weg!

Zweiter Gang

Carpaccio vom frischen Räucherlachs

Oliven fantastico (regional) grün und schwarz und natürlich mit Kern, dazu Olivenfocaccia* – und da bin ich ganz
bei meinem Paps: Muss frisch und selbstgemacht sein.
Dazu ein Schälchen würziges Olivenöl aus der Region!

Dritter Gang

Risotto fantastico* con Speck e Radicchio

Vierter Gang

Cinghiale fantastico* mit frischen Wildkräutern

Dazu: Kartoffelstreifen, geröstet, mit feiner, frisch herge-
stellter Kräuterbutter* beträufelt, Quarkdip, knackiges
Wurzelgemüse
Grilltomate* mit Zucchini-Thymian-Mus gefüllt
Zwei Babysemmelknödel*

Soße: Kräuter und Fond mit Rotwein aufgießen, mehrmals reduzieren – eine Soße braucht Zeit!

Alternativ nutze ich Marias tiefgefrorenen Bratenfond aus Eigenproduktion dazu – wenn die Soße mehr Zeit braucht, als ich habe!

Fünfter Gang

Bergkäse fantastico mit Olivenöl und Pfeffer

Sechster Gang

Dolce fantastico:
Panna cotta* mit Waldfrüchten auf Himbeerspiegel
oder
Kokoszimtparfait* auf Schokospiegel
Espresso, Cappuccino

Tischdeko: Weintrauben, Olivenbaumzweige … schlicht und edel – aber das überlass ich Vinc!

Rezepte:

Wassermelone mit Schafskäse:

Auf Antipastiteller dekorativ anrichten:

3 Teile reife, süße Wassermelone in mundgerechte Würfel geschnitten, 1 Teil Schafskäsewürfel, frischer Basilikum in Streifen geschnitten, rote Zwiebelringe, mit groben Pfeffer würzen und wenig Olivenöl darüberträufeln. Dazu Weißbrot.

Olivenfocaccia*:

Zutaten:

750g Weizenmehl Typ00 (alternativ 250g-Typ1050 und 500g-Typ405)

Ca. 10 g frische Hefe

1 Flasche lauwarmes Hefeweißbier

1/4 TL Zucker, 3 TL Salz, 5 El Olivenöl

Keine Panik, sollten nicht alle Zutaten vorhanden sein, gerne ein bisschen experimentieren! Statt Hefeweißbier geht Wasser - dann allerdings ein klein wenig mehr Hefe. Wichtig: Blech nicht einfetten, sondern mit Mehl bestäuben und mindestens bei 250 Grad Celsius backen. Ideal ist natürlich ein Pizzaofen.

Und so geht es:

Mehl in eine große Schüssel wiegen. Hefe in wenig lauwarmem Weizenbier auflösen, 1/4 TL Zucker dazu und diese Mischung mit Schwung ins Mehl kippen. Mit Geschirrtuch abdecken und diesen Vorteig ca. eine Viertelstunde gehen lassen. Dann Salz, Ölivenöl und nach und nach Weizenbier dazu und mindestens 10 Minuten kneten, bis sich der Teig weich und glatt von der Schüssel löst. Mindestens 2 Stunden zugedeckt gehen lassen, es darf aber auch gerne länger sein.

Dann den Teig noch einmal durchkneten, in handliche Stücke teilen und gut fingerdick flachdrücken. Mit dem Fingerknöchel mehrere Kuhlen in den Teig drücken, darauf nicht zu wenig Olivenöl verteilen. Mit grobem Meersalz, Rosmarin oder einfach nach Geschmack würzen (kann auch bereits in den Teig eingearbeitet werden) – und auf jeden Fall empfehlenswert: Gute schwarze Oliven in den Teig drücken. Auf bemehltem Blech je nach Hitze 5-20 Minuten backen. Kann warm und kalt serviert werden. Super dazu als Vorspeise: Olivenpaste, Knoblauchkräuterbutter.

Als Beilage zum Käse ... oder auch nur pur zu einem guten Glas Wein!

Feigenmarmelade mit Kumquat:

Am besten vollmundige, reife Früchte verwenden, ideal direkt vom Baum. Das Fruchtmus ist relativ dick, deshalb mit Weißwein, Prosecco oder/und Rotwein andünnen, Gelierzucker nach Mengenangabe des jeweiligen Produktes zugeben.

Für die herbe Note sorgen ein paar Kumquatscheibchen: Dazu Kumquats waschen, halbieren und entkernen. In sehr dünne Scheibchen schneiden und im Saft plus abgeriebener Schale einer Zitrone ziehen lassen und zum Feigenmus geben.

Als Frühstücksaufstrich herb und lecker.

Gut auch zu: Ziegenricotta oder Hartkäse

Risotto fantastico* con Speck e Radicchio:

In einer tiefen Pfanne oder Topf 270g Risottoreis, klein-
gewürfelten Speck, 2-4 Schalotten, ebenfalls kleingewür-
felt, in reichlich Olivenöl glasig andünsten. Radicchio in
Streifen schneiden, kurz mitdünsten. Mit Salz, Pfeffer
und einer guten Prise Muskat würzen – muss sein, sonst
krieg ich Ärger mit Paps!

Mit einem guten, leichten Weißwein ablöschen (am besten den Wein nehmen, den man dazu trinkt).

Nach und nach Gemüsebrühe (ca. 800ml) zugeben, immer
gerade so viel, dass der Reis mit Flüssigkeit bedeckt ist.
Und immer wieder umrühren ...

Kurz bevor der Reis gar ist, eine schöne Handvoll frisch
geriebenen Parmigiano Reggiano zugeben. Jetzt noch
ein paar frische Radicchiostreifen zugeben und servieren! Bei Bedarf kann gerne noch Parmesan darüberge-
streut werden.

Zum Garnieren: Radicchiostreifen.

Am besten nicht weit von der Pfanne entfernen, Risotto
liebt ständiges Rühren!

Minestrone Duetto à la Maria / Doro Ritter:

Ein großer Topf für 6–8 Personen.

Gemüse sehr grob geschnitten.

In Olivenöl anbräunen: 2-5 Knoblauchzehen, 2 große weiße
Zwiebeln, knapp 200g Staudensellerie, 4 Karotten, 400g
Weißkohl, 6 kleine Tomaten (keine Cocktailtomaten!).

3 EL Tomatenmark dazugeben.

Mit 1 Ltr. Wasser aufgießen. Grobes Meersalz, Pfeffer aus

der Mühle, nicht zu fein, und zwei Prisen Muskat dazu
und zugedeckt 15 min. leise kochen.
Tomaten häuten und halbieren oder vierteln und noch
5 Minuten köcheln. Schmeckt auch gut mit Steinpilzen
(die würde man mit den Tomaten zugeben).
Die Suppe in tiefen Tellern servieren, am Tisch ein wenig
Olivenöl darübergeben, mit Parmesan bestreuen.
Dazu leicht angeröstetes Weißbrot, mit Olivenöl beträufelt.

Cinghiale fantastico* mit frischen Wildkräutern:

Wacholderbeeren, 2 Gewürznelken, Rosmarin, Lorbeerblatt,
Salbei, Thymian, Salz und Pfeffer – Fleisch muss nach
Fleisch schmecken – und das tut es für mich am besten
scharf angebraten, wenig würzen oder auch gar nicht, im
heißen Kar bei 80 Grad zugedeckt in den Ofen zum Garen.

Grilltomate*: .

4 große Tomaten, 1 kleine Zucchini, frischer Thymian,
2 Schalotten, 1 Knoblauchzehe, Olivenöl, Salz, Pfeffer,
1 EL Pinienkerne
Tomaten sorgfältig aushöhlen, das Fruchtfleisch für die
Füllung aufheben.
Schalotten und Knoblauch fein hacken, Zucchini in feine
Würfel schneiden und alles in Olivenöl andünsten. Thymian und Tomatenfruchtfleisch die letzte Minute dazugeben. Von der Platte nehmen.
Pinienkerne feingehackt, 4 El Vollkornbrotbrösel, 4 El
geriebenen Parmesan oder Pecorino in die Masse mischen
und mit Meersalz und Pfeffer würzen.
Die ausgehöhlten Tomaten in eine geölte, feuerfeste Form
stellen, mit der Masse füllen und im Ofen bei 180 Grad
30 Minuten backen.

Dazu Blattsalate und Weißbrot.

Kräutersalzmischung*:

20 Prozent frische Kräuter (Salbei, Thymian, Oregano, Petersilie – was das Kräuterbeet gerade hergibt), fein gehackt im Mörser mit 80 Prozent grobem Meersalz mischen. Hält locker ein Jahr, und so kann immer schnell frische Kräuterbutter hergestellt werden, und wenn nicht gerade ein erstes Date ansteht, gerne auch mit Knoblauch.

Babysemmelknödel*:

Für 10 Babysemmelknödel: 4 alte Brötchen oder ca. 160g altbackenes Weißbrot, ca. 125ml Milch, 1 mittlere Zwiebel, 1 Bund Petersilie, 2 Eier, Salz

Brötchen oder Weißbrot in dünne Scheiben schneiden, mit erhitzter Milch übergießen und zugedeckt ca. 20min. stehen lassen. Zwiebel feinhacken und in Öl andünsten, Petersilie fein hacken und dazugeben. Von der Platte nehmen und auskühlen.
Eier mit 1Tl Salz verquirlen und zu der Weißbrotmasse geben. Zwiebelmasse dazu und gut mit den Händen verkneten. Wenn die Masse zu weich ist, Semmelbrösel zugeben. 10 kleine Knödel formen, in kochendes Salzwasser geben und bei kleiner Hitze im offenen Topf 20 Minuten ziehen lassen.

Panna cotta* mit Waldfrüchten auf Himbeerspiegel:

1 Vanilleschote, 250ml Milch, 500ml Sahne, 60g Zucker, 5 Blatt Gelatine

Die Hälfte der Sahne, Milch, Zucker und Vanillemark kurz aufkochen. Gelatine in kaltem Wasser einweichen, ausdrücken und in heißer Masse auflösen. Die Masse leicht abkühlen, bis sie zu gelieren beginnt. Die andere Hälfte Sahne nicht zu fest aufschlagen und unter die abgekühlte Masse heben. In Formen geben und einige Stunden im Kühlschrank gelieren lassen.

Himbeerspiegel: Früchte pürieren, mit Zitronensaft und Zucker abschmecken. Durch ein Sieb streichen.

Zum Servieren: Panna cotta auf Dessertteller stürzen, mit Himbeerspiegel und Waldbeeren anrichten. Mit Puderzucker/Zimtmischung bestäuben.

Ananas mit Basilikum an Kokoseis:

Weißwein mit viel Zucker aufkochen. 2 Scheiben Zitrone dazugeben.

Ananasscheiben mit reichlich Basilikumblättern in eine Schüssel geben, die heiße Lösung darübergießen und ziehen lassen. Vor dem Servieren frische Basilikumblätter zugeben und mit Kokoseis – kein Stress, gerne ein Fertigprodukt verwenden – servieren.

Kokoszimtparfait* auf Schokospiegel:

2 Eigelb, 100g Zucker, 1 TL Zimt, 1 Prise Macisblüte – schaumig schlagen.

1 Becher Sahne steif schlagen.

2 Eiweiß, 1 Vanillezucker steif schlagen.

Alles vorsichtig miteinander mischen, 20g Kokosraspel dazu.

Masse in Form einige Stunden ins Gefrierfach, eine halbe Stunde vor dem Servieren herausnehmen.

Schokosobe:

100g Kuvertüre hacken und mit 20g Honig mischen. 100g Milch, 1 MSP Zimt, 1 Prise Bourbonvanille aufkochen und mit Schoko-Honigmasse mischen. Kann mit leicht aufgeschlagener Sahne verfeinert werden.

Und: Für Vegetarier hab ich immer einige Asse im Ärmel, die in 5 Minuten fertig sind!

Tipps und Infos:

Oliven: Am besten natürlich regionale Oliven, auf jeden Fall mit Kern.

Die schwarzen Oliven sollten ihre Farbe durch Reifung erlangt haben und nicht durch Zusätze!

Olivenöl: Kann gut zum Kochen verwendet werden, aber wenn's raucht, war es zu heiß, dann bitte unbedingt entsorgen!

Lagerung: dunkel und kühl – Ausfällungen lösen sich bei Zimmertemperatur wieder auf. Qualität immer extra vergine und je nach Verwendung und Geschmack mildes oder würziges Öl wählen.

Muskat und Pfeffer immer frisch gerieben bzw. aus der Mühle!

Regionaler Prosecco:

Prosecco gibt es als Schaumwein (spumante, anhaltend spritzig), als Perlwein (frizzante, leicht spritzig) und als Stillwein.

INHALTSVERZEICHNIS: PROSECCOWALZER

Kapitel 24 – Verità (Wahrheit) / Martedì(Dienstag) –
26. August

Kapitel 25 – Partenza (Abfahrt) / Mercoledì (Mittwoch) –
27. August

©Matthias Spalinger

Strub / Spalinger
Tessin
Lieblingsplätze
192 Seiten, 14 x 21 cm
Paperback
ISBN 978-3-8392-2159-4
€ 17,00 [D] / € 17,50 [A]

Das Leben ist schön im südlichsten Kanton der Schweiz.
Wo das mediterrane Herz der Eidgenossen schlägt,
beeindrucken alte Steinhäuser im Verzascatal mit archai-
scher Architektur, laden glamourösen Cafés am tiefblau-
en Lago Maggiore zum Verweilen und locken idyllische
Seen mit glasklarem Wasser in den Tessiner Alpen.
Weltstars auf der Open-Air-Bühne der Piazza Grande
in Locarno, Kunst an der Promenade von Lugano – ent-
decken Sie zwischen den Alpen und der Po-Ebene das
zauberhafte Tessin mit der einzigartigen Mischung von
schweizerischer Perfektion und italienischem Flair!

GMEINER KULTUR

WWW.GMEINER-VERLAG.DE
Mensch, Kultur, Region